阿九

1

風文創 773

青君 著

風 文創 773

目錄

自序

青君

《阿九》這本書，其實已經構思很久了，但是直到2018年的時候才開始寫。我喜歡寫細水長流的感情，寫兩個人在逆境之中相互扶持的脈脈溫情，寫他們水到渠成的愛情，那一定非常美妙。

寫作於我而言，不是工作，而是一種享受。我享受著筆下人物的喜怒哀樂，他們的每一個表情、每一個動作、每一句話，那都是鮮活的、彩色的生命。

他們脆弱而堅強，堅毅而溫柔，溫和而固執，阿九是這樣，謝翎也是這樣。

阿九前世深受磨難，逃荒被輾轉賣到戲班子裡，後又被賣入歌舞坊，最後進入太子府，花一樣的年紀，還未來得及綻放，便被一場大火吞噬了；但是即便人生再如何艱難險阻，她從未放棄，從未想過「就這樣算了吧」。她有自己的人生信條，活著雖然不易，但生命何其可貴，但凡有一線生機、一絲光明，她都不會放棄，也正因為如此，她才能擁有一個美好的結局。

謝翎若不是遇上了阿九，今生恐怕仍舊會與前世一樣，與那一位美好的女子就此錯過，從而抱撼終身，只能對著熊熊燃燒的火場怔忡良久，回想著當初的驚鴻一瞥。

幸好，謝翎遇上了阿九。

也幸好，阿九遇上了謝翎。
我願意給他們一個重來的契機，寫出一個美好的、充滿溫情的故事。
因為，我也愛他們。

楔子

驟然有瓷器啪嚓聲響落地，白玉似的碎片四處飛散開來，竄起的火舌貪婪地舔舐精緻的絹紗，瞬間便熊熊燃燒起來，好似得勢逞凶，火苗肆意地攀爬蔓延，滿室的煙霧嗆得人喘不過氣。

施嫿張大眼睛，拚命地搜尋逃離的出口，但是火太大了，熏得她眼睛疼，針扎似的，淚珠不住地往外流。

男子帶著醉意的聲音在熊熊的火勢中響起。「嫿兒，孤向來最是疼妳，原本等太子妃去了，就要將妳扶正的。妳別怪孤，要怪就怪那該死的謝翎，若不是他，孤如何會落到這般田地？嫿兒，孤實在是捨不得妳，妳跟著孤去吧……」

男人的聲音絮絮叨叨，施嫿聽不真切，濃濃的煙霧瀰漫，湧進口鼻中，令人無法呼吸。她被濃煙嗆得咳嗽起來，連罵幾句都無法開口，纖細的雙臂被男人緊緊箍住，讓她懷疑自己就要被拗成了兩截。

煙火越來越濃，整個屋子什麼也看不見了，滾燙的火勢將施嫿拖入昏沈中，她掙扎的手漸漸沒了力氣，意識也開始模模糊糊起來。

第一章

臉頰上面火辣辣的，好像皮膚都要融化了似的，施嫿覺得疼，忍不住伸手將臉蓋住，恍恍惚惚地醒轉過來，才將將睜眼，強烈無比的陽光即刺入眼中，霎時眼淚便爭先恐後地湧了出來，眼前頓時一片模糊。

怎麼回事？我得救了嗎？

目光首先便落在那雙細瘦的手上——完全不似成年人的手，小小的、瘦得跟稈子似的，指甲中布滿了污垢，也不知多久沒有洗刷了。

施嫿左看右看了半天才確定，這雙又黑又瘦的手，是她自己的。

等等，她不是死了嗎？

施嫿一骨碌地坐了起來，眼前的場景便映入眼中，既熟悉，又無比陌生，破舊的茅草屋頂，門前缺了一道口子的石磨，還有歪歪扭扭的草棚，院子裡長滿了一叢叢的野草。

這分明是她幼時的家。

施嫿不太熟練地從草垛上滑了下去，直奔屋子，只是她沒料到自己變小了，步子邁得小，還沒過門檻便被絆倒了，結結實實地撲倒在地。屋子裡傳來窸窣的聲音，似乎有人在走動，施嫿豎著耳朵，屏氣凝神地聽著。

緊接著，腳步聲便走了過來，在施嫿的眼前站定，那是一雙破舊的草鞋，她抬起眼睛往上看，不敢確信地喊道：「哥？」

草鞋主人是個少年，低頭看了她一眼便撇開眼，似乎不敢與她對視，口中含糊道：「阿九，哥出去一趟，很、很快就回來。」他說著，便抬腳跨過施嫿，腳步匆匆地往外面去了。

施嫿怔了一下，才連忙爬起來，跌跌撞撞地追出門去，由於太過急切，她差點又被門檻絆倒。

施嫿幾步追到院門口，兄長的背影已經化作一個指頭大小的點，他跑得太快了，步伐倉皇而慌張，施嫿忍不住提高聲音喊道：「哥——」稚童拚命呼喊的嗓音，夾帶著幾分不易察覺的顫抖，尾音變了調，透著一股摘心去肝的絕望意味，在山坳間迴盪，莫名淒涼。

少年的腳步先是緩了緩，未等施嫿驚喜，再次加快，頭也不回地走了，如同落荒而逃。

施嫿像一根木樁，杵在院門口，好半天都沒回過神來。

她哥又走了，帶著家裡最後的存糧，拋下她自己逃難去了。

又是這樣。

施嫿心潮澎湃，咬緊牙關，望著遠處的山坳，直到眼睛都看疼了，少年都沒有回頭，她再次被拋棄了。

這個時候，她還是阿九，只是梧村的一個孤兒，爹死、娘另嫁，在鬧旱災的時候，她唯一的哥哥也拋下她獨自逃難去了，從此孑然一身，風風雨雨，如無根浮萍，身旁再無親人相伴。

陽光從破了洞的窗戶中間照進來，滿室都是昏黃的光線，藏在床底下的大罈子被挪了出來，蓋子沒蓋緊，露出裡面白色的石灰，被陽光照得亮眼。

施嬧不死心地伸頭看了看，裡面原本還有一袋子高粱米及一把炒豆子，現在卻什麼都沒了。恰在此時，肚子咕嚕地叫了起來，找了一圈，家裡一點吃的都沒有，真正的一貧如洗。

這若是個夢，還是乾脆醒過來吧！

這麼想著，施嬧經過堂屋時，看見神龕上她爹的靈位，順便拜了拜，心道：爹您要是顯靈，也接我下去享福算了，若是運氣好碰上了那太子，說不得還能衝上去撓他個滿臉開花，在閻王爺面前告上一狀，也算痛快！

才一拜完，施嬧的肚子又開始咕嚕叫起來，她無奈地用手壓住腹部，只覺得心裡難受得慌，多久沒嚐過這種餓肚子的滋味了？

施嬧絞盡腦汁地搜尋著家裡還有什麼東西可以果腹，目光落在神龕她爹的靈位上，往下一看，瞥見靠牆的位置有一道縫隙。

她連忙過去，把縫隙前的雜物搬開，後面是一個小門，只有一尺高，把門打開，手在裡面摸了摸，拽出一個布袋子來，不算重，想來是沒裝多少東西。

施嬧不由得失望，但還是打開了袋子，往裡面一看，是幾個小布包，她把布包一一拿出來，才打開第一個，頓時喜出望外。

那是一包剝了殼的花生米！

真是山窮水盡，柳暗花明！施嫿高興得跟撿到寶似的，又打開另外幾個布包，有高粱米、玉米和粟米，分量雖然不多，但品質都是極好的，顆顆飽滿，一看便是精心挑選過的。

施嫿琢磨了一下，估計這是她爹娘從前挑出來用作種子的，到了開春就能種植，沒承想，今年旱災，她爹去年底去了，她娘收拾了下家，哥哥不知道這事，今日才便宜了她。施嫿立馬收拾好布包，又衝她爹的靈位拜了拜，默唸道：爹爹，還是您最好了，給您女兒我留了活路，等來日情況好轉，我再給您多燒些紙錢，就不必帶您女兒去地下了吧！

施嫿把粟米、玉米粒和高粱米混在一起，就著門前那破了口子的大石磨推了一下午，她人小、力氣小，手都起了水泡，才把這些食材推成細細的粉。

又把花生米放在灶上炒了炒，要是餓了，吃幾粒還能頂一陣子呢！

施嫿往麵粉中加了水，好不容易才揉好麵，天已經黑了。她找了一塊乾淨的棉布往盆上一罩，又把盆仔細藏好，仍舊藏在神龕下面。

院子裡的蛐蛐兒一聲聲地叫著，施嫿就著天邊的餘暉出門，她得去一趟村長家裡。

梧村人不多，只有十幾戶人家，除了施嫿他們一家，其他人都住得近。路邊的雜草長到了成年人腰部那麼高，施嫿走進去差點看不清方向，她深一腳、淺一腳地朝著前面走去，小路盡頭便是村長的屋子了。

入了夜，也沒有人點燈，從前雞鳴狗吠的小村子，此刻唯有寂靜，彷彿死去了一般。不知是哪戶人家中傳來孩童哭鬧的聲音，模模糊糊地叫喊著「娘，我餓！我餓了」，隨即便傳來婦人斥責的話語，在寂靜中顯得十分嚴厲。

施嫿穿過巷子，村長家的屋子就在眼前。

一個婦人端著簸箕出來，看見她，先是一愣，才不確定地道：「是庚子家的阿九嗎？」

施嫿清脆地應道：「是呢！村長爺爺在家嗎？」

婦人道：「妳等等，我問問去。」她說著，轉身回屋去了，好一陣子才出來，手上的簸箕不見了，只是道：「他在祠堂商量事呢，妳去那兒找吧！」

施嫿道：「多謝嬸子了。」她說著，又往祠堂的方向去。

沒多久，就見祠堂的大門在眼前，門開著，才進院子，便見裡面擠滿了人，都是村裡的青壯男人，大約有八、九個，站的站、坐的坐。

老村長站在上面，見施嫿來，便問道：「妳哥呢？昨兒通知他了，讓他今天傍晚來祠堂，到現在也沒見到人影，哪兒去了？」

施嫿答道：「我哥走啦，他說要出遠門去。」

聽了這話，眾人皆是一愣，紛紛議論起來。

老村長微微皺眉，立刻明白是怎麼回事。

旁邊一個男人心直口快地道：「他這是自個兒跑了？」

有人接話道：「這個沒良心的，虧我們還想著他們家！」

還有人問道：「庚二，這事你不知道嗎？」

阮庚二是施嫿的親叔叔，他此時也坐在院子角落，聽見有人問他，眼神極快地一閃，接著才慢騰騰地答道：「我如何知道？」

施嫿沒說話。

站在上面的老村長敲了敲枴杖，提高聲音道：「先安靜一下！」

那些聲音便漸漸小了下去。

老村長環顧眾人，過了一會兒才道：「其中的利害我也跟大夥都說得一清二楚了，十里八鄉的村子都跑光了，之前你們說不肯走，現在就剩我們一個村了，你們誰還不想走的，自己留下來就是，要走的今天晚上就回去收拾東西，明天一早來祠堂這兒。」

說完，眾人陸陸續續地散了。

老村長走在最後，慢騰騰地鎖上祠堂門，見施嫿還站在門口，便問道：「怎麼不回去？」

施嫿道：「村長爺爺，咱們這是要往南去還是往北去？」

她趕來找村長，就是為了這樁事情。他們村地處大乾朝偏西北的位置，上輩子，他們是選擇往北去的，原本想著北方近一些，州縣又多，再往前面就是京師，那可是天子腳下，自然要更好一些；但是，只有施嫿知道，萬萬不能往北方去。

北方州縣多，又近，這是沒錯的，但是京師也近。他們離開村子之後，便是流民，一般的州縣都不願意接納，尤其是北方的州縣，更別說，再過不久便要入秋，北方本不如南方氣候好，秋冬的天氣難熬，饑寒交迫，可是會熬死人的。

上輩子施嫿跟著梧村的鄉鄰們背井離鄉，原本是去北方，出了他們所在的邱縣後，一路上樹皮、草根皆被流民食盡，最終艱難地到了袁州。

令人絕望的是，當地知州並沒有接納他們，甚至緊閉城門，因此流民們只得又轉往蘭陽。一路上婦孺老弱有撐不住的，撒手去了，便拿一張破草蓆草草裹了，隨便尋個山坳，把人往下面一扔，也就罷了。

那一批流民有數百人之多，經過幾個月的折磨，最後活下來的，不過寥寥幾十人。施嫿雖然也活下來了，但是只要想一想那可怖的場景，便覺得心底發涼。每天都會有人死去，睡著的時候，不知道下一刻是否還能活著。

施嫿後來聽說，南方的州縣一開始是願意接納流民的，一來南方富裕些，二來氣候好，若運氣好些，說不定半路上就能得到安置了。

老村長將鎖匙收起來，答道：「是去北方，妳到時候收拾收拾，明兒一早過來祠堂，咱們便出發，莫要忘記了。」他說完，轉身便要走了。

施嫿跟在他身後，聲音清脆地道：「村長爺爺，我昨晚上作了一個夢。」

老村長笑道：「作的什麼夢？夢見妳爹了？」

施嫿眼睛一轉，順勢回道：「正是呢！村長爺爺怎麼知道？」

老村長呵呵笑道：「我隨口一猜罷了。怎麼？想妳爹了？」他說著，嘆息一聲，覺得這小娃娃實在可憐，爹去得早，親娘只顧著自己活命，如今親兄長也自尋生路去了，從沒有人想過她一星半點兒；雖然還有一個親叔叔，但是到了眼下這關頭，自家都顧不了，哪兒還能顧得上她？

施嫿笑著道：「我夢見我爹爹在院子裡屋前、屋後地挖井，最後說『南邊出水了』！村長爺爺，這是什麼意思啊？」

老村長的腳步驀地停下來，低頭疑惑地看著她，問道：「妳爹是這麼說的？」

施嫿睜著一雙黑白分明的眼睛，認真地答。「是呢！」

老村長面上浮現幾許沈思。

施嫿見了，便知水到渠成，遂笑嘻嘻地道：「村長爺爺，我先回去啦！」

「等等！」老村長追問道：「妳爹還說什麼了沒？」

施嫿搖搖頭，道：「沒有啦，就這一句呢！」

老村長擺了擺手。「妳先回去吧，別忘了明天早上來祠堂。」

施嫿應下。回到自家的院子，在廚房燒了水，又把那和好的麵捏成窩窩頭的形狀，上鍋蒸了小半個時辰，綿軟的香氣頓時順著熱氣飄了出來，令人忍不住嚥口水。

施嫿拿起一個放在嘴裡叼著，然後把剩下的窩窩頭都拿起來，放進竹編的篩子裡風乾放涼後，又從門後拿了一根大大的竹筒出來。竹筒中空，邊緣被削薄了，拎起來不重，上面還有個蓋子，把窩窩頭塞進去，蓋緊了，便是一個簡易的小行囊。

她又依樣裝了一筒清水，將兩個竹筒放在一處。施嫿想了想，去神龕前對著她爹的靈位拜了拜，道：「爹，等女兒逃得此難，再回來給您修神龕吧！」

一夜很快過去，第二日一早，天剛矇矇亮，施嫿爬起來，收拾一番，便揹上兩個竹筒和一個小包袱，往祠堂的方向去了。她來得不算早，已經有幾戶人家在這裡等著，施嫿笑咪咪地與他們打過招呼。

其中一個婦人問道：「阿九，怎麼只有妳一個人？妳哥哥呢？」

施嫿揹著小包袱，笑咪咪地道：「哥哥出遠門去了，我一個人也能走。」

那婦人聽了，便知是怎麼回事，眼神中不由得露出些許憐憫，又替她出主意道：「我方才瞧見妳叔了，正要過來呢！妳到時候呀，就跟著他們走，想來也不會缺妳一口吃的。」

施嫿仍舊是笑咪咪的。「就不給我叔添麻煩了。」

那婦人還欲再說什麼，旁邊一位大嫂子輕嗤了一聲。「誰還不知道啊，就庚二那一家子？還是別指望了！」

說到這話題，幾個婦人小聲議論起來，直到巷口又來了人，這才意猶未盡地按下話頭。

施嫿笑而不語，緊了緊身上的竹筒。這輩子她都不會指望她叔叔那一家子，否則被賣了還要幫著他們數錢。

施嫿上輩子會落得那般田地，有一大半還是拜她叔叔和嬸嬸所賜。她年紀小，家境可憐，模樣生得也不錯，東家給一口，西家給一口，再加上自己能琢磨，好歹活了下來。沒承想後來被人牙子看上了，當時的施嫿還半懂不懂，聽叔嬸和人牙子當著自己的面在討價還價，最後拿了幾百文，把她給賣掉了。

人牙子將施嫿帶走之後，先是賣給了一個戲班子，沒兩年，戲班子散了，班主又把她賣給了京師頗有名氣的歌舞坊，給起了個雅名叫施嫿，此後再無阿九。

且說眼下，不多時，村裡的人便都挑著行李擔子，陸陸續續地來了。村民們聚集在一起，談話聲、孩童哭鬧聲、叱罵聲，一時間鬧烘烘的。

施嫿眼看著她叔叔也拉家帶口地趕來了，阮庚二站在最後面，看見施嫿，眼神飄忽了下，彷彿沒看到她似的；她嬸嬸劉氏更是目不斜視，連眼角餘光都沒瞟過來，還往人後走了走，似乎生怕施嫿過去一般。

直到老村長一家子到了，他著人點了點人數後，發話道：「各家各戶再看看有沒有漏下的，沒有的話我們這就走了。」

眾人聽了，果然又去清點了一遍。

一陣鬧騰之後，一行人才終於上路，方向是南方，村長最終還是改變了主意。

趕路的時間總是最難熬的，沒日沒夜地走，腳底板兒起了泡，泡又被磨破，在鞋子裡悶著，不出幾日就化膿潰爛了，每走一步都是鑽心地疼。大人們倒還好，小孩子便覺得越發難捱，一路上蹦躂著哭鬧不休，讓人頭痛不已。

因為天氣乾燥，竹筒裡的窩窩頭沒吃多少便都乾了，硬邦邦的，跟石子似的，根本無法下嚥。施嫿倒是不在意，拿清水泡著繼續吃。

就這樣趕了七、八天的路，乾糧都吃得差不多了，也沒看見一個州縣，大家便有些沈不住氣了，有些人打退堂鼓，想要回村子去，嚷著便是餓死也要死在家裡，否則再這樣下去，累也要累死了。

老村長拄著枴杖，額上青筋暴起，劈頭蓋臉一通罵，眾人皆是閉口不言，後來果然沒有人再嚷嚷著要回去了。

接下來又走了兩日，速度較之前要慢了許多，大夥的腳步也逐漸沈重。就在這時，前面的人停了下來，施嫿心中奇怪，走過去一看，只見前方有一個小草塘，旁邊有一群人在歇腳，顯然也看到他們了，俱站起身來，朝這邊張望。

在這種時候，即便是一個小草塘，那也是一塊地盤，不容他人覬覦。

兩方的氣氛頓時有些緊張起來，甚至有人拿起了地上的長棍之類的物事。就在這劍拔弩張的時候，旁邊有人遲疑地開口。

「怎麼看著像是瓦罐村的？」

「我看到張二寶了，他不就是瓦罐村的嗎？」說話的人嘗試揮了揮手，叫了一聲。對面的人聽見了，皆是議論紛紛，最後一個青壯的漢子撥開人群走出來，問道：「是梧村的人？」

老村長揚聲回答，那漢子應了，眾人皆鬆了一口氣。梧村和瓦罐村之間相隔只有兩、三里地，村人大多互相結親，所以兩個村子裡的人少不得沾親帶故，頗有幾分親戚關係。

老村長帶著眾人往草塘邊去，眾人湊在一起，又是一通感慨，趁著歇腳的空檔，都或站或坐地話起家常。

施嬅帶著竹筒去了塘邊，草塘的水也快乾涸了，只剩下大約三指深，但是勝在水質乾淨，清澈見底，底部的水草油綠，看上去像一塊水頭兒足的碧玉一般，幾個小孩蹲在旁邊，聚精會神地往水裡看。

施嬅用竹筒打了乾淨的水後，正要蓋好，突然旁邊一個小孩猛地撲進水中，只聽撲通一聲，水花四濺，沒頭沒腦地潑了施嬅一身。

那小孩踉蹌著站起來，兩隻手緊緊握在一起，透亮的水珠順著指縫流下來，稚氣的面容上綻放出驚喜的笑容，透著一股得意和興奮，然後又立刻收斂好。

只是，雖然他極力壓著嘴角，但是飛揚的眉梢透露出他的心情，施嬅看見了，另外幾個小孩自然也看見了，俱是一窩蜂地圍攏過去。

其中一個略大一點的孩子命令道：「你抓著了？給我看看！」

那小孩搖搖頭，抿著唇道：「沒有，我沒抓住。」

「騙人！」那大孩子自然不相信，蠻橫道：「你把手打開！」

那小孩立刻捏緊了手心，放在背後，退了一步。「不！」

「謝狗兒！你敢不聽我的話？」大孩子的語氣十分凶狠。

小孩見勢不對，撒腿便跑。

大孩子叫道：「揍他！別讓他跑了！」一聲令下，旁邊幾個小孩連忙去追。

那個叫謝狗兒的小孩急了，加快步子轉身便跑，哪知一頭撞在施嫿身上，巨大的衝勁讓兩人摔作一團，痛呼聲同時響起。

「哎喲！」

後面追來的孩子們，頓時七手八腳地把謝狗兒給按住了。

施嫿爬起身來，只見那一群小孩們已經打起來了，謝狗兒被按在最下面，那個大孩子見了，衝上前便去扳謝狗兒的手。

謝狗兒急了，一把將那東西塞進嘴巴裡，然後閉緊嘴巴，一張臉脹得通紅。

大孩子氣得眼睛都紅了，一拳揮過去，然而拳頭還沒碰到謝狗兒的臉，後腦勺倒是被重物狠狠敲了一記！他腦子一怔，轉過頭去，只見一個陌生的小女孩正舉著竹筒站在面前。

下一刻，施嫿尖叫起來。「有人掉水裡啦！快來人啊！」

女孩發出的聲音又尖又利，驚動了那些嘮嗑的大人們，霎時紛紛過來察看。孩子們見了，只得鬆開了謝狗兒。

謝狗兒一脫離桎梏，便撒腿跑得沒影兒了。

那大孩子惡狠狠地瞪了施嫿一眼，帶著一干小跟班們走了。

施嫿撇了撇嘴，收好自己的竹筒，揹上肩，轉身離開了草塘邊，回到人群中。

施嫿在老村長旁邊坐著，聽他們談話。

到了傍晚時候，孩子們約莫是鬧得累了，各個叫起餓來，吵鬧不休。

施嫿安靜地坐在旁邊，手中的棍子一下一下地戳著螞蟻窩。

眾人趕了一天的路，身上累得慌，各自分吃了乾糧之後，又拿了鋪蓋，把小孩們都哄著睡下了。

夜裡露重，到處都很濕潤，施嫿走到樹下，把自己的粗棉布毯子拿出來，在樹下尋了一處平整的地方，把棉布鋪好，才剛躺上去，腿一伸直就碰到了一個軟軟的物事。

施嫿嚇了一跳，猛地坐起來，只見那物事動了一下，突然爬起來。藉著銀色的月光，她這才認出來，正是下午被按著打的謝狗兒。

他看了施嫿一眼，什麼話也沒說，繞到樹後面去了，緊接著，施嫿聽見了草葉窸窣的聲音。或許是因為小孩的態度實在不好，施嫿便生出了捉弄之心，她壓低聲音道：「喂，你躺在草上睡覺，不怕蛇嗎？」

那邊安靜了，下一刻，窸窣聲再次響起，那小孩站起來了，背緊貼著樹幹站著，頗有些無措的樣子。施嫿不知怎麼地，覺得有些後悔，似乎不該如此嚇唬他。

這小孩連個鋪蓋都沒有，夜裡這麼涼，還要睡在地上，顯然是沒有大人管的，這麼一想，施嫿心中就覺得過意不去。就在這時，一道模糊的抽泣聲傳來，小孩好像哭了。

施嫿連忙爬起來，繞過去，只見那小孩半趴在地上，緊緊地蜷縮起自己的身子，肩膀微微顫抖著，似乎在極力壓抑著哭泣聲。

施嫿蹲下身子，拍了拍他的肩背，輕聲道：「你別哭啊！」

那小孩停頓了一會兒，身子仍舊輕微顫抖著。施嫿有些急了，她實在沒想到自己一句話就把人給嚇哭了，她從沒有哄過孩子的經驗，這會兒也不知該說什麼，只得安慰道：「這裡沒蛇，你別怕。」

過了片刻，小孩壓低的聲音模模糊糊地傳來。「我、我肚子……疼。」

施嫿立刻就想到了什麼，問道：「你下午吃的那個，是魚嗎？」

好一會兒，小孩才點點頭。一時間，施嫿心中說不出是什麼滋味。顯然是小孩抓了一條魚，為免牠落入別人手中，便直接把魚生吞下去。

然而再過不久，別說是生吞活魚了，便是吃觀音土，吃糠皮和豆萁，甚至青苔，都是常事，這還算有的吃了；沒得吃的時候，真是看見個會動彈的東西都想直接塞進口中，便是施嫿自己，都不知道吃過多少亂七八糟的東西，才勉強保住一條小命。

施嫿想了想，把自己的粗棉布毯子摺起來，蓋在小孩的背上，又摸了摸他的頭，低聲道：「你等我一會兒。」她說著，便輕手輕腳地離開了。

沒多久，施嫿就找著了自己想要的東西，她順手摘了幾片葉子，回到樹下。只見那小孩半靠在樹旁，抱著雙膝，把臉埋在膝蓋上，原本披在他身上的粗棉布毯子摺好放在腳旁。施嫿走過去，他便抬起頭來，一雙眼睛黑黝黝的，月光透過樹枝縫隙灑落下來，顯得極其透亮。

施嫿把那幾片葉子揉得細軟，揉成小丸子的形狀後，遞過去道：「你把這個吃了。」

小孩遲疑地接過那丸子，仔細地看著。

施嫿解釋道：「吃了這個，肚子就不痛了。」

他不太相信地看了一眼，然後伸出舌頭舔，眉頭瞬間皺了起來，小臉都皺成了一團，艱澀地道：「苦的。」

施嫿摸了摸他的頭，道：「你直接吞下去就行了，我從前吃壞了肚子，也是吃這個好的。」

小孩聽了，這才猶豫地把那小丸子扔進嘴裡，狠心閉眼，咬著牙關囫圇嚥了下去。刺鼻的藥草氣息順著鼻腔瀰漫開來，令人十分不適，小孩可憐兮兮地道：「好苦！」

施嫿想了想，低聲道：「你等等。」她順手把那粗棉布毯子拿起來，抖開後又再次披在小孩身上，這才離開。

小孩一雙黑黝黝的眼睛盯著她，直到那小小的身影消失在草坡下，才收回視線，蹭了蹭那不算柔軟的粗棉布面，把臉埋在膝蓋上。

施嫿回來的時候，小孩已經半靠著樹幹快睡著了，小腦袋一點一點的，跟小雞啄米似的，頗是好笑。她走近幾步，小孩便似乎感覺到了什麼，立刻驚醒過來，即便是在黑夜中，施嫿也能感覺到他警戒的目光。

彷彿是一種與生俱來的習慣，待認出來施嫿，小孩才鬆了一口氣。

施嫿在他旁邊蹲下，往他手裡塞了一根細細長長的東西。「給你吃。」

小孩遲疑地抬起手來，只見手心躺著一根草莖似的東西，顏色雪白，在月光下看起來有些半透明。

施嫿往嘴裡塞了一根叼著，催促道：「你吃啊！」

小孩咬了一口，清脆、甜絲絲的，他疑惑地道：「這是什麼？」

施嫿笑著答。「是茅根，這個好吃呢！」

小孩咀嚼著，神情極為認真，彷彿吃東西是一件什麼神聖的事情一般，也不知究竟餓了多久，他兩頰微瘦，便顯得眼睛尤其大。施嫿叼著草根，一邊隨口問道：「你叫謝狗兒嗎？」

小孩頓了頓，沒說話，又咬了一口茅根，極力地品味著那難得的甜味。

就在施嫿以為他不會回答的時候，他才開了口。

「不是，我叫謝翎。」

「謝翎？」施嫿覺得這名字耳熟得很，彷彿在哪裡聽過一般。

小孩以為她不知道，便認真地唸道：「有鳥有鳥，從西北來，丹腦火綴，白翎雪開，就是這個翎了。」

施嫿覺得這個名字十分耳熟，她微微皺起眉來，翻來覆去地讀著這個名字，突然，腦中靈光一現！謝翎？扳倒太子的那位，不就是叫謝翎嗎？

嫿兒……妳別怪孤，要怪就怪那該死的謝翎，若不是他，孤如何會落到這般田地？

施嫿的手指哆嗦了一下，脊背彷彿被刺扎到，頓時一個激靈，渾身如同一時墜入了烈火之中，那令人恐懼至極的火眨眼便將她吞沒了，皮膚上都泛起灼熱的疼痛，好像那一場大火的餘熱仍舊殘留在她身上，從未散去。

施嫿忽然想起從前聽太子閒暇時說起的舊事，那還是她剛入太子府的時候，太子常來她的院子聽琴，說些閒話，施嫿隱約還記得一些。

「嫿兒，孤今日碰見一個人才，叫謝翎，可惜入了老三的麾下，不能為孤所用，送去的字畫都被退回來了，當真是可惜了。」太子說到這裡，笑了一聲，道：「嫿兒，說起來這人與妳還是同鄉呢！」

彼時她聽了，只覺得不關己事，只是一個同鄉罷了，她的老家邱縣，百姓鄉民不知幾何，還有數千個同鄉呢！

到後來，這個謝翎的名聲越來越大，在太子口中出現的次數越來越多，每每提起，太子的神色也越發不悅，甚至陰沈；到最後，說到氣處，他會一把摔了白玉杯子，香氣醇厚的酒液濺落一地。

太子陰鷙地道：「謝翎屢次挑戰孤的底線，此人不除，實在難消孤心頭之恨，日後恐成大患。嬗兒，孤要他死！」

再後來，謝翎沒死成，太子卻成了廢太子。老皇帝一朝駕崩，最後，便是那一場記憶猶新的大火，廢太子也死了。

眼前有什麼東西晃過，施嬗猛地回過神來，看見一隻小小的手在自己面前揮了揮，她語氣僵硬地道：「你做什麼？」

謝翎收回手，又開始拿著茅根咀嚼，一邊問道：「妳怎麼在發呆？」

施嬗的心情有些難以言喻，她看著謝翎，瘦骨如柴的，腦袋大，身子小，一陣風就能吹跑似的，誰能想到，他日後會位極人臣，榮華富貴盡享一身呢？

感慨完之後，施嬗轉念一想：即便如此，那又有什麼用？謝大人現在不還是蹲在這兒跟我啃著草根、生吃活魚？榮華富貴，還早著呢！

天邊漸漸亮起魚肚白，山邊罩著濛濛的一層光暈，清晨的時候，太陽還沒出來，眾人便開始收拾行囊，動靜也漸漸大了。

施嫿覺淺，沒一會兒便醒了，她靠著樹坐，身旁就是謝翎，他蜷縮著身子，把半張臉都埋在棉布下面，睡得很沈。就在這時，旁邊傳來孩童大聲的嬉鬧，謝翎一個激靈，猛地醒轉過來，睜著一雙困倦的眼睛四處張望，神色懵懂。

施嫿見他醒了，將棉布摺好，淡淡道：「我們要走了。」

謝翎愣愣地應了一聲，似乎還沒有醒過神來。

施嫿將摺好的棉布揹上肩，忽然聽見一陣清晰的咕嚕聲從謝翎的肚子傳來，兩人同時看過去。

謝翎連忙摀住肚子，不知怎麼地，臉皮漸漸地紅了。

施嫿停頓了一會兒，左右看了看，見沒有人注意到這邊，便低聲道：「張嘴。」

謝翎聽話地張開嘴，感覺施嫿的手迅速從自己的嘴巴上拂過，同時，有兩粒圓滾滾的小東西落在口中，硌著牙，有點硬邦邦的。

他睜大眼睛看著施嫿，緩緩咀嚼起來，霎時，花生特有的香氣在牙齒間瀰漫開來，溢滿了口腔，讓人忍不住連舌頭都想一併吞下去，謝翎咀嚼的動作越來越快。

施嫿一把摀住了他的嘴，警告性地看著他的眼睛，然後壓低聲音告誡道：「別讓人看見了，知道嗎？」

謝翎望著她的眼睛，點點頭，咀嚼的嘴巴立刻停下了，不敢再大力咀嚼。香噴噴的花生米含在口中，雖然有些不捨，但他還是用力囫圇地嚥了下去，原本咕嚕作響的肚腹立刻受到了安撫，漸漸平息下來。
施嫿站起身來，見老村長站在最前面，想過去問幾句，沒走幾步，旁邊的土坡後轉出一個婦人來，她一邊咂著嘴，看見施嫿，跟沒看到似的，目不斜視，腳步匆匆，生怕被叫住一般。
施嫿好笑地挑了一下眉，那是她的嬸嬸劉氏，一個小氣精明的婦人，性格潑辣，愛占別人便宜，但是倘若別人占了她的便宜，那是萬萬不行的，跳起腳來能把人罵個狗血淋頭。
趁著天色早，還不算炎熱，一行人動身了，臨走時又灌了一肚子水，走起路來幾乎能聽見肚子裡的水聲咯噹，但是好歹能頂一陣子餓。
日頭逐漸升起來，等到了正午，太陽跟火球似的，曬得人眼睛發花，加上饑腸轆轆，腳步幾乎都要邁不動了，年輕人還能勉力支撐，老人、小孩們，走三步歇一下，隊伍越拉越長。最後孩子們實在不肯走了，又開始哭鬧，嗓子嚎得震天響，大人們原本就疲憊不堪，再加上這一齣，頓時火氣倏地冒上來，二話不說，反手就是幾巴掌，打得嚎啕大哭，一個賽一個蹦得高，好不熱鬧。
施嫿走在人群最後面，看見她叔叔的兒子阮寶兒也在其中，張著嘴哭鬧，阮庚二舉起了巴掌，被他媳婦一把拉開了，劉氏壓低聲音，不知說了什麼，阮寶兒頓時哭得更厲害了，嘴裡還吵嚷著。
「我現在就要！現在就要！我餓！娘。」一聲娘喊得千迴百轉，摘心去肝。

劉氏無奈，只得從懷裡拿出一塊手指那麼大的米餅，迅速塞進他嘴裡，阮寶兒立刻不哭了，打著嗝，一邊咂著嘴，吃得可香了，惹來周圍眾人不住地吞口水。

到了晌午，老村長尋了一塊蔭涼的地方，讓大夥歇腳。

施嫿仍舊坐在人群最外面，隨手撿了幾個小石子拋著玩，就在這時，旁邊傳來一陣孩子們的喧鬧聲，伴隨著吆喝和叫罵。

「打他！打臉啊！」

「打得好！踹啊！」

還有小孩不耐煩地道：「哎呀你蠢死了，我來！」

施嫿循聲望去，果然見幾個小孩打成一團，最底下蜷著一個熟悉的身影，是謝翎。他緊緊地抱著自己的腦袋，努力把肚子遮起來，似乎被打得疼了，他伸手猛地抱住一個小孩的腿，不管不顧地湊過去使勁咬了一口。這一口用力不小，施嫿甚至能看得見他額頭上暴起的青筋。那被咬的小孩哪兒禁得住，一嗓子哭開了，聲音震天動地，這邊的動靜才終於引起了大人們的注意，但也只是看了一眼而已，覺得並不是什麼大事，便又回過頭去了。

施嫿在一旁冷眼看了一會兒，眼看他們並沒有停手的態勢，心中不由得嘆氣，她走過去將那幾個孩子都拉開，然後把謝翎拉了起來，護在身後，皺眉盯著那領頭的大孩子，問道：「你們打他做什麼？」那大孩子仍舊是昨天在池塘邊欺負謝翎的那個。

他也認出施嫿來了，瞪著眼，伸手狠狠推了她一把，語氣凶狠地道：「就打了，怎麼？

關妳什麼事情？」

他力氣極大，施嫿被推得往後一個踉蹌，頓時有些惱了，反手便是一竹筒砸過去，毫不手軟，竹筒正砸在那小孩的額頭上，登時破了皮，鮮血順著臉頰流了下來，滴答落在衣襟上。

其他小孩都驚呆了，他們不約而同地驚叫著退了一步。

被打的那個孩子只覺得額頭劇痛無比，伸手一摸，才發現一手血，登時叫了一聲，隨即反應過來，凶狠地衝著施嫿撲了過去。

施嫿當機立斷抬起腳來，朝著那孩子的膝蓋一踹，他一個沒穩住，往前撲倒在地，霎時塵土飛揚，一頭一臉都是灰。

一時間，孩子們都愣住了。

施嫿沒再停留，轉身一把拉著謝翎就往大人群裡跑。

等那些小孩們追過去時，早看不見施嫿的蹤影了。人群熙熙攘攘，樹蔭本就不大，因此大人們紛紛呵斥，讓他們去別的地方玩。

小孩們找不著兩人，只能悻悻地散去。

謝翎悶頭坐在草堆裡，臉上青一塊、紫一塊的，看上去跟打翻了染料一樣，施嫿忍不住戳了戳他的臉，引來一陣小聲痛呼，這才問道：「怎麼又打架了？」

謝翎抬起頭，有點委屈地解釋道：「是他們先打我的。」

施嫿隨手折了幾根草莖，放在手裡把玩，淡淡道：「為什麼要打你啊？」

謝翎猶豫了片刻，才小聲說：「他們要我給他們當馬騎，我沒答應。」

施嫿折草莖的動作頓了一下，才問道：「你爹娘呢？」

謝翎的嘴角往下垂了垂，看上去有點難受，低聲回道：「爹前些年病了，後來娘親也病了，都不要我了。」

聽了這話，施嫿沈默片刻，她有些煩躁地扔了手中的草莖，看向謝翎。小孩規規矩矩地坐在她身旁，兩隻手又細又瘦，雞爪子一樣，乖乖地擺在膝蓋上。

施嫿心想：我管他做什麼？他無父無母，與我何干？我不也是孤兒一個？若不是他，我不一定會被那狗太子拉著一道死呢！

可是他現在……

施嫿倏地站起身來，動作很大，強行打斷了自己腦子裡的念頭，把謝翎給嚇了一跳。

謝翎有些不安地看著施嫿，嘴唇動了動，不敢說話，他還記得施嫿剛剛那一竹筒砸過去時，那凶狠的氣勢。

施嫿轉身欲走，就在此時，一陣咕嚕、咕嚕的聲音響起，霎時兩人的目光都看向謝翎的肚子。

他脹紅了臉，有些尷尬地抱住肚子，彷彿這樣做的話，就不會被人發覺。

施嫿靜立片刻後，打開背上的竹筒，一個圓圓的窩窩頭滾了出來，乾巴巴、硬邦邦的，看上去賣相實在是不大好，卻散發出令人心旌搖曳的香氣。

謝翎忍不住嚥了嚥口水。

施嫿拉過他的手，把窩窩頭往他手上一放，簡短地道：「用水泡著吃，能飽肚子。」她說完，再次將竹筒揹好，起身大步離開了草叢。她不想管了，這是最後一次。

就算放下了上輩子的成見，又能如何？在天災人禍面前，她施嫿也只是一個升斗小民而已，不是大富，也不是大貴，自身尚且難保，又救得了誰？施嫿一面走，一面有些冷漠地想。人各有命，該死的早晚會死，能活的，自然會長命百歲、流芳後世，誰也左右不了。

施嫿走後，謝翎握著那個硬邦邦的窩窩頭，使勁抽了一下鼻子，伸出袖子擦了一把眼睛，然後將窩窩頭揣好，起身離開了。

片刻後，寂靜的草叢中，鑽出來一個小孩，他四下看了看後，撒開腿便往人群奔去。

那小孩正是施嫿的堂弟阮寶兒，他一溜煙地回了人群中。

劉氏正在和旁的婦人吵嘴，聲音尖利，跳著腳罵道：「不三不四的下作娘兒們，葷油蒙了妳的心！這分明是我家的雞蛋，幾時成了妳的？莫不是妳下的？妳倒是下一個給我瞧瞧，看是同哪個野漢子下的，也好讓老娘長長見識！」她罵完，還啐了那婦人一頭一臉的唾沫。

那婦人是村頭的一個寡婦，上有一個老婆婆要伺候，腳邊還跟著兩個半大的孩子打轉，性情向來儒弱，如何能與劉氏這種潑辣婦人比？她被罵得又氣又惱，沒奈何嘴拙，反駁不了。

劉氏遂越發趾高氣揚，洋洋得意，如同一隻好鬥的公雞。

那婦人哭著掩面而去，號哭聲大老遠都能聽到，劉氏卻不以為意。左右都是熟識的鄉親父老，早對這潑辣婦人十分瞭解，劉氏那一張嘴，黑的能說成白的，眼下這光景，火沒燒到自己身上來，誰有工夫去管？都各自裝聾作啞，偶爾附送一個鄙夷的目光也就罷了。

阮寶兒一過去，便看見劉氏手中那個白乎乎的滾圓雞蛋，不禁吸了一下口水，問道：「娘，打哪兒來的雞蛋？」

劉氏連忙左右看了看，見沒人注意自己這邊，一把拉住阮寶兒，娘兒倆貓在行李擔子後面，將那雞蛋磕破，剝了起來，壓低聲音，語氣不無得意地道：「村西那個小寡婦，方才她的雞蛋滾過來，被娘給撿到了。」

阮寶兒張大眼睛，眨也不眨地盯著那剝了殼的雞蛋看，使勁抽了抽鼻子，口水流下三尺長，呆呆地道：「娘就給搶過來了？」

一聽這話，劉氏便輕輕拍了一下他的頭，嗔怪道：「什麼話？這怎麼能叫搶？是娘的本事！這雞蛋合該就是咱們家的，那小寡婦沒那個命！來，寶兒，快吃了！」

阮寶兒早耐不住了，一把搶過雞蛋，狼吞虎嚥起來，結果差點給噎得翻白眼，把劉氏給急得，一通水灌下去，這才慢慢好轉。

吃飽喝足之後，阮寶兒一邊打著嗝，才想起另一樁事情來，忙低聲向劉氏道：「娘，我方才看見了一件事情。」

「什麼事?」

阮寶兒湊近劉氏的耳邊,壓低了聲音快速地說著。

劉氏一聽,瞪圓了雙眼,小聲道:「你說的是真的?那死丫頭……」

阮寶兒篤定地點點頭。「我親眼看見的,她那個竹筒裡面有東西吃!」

劉氏頓時心頭火倏地竄起,又問道:「你說,那死丫頭把好好一個白麵窩窩頭給別的人吃了?」

「可不是!」

劉氏心疼得好似有人割她的肉一般,嘴裡罵道:「敗家玩意兒!有好東西不先想著自家人,反倒給外面的貓兒、狗兒分了去,胳膊兒往外撇的死丫頭。」

阮寶兒咂了一下嘴,道:「娘,我看她那竹筒裡面還有不少的樣子。」

劉氏眼睛一轉,輕輕拍了拍他的頭,道:「好寶兒,娘會想法子的,既然她自己不吃,也不能便宜了外人才對!」

阮寶兒一聽,覺得十分開心,娘兒倆合計得起勁。

那頭阮庚二一路過來,受了不少白眼,覺得莫名,打聽幾句後,知道自家婆娘又做了什麼好事,沒臉再跟那些鄉親們閒扯了,悶頭就往自家這邊走,抬頭看見貓在行李後面的劉氏和阮寶兒,張口便罵。「妳又做了什麼事情?」

劉氏絲毫不懼他，兩眼一瞪，嗓門比他還大。「我做了什麼事情？你又從外面聽了什麼歪話回來尋我的錯？」說著便往地上一坐，一拍大腿，拖長了聲音號哭起來，話裡話外無非是她嫁來阮家這麼多年，連肉都沒吃上一塊，累死累活，忙裡忙外，阮庚二還要怪責她之類的云云。一旁的阮寶兒還不忘給他娘助一助興，扯開嗓子一個勁兒地乾嚎。

霎時好似鑼鼓喧天，一場好戲熱鬧非凡，引得旁邊人家探頭探腦。

阮庚二只覺得臉要丟光了，實在無法，索性悶頭走遠了，不再搭理。

劉氏也不以為意，哭聲戛然而止，她從地上站起來，拍了拍一身的灰，目光在人群中梭巡，最後落在一個瘦弱的身影上。

遠遠望去，她那九歲的親親姪女正坐在老村長的身邊，認真地聽著大人們談話，女娃兒背上揹著兩個大竹筒，黃褐色的竹筒被打磨得光滑無比，在日頭下反射出閃閃的光。

劉氏揩了揩方才撒潑時擠出來的眼淚，心裡又開始打起了主意。

午間短暫休息後，一行人又在村長的吆喝下開始上路，這一走便是幾個時辰，迎著火辣辣的日頭，人都走蔫了，好似缺水的白菜秧子，垂頭喪氣的，孩童連哭鬧的力氣都沒有了。

直至夜幕降臨，才勉強找到了一個沒乾透的小水溝，一行人安頓下來，得到片刻喘息。

施嫿捧著小竹筒的蓋子，裡面是溫熱的白水，泡著小半個高粱麵窩窩頭，賣相不好，光線也差，看上去黑糊糊的一團，完全引不起人的食慾。

等窩窩頭泡發的時間裡，有個大人好奇地問她。
「阿九，妳那吃的什麼東西？」
施嬗小口地啜著溫水，答道：「是地瓜乾。」
哦，這東西倒還不錯，飽肚子！於是那人又道：「妳家裡還有這個啊？」
施嬗點頭，說：「哥哥留下來的。」
那人忍了一會兒後，厚著臉皮道：「叔也好長時間沒吃過地瓜乾了，給叔來一口嚐嚐唄？」
施嬗還沒說話呢，倒是一旁的村長開了口，語氣不大高興。
「你一個大人，怎麼還惦著娃兒這一口、半口的，也不嫌丟人？庚二他家也有地瓜乾，怎不見你去討來吃？」這是罵他欺軟怕硬。
那人被罵得一縮脖子，周圍人都投去鄙夷的目光。都是鄉里鄉親，低頭不見抬頭見，向一個無依無靠的小女娃兒討東西吃，確實沒什麼臉。
見那人灰溜溜地走了，施嬗這才細聲細氣地對村長道：「謝謝村長爺爺。」
村長聽了，卻覺得心酸，摸了摸施嬗的頭，長嘆一口氣。「年頭不好，人心也不好了啊！」
竹筒裡的窩窩頭已經泡發了，施嬗吃著那粗糙的高粱窩窩頭，仔仔細細地咀嚼，和著水吃下肚去，咕嚕作響了小半日的肚腹才得到了些微安撫，安靜下來。

她垂著眼，慢慢地喝著溫熱的水，不經意想到了那個小孩，謝翎，不知他晚上怎麼過，一個窩窩頭，只夠頂半天吧？

蓋上竹筒，施嫿忽然察覺到了一道目光，有些刺人，她抬頭望去，只見她的嬸嬸劉氏正站在不遠處的小土坡上面，朝這邊看過來，火光映在劉氏的側臉上，即便是隔著模糊不清的夜色，施嫿也能確定劉氏的目光是落在自己身上。

她這位嬸嬸今天看了她一路，施嫿思忖著，略微往後縮了縮，避開了那道目光。

趕了一天的路，所有人都很累了，孩童們也都早早入睡，山林中到處都是蛐蛐兒和不知名的小蟲子在唧唧亂叫，煩人得緊；但即便是如此，也沒有擾了眾人的好眠。

直至凌晨，天光曚曚亮的時分，一聲變了調的啼哭聲號了起來，打破了山林間的靜謐，透著一股不祥。

大多數人都被驚醒了，原本身上就痠痛得很，再聽見那催魂似的哭喊聲，只覺得腦門上青筋直跳，一時間喝罵聲、斥責聲四起，一窩蜂地，好似一群被驚動了的鴨子。

那號哭聲仍舊持續著，一高一低，隱隱約約，似乎在喊著「娘」。

施嫿也醒了，她坐起身來，就見不遠處的村長已經起身，往那哭聲傳來的方向走去，不少青年漢子也都起身了，面面相覷，跟著村長往那邊走。施嫿心中微微一緊，發了片刻的呆之後，不疾不徐地將自己的棉布小毯子摺好，收起來，再將兩個竹筒揹上，遠遠朝那邊看了一眼。哭的聲音還很稚嫩，分明是孩子，一長一短，顯然是不止一個。施嫿去了小水溝邊，水只有一指深，撈了點水抹臉，再回來時，便聽到了些風聲。

「是村西栓子他媳婦。」

「可憐啊，怎麼去的？」

「聽說是半夜裡用褲腰帶把自個兒給吊死的，發現的時候人都僵了！那大娃兒牽著小娃兒起夜，抬頭就見到他們娘掛在樹上。兩個娃兒才幾歲大，抱著他們娘的腳不肯動，哭得很悽慘。」

「她不是還有個婆婆，怎麼說？」

「就哭唄！我跟妳講，昨兒我還看見她婆婆劈頭蓋臉地罵她呢，說是沒用，連個雞蛋都守不住，被劉潑婦昧了去，活著還浪費糧食，倒不如死了算了！」

「這……唉，也是個想不開的。」

那婦人唏噓道：「誰說不是呢？若換了我是她，怎麼也得拉上那潑婦墊個背，可不能白死一遭！」

這一通事情鬧了一陣後，天全亮了，村長回來時，唉聲嘆氣的，臉色不大好，想來是愁的。人一去，那一家子就剩個老婆婆，還得著病，底下兩個五、六歲大的娃兒，眼看是要過不下去了。

一大清早就遇到這種事情，所有人的心情不由沈重起來，弄清楚來龍去脈後，越發鄙夷阮庚二那一家子。你說非要昧人家一個雞蛋做什麼？好好地，倒要了人家一條命，也不知那雞蛋吃下肚去，燒不燒得慌？

阮庚二又發了一通脾氣，責罵了劉氏，這回劉氏撒潑、哭鬧都不管用，罵完之後又把阮寶兒也罵了一通，直到又到了啟程的時候，這場風波才算平息。

但是此事帶來的陰影，依舊盤旋在所有人的頭頂，揮之不去。

有人死了，不管是怎麼死的，都令人深感不安。

第二章

又過了一日，待次日傍晚，孩童的號哭聲再次響起，所有人都是眼皮一跳。小孩的哭聲摘心去肝，直衝雲霄，透著一股張皇無措的絕望。

村長正準備坐下，聽到這哭聲，頓時一個趔趄，幸虧施嫿扶住了他。村長擺了擺手，拄著楇杖趕過去了。

施嫿想了想，看他腳步蹣跚，還是跟在後面，免得他摔了。等到了那哭聲傳來的地方，已經有幾個年輕人等著了。

看見村長來，其中一個人道：「是他奶。」

地上躺著一個老婦人，半趴在行李上，一動也不動，眼看是沒氣了。兩個小孩圍在她旁邊，張著嘴號哭，一把鼻涕、一把淚的。

村長上前探了探那老婦人的鼻息，施嫿清楚地看見他手指哆嗦了一下。

接著，村長問那兩個小娃娃。「怎麼回事？」

大一點的男娃打著嗝，哭得上氣不接下氣。「奶、奶她兩天沒、沒吃的了。嗚哇哇哇……」

是餓的。施嫿站在一旁，看著那老婦人枯槁的面孔，大張著的眼，不只是施嫿，便是旁邊的幾個青年漢子，都覺得磣得慌。

饑餓就像是一個持著刀的惡鬼，如影隨形地跟在他們身後，只待時機一到，便悄悄割下一人的頭顱，將他帶走。

下一個，躺在這裡的會是誰？

最後在村長的安排下，幾個青壯漢子去不遠處刨了個坑，把那老婦人抬去埋了。施嫿在一旁漠然地看著，腦子裡漫無邊際地想，死在前面倒還好，有坑可埋，到了後面，坑都挖不動了，就只能暴屍荒野了。

大人們看著那兩個小娃兒，瘦骨如柴的，幾乎可以想見他們日後的命運，不由得露出幾分憐憫，又或是想起了他們自己。

村長重重地嘆了一口氣，將那兩個小孩領了回去。他家裡也不算富裕，還有一家子要養活，但是總不能真看著兩個孩子餓死。

這一夜的氣氛分外沈重，不遠處爆發了一陣爭吵，叱罵聲傳開來，在寂靜的夜裡令人心驚肉跳，但是大多數人都只是抬頭看了一眼，沒力氣去管，那些平日裡愛打探消息的婦人們，也都沒有了興趣。

爭吵漸漸變成了爭執，又變成了爭鬥，打得熱熱鬧鬧，和著孩子的號哭聲、婦人的哭喊聲、男人們的叫罵聲，混在一起，彷彿廝殺一般，施嫿聽出了其中有她二叔那一家子的聲音。

或許是因為這事情，施嫿睡不著，周圍打鼾的聲音此起彼伏，她最後站了起來，趁著月光，往山林的方向走去，好歹那裡安靜些。

施嫿與那些鄉親們不同，她曾經經歷過一次逃荒，幾乎能夠看見接下來會發生什麼事情，於她而言，無疑是一種煎熬，她甚至恨不得自己沒有重新活過，就像他們一樣，熬一熬，總能熬過去的，可一旦知道了那一段時間有多麼難熬，痛苦就越發清晰而刻骨了。

銀色的月光灑落下來，將山林勾勒出一大片陰影，由於太長時間沒有下雨的緣故，地上滿是落葉，踩上去發出焦脆的聲音，乾燥無比。

兩旁的樹葉毫無生機，用指尖輕輕一折，都會碎裂開來。就在此時，施嫿聽見了輕微的聲音，從身後不遠處傳來，那是另一陣腳步聲。

施嫿猛地停下，心道不好！這麼些日子以來，儘管她再三掩飾了自己竹筒裡的秘密，但是時間一長，有心人還是能夠發現，她一直刻意跟在村長身旁，就是為了防著這種人。

但是經過今天這件事，她心緒煩亂，沒想到還是被鑽了空子！施嫿心中暗暗後悔，不該獨自跑出來的，只是現在想這些也晚了，下山只有一條路，那人就堵在那條路上，施嫿別無他法，只能拔腿往山上奔去，竹筒一下一下地打在她的脊背上，無比生痛。

身後那人顯然也發現自己暴露了，索性一不做、二不休，大步跟了上來。施嫿張口喊了一嗓子，在山林間遠遠傳開，試圖以這種方式引起其他人的注意，但此時正是深夜，經過半個多月的折磨，大夥的睡眠已經比從前好了不少，便是有人在耳邊大聲爭吵，也能不動如山地繼續酣睡，更別說施嫿這種隔遠了的呼聲。

施嫿到底還小，幾步就被那人用力按倒在地，一隻粗糙的手摀了上來，不讓她發出聲音。

施嫿差點一口氣沒喘過來，那人粗糙的手心刮過她的臉頰，極為疼痛，她往後面拚命仰頭，一口惡狠狠地咬上那隻手。那人痛呼一聲，發出了聲音，施嫿一愣，竟然是個婦人！

緊接著，那婦人似乎來了脾氣，被咬的那隻手一時間抽不出來，騰出另一隻手對著施嫿就是兩巴掌，嘴裡壓低聲音叱罵。

「好妳個死丫頭！還敢咬我！」

施嫿立即聽出來，這是她嬸嬸劉氏的聲音！於是施嫿咬得越發用力了，恨不得咬進她的骨頭裡去，一雙黑亮的眼睛近乎仇恨地盯著她看，在月光下散發出黑黝黝的光。

劉氏頓時火從心頭起，她掙扎了一下，沒能掙脫施嫿的啃咬，反而把自己的肉給撕裂了，左手惡狠狠地掐上了施嫿的脖子，罵罵咧咧地道：「老娘這就送妳去見妳那死鬼爹。」

做慣了粗使活計的婦人，手勁極大，施嫿被她掐得翻起白眼，孩童細細的脖子捏在手裡，就像是捏著一把細嫩的水白菜一般，只須略略收緊，就能聽見那細微的嘎吱聲。

就在這時，劉氏腦後一痛，被什麼重物砸中了，讓她不由自主地鬆了手。

施嫿立時得到片刻的喘息，新鮮的空氣爭先恐後地湧入肺裡，令她劇烈地咳嗽起來。

劉氏怒火中燒地回頭一看，一個身影站在她後面，舉著石塊又打了一下，讓她霎時鮮血洶湧而出，糊了眼睛，隱入蒙臉的布巾上，她哎喲一聲，手上卻毫不含糊地一推，將那人推翻在地。

那人卻靈活無比，爬起身來，拽著施嫿飛快地朝一旁跑去，劉氏下意識地抓了一把，那人一個輕微的趔趄，但仍舊是跑了，滑溜無比，跟一條魚一樣。

劉氏急了，怎肯讓他們輕易跑掉，若是功虧一簣，恐怕日後再想下手就難了，因此連忙追了上去，鞋跑丟了一只也來不及撿。

山林間，只有大口的喘息聲，給人一種心驚肉跳的感覺，施嫿大口喘著氣，感覺到那隻手用力地抓著她，拚命地往前跑去，兩旁的樹枝被撥開時，發出窸窣的聲音，在這寂靜的夜裡顯得十分響亮。

樹枝劃破了皮膚，她甚至感覺不到疼痛，直到牽著她的那個人停下來，把她往一個樹洞裡面一塞，緊接著也擠了進來，兩人緊緊貼在一起，大氣都不敢喘一聲。

沈重的腳步聲追了上來，在樹旁停下，鞋底踩在乾枯的樹葉上，發出沙沙的脆響，令人心驚肉跳。

劉氏追丟了人，在樹旁轉了幾圈，最後實在找不到，這才無奈地離開。

「咚！」

安靜的夜色中，傳來這麼一聲響亮的動靜，施嫿猛地一抖，這才意識到，這聲音是她的心跳，因為太過緊張，所以跳得尤其快，而且不只是她，另一人的心跳也很快。

一個孩童的聲音響起。「她走了。」
施嫿吐出一口氣來，她張了張口，卻只發出一聲嘶啞不成調子的叫聲，喉嚨傳來一陣劇烈的疼痛，她摸了摸自己的脖子，後知後覺的痛楚這才襲來。
劉氏掐她時用力極大，施嫿毫不懷疑，若是沒有眼前的人來救她，恐怕自己早已經成了一具屍體。
夜色中的山林看上去不那麼友善，到處都黑漆漆的，施嫿坐在地上，生出了劫後餘生的慶幸。
山風吹拂而過，原本身上的熱汗都乾涼了，那些被樹枝劃開的口子被汗水一激，疼痛爭先恐後地甦醒。
施嫿嘶地抽了一口氣，心情有些複雜，她看著面前規規矩矩地坐在地上的謝翎，問道：「你怎麼會過來？」
謝翎隨手撿了一根小木棍，在地上劃著，吞吞吐吐地道：「我、我怕王二虎他們暗算妳。」
半大的孩子，也會說「暗算」這個詞，施嫿不由得好笑，又想起一事。「王二虎是誰？上回打你的那個大孩子嗎？」
謝翎點點頭。
施嫿的心情再次複雜起來，她看著謝翎，這人雖然是上輩子害死他的間接凶手，但是仔細算來，她的遷怒是毫無理由的。在其位、謀其政，只能說她和那狗太子的運氣不好罷了，怪謝翎做什麼？要怪只能怪施嫿的命不好。

更何況，如今的謝翎，還只是一個屁大點的小孩。想到這裡，施嫿心中不由得生出幾分羞愧，覺得自己實在沒有氣量，竟然會跟一個小孩子計較這種可笑的事情。

施嫿藉著月光仔細打量他，發現他的臉上多了幾道口子，想來是方才那一陣奔逃，被樹枝和荊棘劃傷的，她想了想，問道：「你餓嗎？」

聽了這話，謝翎猛地嚥了嚥口水，然後頓了片刻，竟用力地搖搖頭。

施嫿看得出他確實是餓了，比起前一陣子，謝翎又瘦了些，一陣風就能颳倒似的，想來剛剛能跑得過劉氏，已是花費了他畢生的力氣。

施嫿驚訝道：「你不餓？」

謝翎抬頭看著她，認真地道：「我幫妳，不是為了吃的。」

施嫿頓時愣住了。

謝翎又接著道：「滴水之恩，當湧泉相報，妳之前救過我三次，我要報答妳。」

聞言，施嫿想了想，慢慢地笑了，笑罷之後，才道：「你方才救了我，我也要報答你才對。」說著便取下背上的兩個竹筒，拿出一個窩窩頭，泡著水，等窩窩頭完全泡開之後，才遞給謝翎，輕聲道：「你吃吧！」

謝翎用力吸了一下鼻子，猶豫了片刻，又試探性地看了施嫿一眼，見她露出一絲笑意，這才捧著那竹筒蓋，開始吃起來。
看得出他餓得狠了，但即便如此，吃相也是斯斯文文的，不似一般小孩那樣餓死鬼投胎的樣子。施嫿托著下巴就這麼看著他吃，心道，謝翎從前的家教定然十分不錯，也不知他父母是怎麼樣的人。
謝翎吃著、吃著，大概是被施嫿看得久了，不覺有些害羞，他脹紅著臉，放慢了速度，一口一口地繼續吃著高粱麵窩窩頭。香噴噴的食物氣味拚命地往鼻子裡面鑽，令他倍感滿足。而這個小小的、粗劣的窩窩頭，便成了小小的謝翎心中此生最為好吃的食物，即便是日後位極人臣，吃遍珍饈佳餚，他仍舊記得這個在月光下用白水泡著的窩窩頭，還有旁邊坐著的小女孩。夜色深了，山風有些冷，方才又流過汗，謝翎猛地打了一個響亮的噴嚏。
施嫿將竹筒蓋上，立即問道：「冷？」
謝翎捣住鼻子，點點頭。
施嫿想了想，拿出纏在竹筒上的棉布，兩人湊到一處背風的地方，用棉布將兩人蓋好，往樹幹上一靠，很快便睡了過去。
施嫿是被啾啾鳥鳴聲吵醒的，還有溫熱的陽光，落在眼皮上，泛著一片朦朧的金色，令她目眩不已。
脊背在樹幹上靠了一晚上，硌得生痛無比，一動就好似要折斷了一般，施嫿強忍著疼痛，站起身來，半瞇著眼往山下看去，山林間的樹葉都泛著暗沈的黃，死氣沈沈的，今日的太陽，卻依舊燦爛無比。

謝翎也醒了，他打了一個呵欠，見棉布毯子掉在地上，連忙撿拾起來拍了拍，仔細摺好，遞還給施嫿。「我們現在下山嗎？」

施嫿收好毯子，應了一聲，兩人便一同往山下走去，走了一刻鐘，很快就到了山腳下，兩人頓時都懵了。

山腳下原本休息的地方，現在空無一人，唯有熄滅的火堆提醒著他們，隊伍已經出發了。

施嫿愣愣地站在原地，轉了一圈，依舊是一個人都沒有看到，她不自覺地想，他們一夜沒有回來，難道村長沒有發現嗎？為什麼不等他們？又被拋下了。施嫿的雙唇不自覺打顫，像是冷極了似的。

謝翎敏銳地察覺到了，問道：「妳怎麼了？」

施嫿扯出一個難看的笑來。「沒事。」

謝翎左右看了看，道：「他們已經走了，我們現在去追嗎？」

施嫿很快便冷靜下來，她走到那冷卻的火堆邊，撥弄了一下，意外地撿到兩個沒有用完的火摺子，她伸手把火摺子揣進懷裡，冷漠地道：「不，我們不追了。」

謝翎猶豫著道：「那……就我們一起走嗎？」

施嫿轉頭看著他。「對，以後就我們一起走。」

聽了這話，謝翎怔了怔，純真的眼中露出一絲笑意，像是有些驚喜，他大力地點了點頭。「嗯！」

施嫿叮囑道：「再找一找，看看有沒有什麼東西，我們能用得上的。」

謝翎立即答應了，腳步輕快地跳著轉了一圈，回來時懷裡多了不少東西，都是那些鄉鄰們扔下的。有一只破舊的草鞋、縫補衣服的線團、一個舊竹筐、半張破麻布，林林總總，他抱在懷裡，好似要玩扮家家酒。

施嫿看得哭笑不得，把那草鞋扔了，線團裡還別著兩根縫衣針，便留了下來，破麻布和竹筐也都留了下來，日後應該會有些用處。

施嫿只撿到了一把小刀，兩指來長，上面有一個大缺口，但是勉強能用，又拾到了一捆細草繩，把東西收拾好，兩人才準備上路。

謝翎問道：「我們往哪兒走？」

施嫿答道：「往南方去。」

此時的謝翎一點也不像之前那個沈默寡言的孩子，他嘰嘰喳喳地好似一隻小麻雀，雀躍地繼續問：「南方哪裡？」

施嫿頓了頓，道：「去一個能讓我們活下去的地方。」

謝翎忽然提議道：「我們能去蘇陽嗎？我聽爹爹說過，蘇陽很富裕，水肥草美，百姓都過得很好，去那裡，我們一定能活下來。」

施嫿愣了一下，確實，蘇陽是一個好地方，位置偏南，氣候極好。她問謝翎道：「你怎麼知道蘇陽？」

謝翎想了想，答道：「從前爹告訴過我，若是日後他不在了，便叫人捎我去蘇陽，投奔世伯，他會照料我的。」

施嫿拍了拍他的頭，道：「那我們就去蘇陽。」

說來輕巧，真正要做，卻是一件十分困難的事情。兩人年紀都不大，施嫿才九歲，謝翎還小她一歲，大概由於父母過早逝世的緣故，無人照料，個頭也小，看著彷彿六、七歲的模樣。

但是施嫿決定的事情，便是一定要做到的，她說要帶著謝翎去蘇陽，那就一定要往蘇陽去。

蘇陽地理位置好，氣候好，典型的江南水鄉，去了那裡，他們肯定能夠好好活下去。懷著這樣的希冀，就如同天邊的星星指引一般，兩人走了七、八日的路，竟然也不覺得如何；尤其是謝翎，他如今不再受到欺凌，更是活潑不少，雖然吃得不算飽，但是每到餓了的時候，施嫿都會給他幾粒花生米，墊一墊肚子，也就不覺得難熬了。

白日裡趕路，夜裡擠在一起休息、睡覺，兩人彷彿兩隻天生地設的小野獸，相依為命，倒也十分過得去。

一路往南，又走了兩、三日，施嬑與謝翎碰到了他們趕路以來最大的難題。將竹筒傾斜，晃了晃，兩個乾巴巴的窩窩頭滾了出來，跟石頭似的，硬邦邦的。

施嬑拾起那兩個窩窩頭，吹了吹灰塵，將其中一個塞回去，蓋好竹筒，把手上那個用水泡著。

謝翎默不作聲地看著她這一連串的動作，忽然問道：「我們沒有吃的了嗎？」

施嬑頓了一下，不只沒有吃的，水也快沒有了。不比那些大人們經驗豐富，他們很少能找到水源，偶爾運氣好，找到了一、兩回快枯竭的小河溝，但是更多時候，他們都是無功而返。已經太久沒下雨了，他們經過的那些樹林，許多樹葉都被陽光燙得捲曲焦脆，草葉發黃，沒有一點水分，施嬑甚至覺得，他們也會像這些草木一樣，漸漸地被烈日曬乾。

這次的窩窩頭，謝翎只吃了一口，施嬑疑惑地看著他。

謝翎大力地嚥了嚥口水，把黏在那窩窩頭上的目光挪開，道：「我還不餓，阿九妳吃吧！」

最後那個窩窩頭，還是分成一半讓謝翎吃掉了。施嬑自然不能真的餓著他，謝翎搖頭不肯吃的時候，施嬑故意沈下臉來，作出一副生氣的模樣，謝翎便有些忐忑地望著她。

施嬑道：「你不吃，到時候餓著肚子走不動路，我是揹不動你的，那我們便一起在這裡坐著，直到餓死了。」

謝翎聽了，服了軟，老老實實地吃了那半個窩窩頭，但即便是吃了，餓了許久的肚腹也依舊叫囂著饑餓，半個窩窩頭，也只夠墊一墊肚子罷了。

這樣下去，他們會被餓死在路上的，施嫿這樣想，她必須想個辦法，讓他們都活下去。

到了傍晚時分，興許是老天爺眷顧，兩人竟然找到了一條小河溝，河溝裡面積著一灘半指深的水，看上去有些渾濁，但是對於他們來說，已是十分難得了。

謝翎摘下兩大片樹葉，做成一個小漏斗的形狀，小心翼翼地將那些渾濁的泥水盛起來，就這麼捧著，等它沈澱。

施嫿則是打量著河溝周圍，目光落在河溝旁的茅草上，草葉細長，邊緣鋒利，一不小心就會被割破手。久未下雨，就連那些草都枯黃瘦弱，好似一把乾燥的柴火。

施嫿拿出小刀，跪在地上開始挖掘那些茅草的根部，這一挖便是一刻鐘，總算挖到了東西。白色的茅根沾著乾燥的泥土，一節一節的，看上去有些髒，但是現在沒有水可以洗，施嫿只能用麻布仔細擦拭乾淨，然後拿了一截塞到謝翎口中。

謝翎手裡還捧著泥水不敢動，咀嚼了片刻，嘴裡嚐到久違的甜絲絲味道，他髒兮兮的小臉頓時浮現出驚喜，含糊不清地道：「甜的！」

施嫿也叼著一根茅草，兩人彷彿撿到了什麼寶貝一般，相視露出了笑容，燦爛而歡愉。

施嫿咀嚼著茅根，繼續挖掘，直到她摸到了有些濕潤的泥土，她怔了一下，指尖捻著那泥土，臉上浮現出若有所思的神色。

施嫿打定主意，繼續挖起來，並且刻意朝著那些泥土濕潤鬆軟的地方，一路挖下去，直到眼前出現了一個黑漆漆的小洞口。

謝翎被那個洞口吸引了注意，他好奇地問道：「阿九，那是什麼？」

施嫿搖了搖頭，她四下張望片刻，從旁邊折了一根樹枝，朝那洞裡戳了戳，就在此時，她聽見了一個聲響，緊接著，一條小兒臂粗的長蛇吐著信爬了出來，謝翎「啊」了一聲，被驚了一跳。

施嫿也被嚇到了，她本以為只是老鼠或者兔子洞，萬萬沒想到，竟然是一條蛇。

蛇身上通體黑色的鱗片，上面分布著褐色的斑紋，頭部呈橢圓形，吐著猩紅的信子，它大概沒想到會被人挖了老巢，受了驚嚇，轉頭便朝遠處爬去。

謝翎一下子跳起來，驚叫道：「它要跑走！」他喊了一嗓子，眼看那蛇就要爬到草叢中去了，立即撒手扔了樹葉，撿起腳邊的大石塊，上前一步就砸中了那蛇。

蛇一時吃痛，猛地將長長的身子蜷縮成一團，拚命翻滾，試圖掙脫那塊壓住它的石頭，它力氣極大，竟然把那石頭頂出條縫。

眼看蛇就要掙脫了，謝翎急了，喊道：「阿九！」

施嫿定了定神，上前一步，踏在那石塊上，讓它無法順利逃走，然後俐落地一刀朝蛇頭割去。刀有些鈍了，割了一下卻沒有割斷，反倒是蛇頭扭過來，咬了施嫿一口，鮮血頓時湧了出來！她痛呼一聲，手一鬆，刀子便落在地上。

謝翎見了，連忙拉開施嫿，也不去管那刀子，隨手撿起一塊石頭，拚命朝那蛇頭砸去，一下又一下。

他緊緊抿著唇，表情看起來有些凶狠，眼神裡帶著一股如狼的氣勢，倒叫施嫿十分意外。直到那蛇一動不動，死得透澈，謝翎還沒有停手的跡象，施嫿忙攔住他，道：「已經死了。」

謝翎愣了一下，回過神來，他拋下那石頭，拉過施嫿的手，只見上面赫然有兩個血洞，鮮血冒了出來，他微微垂著頭，好半天沒有說話。

施嫿以為他被嚇到了，拍了拍他的頭，還未開口，謝翎抬起臉來，眉毛皺著，雙眼濕潤，竟然像是一副要哭出來的神情。

他看著施嫿，聲音哽咽地道：「妳會死嗎？」

這是施嫿第二次看到謝翎哭，第一次是因為謝翎生吞了活魚，肚子疼，但那時是在夜裡，看不真切；後來謝翎挨打、挨餓、受欺負都沒有哭過。他們趕了這麼久的路，頂著大太陽，腳底磨出了血泡，血泡破了又繼續走，其中的種種痛楚，不是尋常人能夠承受的，但謝翎也從未哭過，他堅強得很。然而，在看到施嫿手上被蛇咬出的兩個傷口時，他竟然哭了。

施嫿看他張著口呼氣，眼淚一串一串地從眼眶裡滑落下來，像斷了線的珠子一樣，眼圈通紅。他沒有發出更多的聲音，不像一般的小孩子肆無忌憚地嚎啕大哭，他哭起來是無聲無息的，一邊抽噎，一邊又問了她一次。

「阿九，妳會死嗎？」

施𤫊忽然意識到幼小的謝翎心中的惶恐，他害怕她死。這讓她心中不由得有些酸楚，又覺得有些微的喜悅，伸手摸了摸謝翎的臉，道：「不會，我不會死的。」

謝翎打了一個小小的嗝，確認似地又問了一遍。「真的？」

「真的。」施𤫊把手上的傷口給他看，指著那兩個血洞，道：「你看，這蛇是沒有毒的，若是有毒，這裡恐怕早就變色了。」

謝翎仔細看了看，果真如她所說，不由得放下心來。

施𤫊鬆了一口氣，正欲抽回手，卻被謝翎一把捉住。

謝翎低頭將那傷口上的血舔舐乾淨，又認認真真地舔了一遍傷口，才抬起頭，對略顯驚愕的施𤫊道：「口水可以治傷的。」他說了，又覺得有些不好意思，用手背擦了一把臉，支支吾吾地解釋道：「我、我聽大人們說過，如果受了傷，可以塗一些口水。」

施𤫊不由得笑了起來，她看著謝翎髒兮兮的小臉，被眼淚沖刷出了兩道乾淨的痕跡，眼圈還委屈地泛著紅，便指著他打趣道：「花貓！」

謝翎也笑了，頗有些難為情地蹭了蹭臉，夕陽落在他的眼中，那是屬於孩童獨有的、天真的、溫柔的光芒。

兩人用棍子挑著那條死透了的倒楣蛇，又盛了些水，準備找個地方過夜，他們一邊說著話，一邊往河溝下游走去。

沒多久，天色便暗了下來，謝翎眼尖地看著前方，驚喜道：「阿九，妳看，那裡是不是村子？」

施嫿略微抬起頭來，往他指的方向看去，果然是一個村莊，坐落在山腳下，在夜幕下顯得十分靜謐而安詳。

她心中一喜，但是隨著兩人走近，喜悅卻涼了半截。村莊裡沒有任何聲音，雞鳴犬吠，什麼也沒有，就連火光也不見些許。

很明顯地，這是一個已經廢棄的村落，一點人聲都沒有。兩人站在村口處，不由得有些喪氣，喪氣過後，施嫿又打起精神來，道：「好歹我們今夜不必睡在外面了。」

兩人走進了村子，十室九空，到處都是鐵將軍把門，這裡的村民大概和他們一樣，都逃荒去了。村裡一片死寂，兩人從村頭開始察看，到了村尾處，發現有一個院子的門是半開著的。

謝翎小心翼翼地朝裡面瞥了一眼，大著膽子叫了一聲。「有人在嗎？」一連叫了三聲，沒有人回應，謝翎便將那小竹筐放在地上，低聲對施嫿道：「我進去看看，若是沒有人，我們就在這裡借住一宿好了。」他說著，便推門進去，走到院落，又走進屋子。

施嫿腳邊放著那死蛇，探頭朝裡面張望，沒看到謝翎出來的身影，卻聽見咯噹一聲，在這夜裡顯得十分清晰。施嫿一下子緊張起來，心都跳到了嗓子眼，顧不得別的，幾步進了院子，看見謝翎一頭從裡面跑出來，抓著她便要走。

謝翎臉色煞白，急道：「走，我們去別的地方！我們不在這裡住！」

施嫿觀他神情，便知道那屋子裡發生了什麼，伸手將他摟住，安撫似地一下、一下順著他的脊背撫摸，低聲安慰道：「沒事、沒事。」

謝翎的身子顫抖著，好一陣子才漸漸平息下來，他的臉埋在施嫿身上，聲音悶悶地道：「阿九，我害怕。」

施嫿在心裡嘆了一口氣，細聲安撫他。「別怕，我們會活下來的。」

大概是因為施嫿的聲音太過篤定，謝翎似乎從中汲取到了力量，過了片刻，他再次打起精神，牽著施嫿，兩人一同離開了這個小院子。

關上院門的那一刻，施嫿甚至能聽見屋裡傳來的嗡嗡蟲蠅聲，令人恐懼，就彷彿附骨之蛆，一直跟在他們身後。直到兩人又走回村頭，才擺脫那些細碎的蟲蠅之聲，但是如今即便是看到打開的院子，他們也不敢進去了。

謝翎索性撿起一塊大石頭，砸開了一家院門，兩人準備在這裡暫歇一晚。

旁的東西都沒有動，進了廚房，意外地發現缸裡還有一點水，施嫿和謝翎將那死蛇處理了一番，在灶上燒來吃了，竟然也是飽餐一頓。

今日趕了一天的路，又是打蛇、又是驚嚇一場，兩人很快便睏了，依偎在一起睡了過去。

隔日，晨光亮起時，施嫿睡得朦朧朦朧間，只覺得臉上癢癢的，她忍不住蹭了蹭，睜開雙眼，對上一雙黑亮的眼睛，那眼睛的主人笑了笑。

謝翎語氣歡快地道：「阿九，起來啦！」

施嫿撐著手坐起來，窗外又是一日晴好，將屋子照得亮堂堂的，她簡直恨透了這明媚的陽光，但是無法，他們還要趕路，只得爬起來。

兩人草草收拾一番，見無甚遺漏，便將這戶人家的擺設恢復原樣，出了門，將那被砸斷了半截的鎖依樣掛在上面，這才離去。

上路之後，仍然順著那乾涸的小河溝往下游走，不同於謝翎的輕鬆，施嫿心頭始終縈繞著一層揮之不去的愁緒。她背上的竹筒已經空了，只剩下最後一個窩窩頭，還有一小把花生米，這還是兩人硬生生從牙縫裡面摳出來的；水倒有小半筒，勉強還能頂一陣子。

但是顯然，兩人這一路走來，只有出去的，沒有進來的。施嫿一邊走，一邊竭力地觀察著四周，試圖找到什麼可以果腹的東西，讓他們接下來不必面臨餓死的殘酷情狀。

只不過事與願違，從清晨走到傍晚，整整一日，他們什麼也沒有找到。施嫿只覺得兩條腿痠軟無比，又不敢停下來，走慣了倒還好，骨頭都麻木了，若是停下來，恐怕就要立刻撲倒在地了。

謝翎半垂著頭，嘴裡木木然地咀嚼著半根茅根，就這麼一根小拇指長的草根，他已經嚼了一個下午，茅根從一開始的堅韌，最後變成了一團稀爛的草糊。肚子餓得咕嚕直叫，他垂著的目光掃過腳下的小路，石子、枯草、落葉，連蟲子都不見一隻，大概就連蟲子都餓死了吧！謝翎的目光在那些石頭上流連了一會兒，心裡想，若是石頭也能頂飽就好了，緊接著，視線有一瞬間的模糊，他眨了眨眼，然後使勁地把嘴裡一直咀嚼的那團茅根嚥了下去。

粗糙的茅根刮過柔嫩的喉嚨，帶來一陣粗糙的疼痛感，不太好受，但謝翎硬是不作聲，嚥下茅草之後，他反而覺得肚子好受不少。一連嚼了幾根，他倒不覺得餓了。

等施嫿發現的時候，謝翎已經把分給他的茅根吃乾淨了，她皺著眉，有點擔憂地詢問道：「可有哪裡不舒服？」

謝翎搖搖頭。「沒有。」

施嫿嘆了一口氣，拿下竹筒。

謝翎知道她的意思，按住她的手，固執地道：「我不餓，別拿。」竹筒裡還有一個窩窩頭，那是他們最後的存糧，現在是絕對不能動的，謝翎說什麼也不讓施嫿拿出來。

最後無法，施嫿只能拿出幾粒花生米，兩人分著吃了，也算是吃了一頓。

施嫿觀察著謝翎，見他吃了那茅根後，確實沒什麼異樣，這才放下心來，路上又挖了一些。茅根中的汁液十分充足，又甜絲絲的，餓急了倒也能頂一陣子。

只是這樣下去實在不是辦法，施嫿心中越發沈重，因為秋天來了，草葉都泛著黃，樹葉開始往下落，白日裡還好，有太陽照著，一旦到了夜裡，露氣重之後，那一條棉布根本不足夠為兩人抵擋寒意，再這樣下去，他們會生病的。

同時，這樣就意味著，再過不久，他們連茅根都找不著了。施嫿心急如焚，卻毫無辦法，她甚至有些後悔自己的決定，或許當初她是錯的，他們若跟著村子的隊伍，說不定還能有一線生機。這些念頭不止一次地在她腦海中閃過，但是面對謝翎，施嫿卻無法說出口。

比起之前，謝翎更瘦了，臉色蠟黃，又黑又瘦，顯得腦袋大，身子小，輕輕一推就能讓他栽一個大跟頭。他嘴唇乾裂，一雙眼睛大得驚人，好似下一刻就能從眼眶裡面掉出來似的。

最後一粒花生吃完了，水也沒有了。

謝翎嘴裡叼著茅根，他不敢嚼，就這麼慢慢地吸吮著，兩人晃悠悠地走在小路上，草葉都被太陽烤得乾枯，一腳踩下去，發出窸窸窣窣的脆響，像是要燃燒起來似的。

施嫿看著謝翎一步一晃的背影，忽然間心頭難過無比，她倏地停下腳步，叫住謝翎。

「我們把窩窩頭吃了吧！」

謝翎的步伐一下子就停住了，好像被「窩窩頭」那三個字釘在了原地似的，他下意識搖頭。「不——」

施嫿冷靜地打斷他，說：「我餓了，謝翎。」

這個「餓」字一說出來，肚內的饑餓就好像被喚醒了似的，如同一群鬼魅，爭先恐後地往外鑽，排山倒海般地侵襲著他們的意志。

謝翎的眼神有點茫然，嘴唇蠕動了一下，似乎想說點什麼，卻又沒說出來。過了很久，他才使勁嚥了嚥口水，脖子上的青筋用力跳動著，像他們從前打的那條蛇一樣瀕死掙扎。

謝翎的思緒空白了一段時間後，才反應過來，乾裂的嘴唇動了動，發出了嘶啞的聲音。

「阿、阿九餓了，那、那就吃吧！」

他們已經兩天一夜沒有吃過任何東西了，兩人各自叼著一根茅根，渴了便嚼一嚼，這個窩窩頭，是他們最後的希望。

施嫿放下竹筒，正要打開的時候，目光忽然掠過前方，見地上有個什麼東西，她愣了一下，動作不由自主地停頓下來。前面是一個三岔路口，路不寬，雜草叢生，凌亂無比，那東西就斜斜地藏在草叢中，探出了一角。

謝翎顯然也注意到了，兩人互相對視一眼。

施嫿收起竹筒，拔腿便朝那裡奔過去，她許久沒有吃東西了，驟然跑起來，腳步虛軟，差點摔倒。

短短一段路程，在兩人看來卻花費了好大的力氣才趕到近前，施嫿扒拉了一下雜草，那是一個匣子，她先是一陣驚喜，匣子是用上好的梨花木做的，四角鑲金包銀，上面雕刻著五福拜壽圖，精美無比，這種東西，她上輩子只在京師那種地方見過，絕不是普通百姓能有的。可是驚喜過後，她又冷靜下來，顯然，這種匣子，裡面絕不是用來盛食物的，大多是拿來裝金銀、翡翠之類的擺設和首飾，甚至是銀票。

可是這種東西對於現在的他們來說，又有什麼用？這匣子裡面就是擺滿了黃金，也救不了他們，施嫿心裡不由得生出幾分絕望。

謝翎卻毫無所覺，他張大了眼睛，眼神閃亮，像是一簇星光，充滿了希冀，催促道：「阿九，打開看看！裡面有吃的嗎？有沒有？」

施嫿扯出一個艱澀的笑容，顫抖著手，將那匣子的鎖釦撥開了，等裡面的東西映入眼簾，她的心也隨之沈入谷底。

謝翎眼中的星光熄滅了，他失望地看著那匣子裡的東西，難過極了。「這是什麼東西？」他伸手將那一塊黑漆漆的木頭拿起來，不死心地問道：「能吃嗎？」

施嫿搖搖頭。「不能。」謝翎還試圖去咬一咬，被她制止了，那塊木頭重量極重，還有一股沈鬱的香氣幽幽傳來，往鼻孔裡鑽，施嫿低頭看了一眼後，將它放回了匣子裡。

謝翎問道：「這是什麼？」

「是香料。」

好了，這下也不必多加解釋，既然不是吃的，謝翎就半點不感興趣了。他又看了看匣子，裡面一共擺著三塊木頭，長得好像一個模子印出來的，上面還描著金色的圖案，香是很香，可惜不能填飽肚子。

施嫿把匣子扣上，若有所思地看著地上的草葉，不出所料，看見了兩道車轍痕跡，於是她做了一個至關重要的決定，她要把這個匣子帶上。

謝翎雖然不解，但是也沒有多問，施嫿做事情總是有原因的。

兩人把匣子擱在竹筐中，施嫿調整了路線，他們開始順著那有車轍痕跡的小路走。

這一走便從正午走到天黑，兩人都餓得兩眼發黑，步子也邁不動了，施嫿甚至覺得自己幾乎要撲倒在地上。

謝翎還在咬牙支撐，施嫿拉著他，兩人互相靠著，在路邊歇了一會兒，傍晚時分，天邊漸漸爬出了一彎新月，空氣安靜無比，連蟲鳴聲也聽不到了。

施嫿忽然覺得這份安靜令人不安，像是某種不祥的預兆似的，她推了推謝翎，問：「睏了嗎？」

謝翎迷迷糊糊地哼了一聲，彷彿是在回答。

於是那不安越發擴大，施嫿繼續道：「你別睡。」

謝翎輕輕應了一聲。

施嫿嚥了一口口水，慢慢地、輕柔地道：「等一會兒就會有人來找我們了，謝翎，我們會活下去的。」

謝翎這回沒有回答了。

莫大的惶恐攫取了施嫿的全部心神，她有些慌張地想著，謝翎會死嗎？

施嫿腦子裡亂糟糟的，她不自覺地想起了她病逝的爹，那是很遙遠的記憶了，印象中，她爹很疼她，每次做了活回來，都會把小阿九舉起來，讓她坐在他的肩膀上，滿院子走來走去，到處都充滿了阿九快活的笑聲。

還有娘親，娘親還在家的時候，會每日坐在屋簷下，縫補衣裳，偶爾對她和哥哥笑一笑，細聲叮囑「阿九慢點兒」、「阿九當心摔了」。

哥哥會帶著小阿九，上山下水，摸魚抓鳥，那是阿九深藏在記憶中最珍貴的東西，然而經過歲月的洗拭，都褪去了鮮豔的色澤，變得蒼白而模糊，直到最後什麼也看不清了。

所有人一個個地離開，爹爹冰冷而毫無生氣的身體，娘親痛哭哀戚的面孔，還有兄長揹著草簍消失在山坳間的背影，這些畫面一幕幕地閃過施嫿的腦海，最後，是那一場記憶深刻的大火，九歲的小阿九被留在了大火中央，絕望地哭泣著。

男子偏執的聲音中帶著幾分瘋狂之意，他說：嫿兒，孤實在是捨不得妳，妳跟著孤去吧，孤會待妳好的。

猖狂的笑聲中，施嫿忽然驚醒過來，她猛地睜開雙眼，漫天的星子映入眼簾，她渾身的皮肉上彷彿還殘留著那灼痛的感覺，深入骨髓之中。許久後，她才反應過來，愣愣地想著，啊，那是阿九，可是軟弱的阿九已經死去了。

那麼，現在活著的是誰？

遠處傳來一陣急促的馬蹄聲，令施嫿回過神，她掙命地坐起身來，推了推身旁的謝翎，驚喜而急促地道：「謝翎，我們有救了！謝翎！」

只是身旁的人沒有動靜，就這麼安靜地躺在那裡，彷彿與夜色中的天地融為了一體。

「謝翎？」謝翎沒有動靜，施嫿一下子就慌了神，她連忙爬起來，伸手探了探他的鼻息，一顆心頓時涼了半截，僵在了原地。

好半天，她才感覺到一點點熱氣吹拂在手指上，在這冰冷的夜裡顯得尤其彌足珍貴。

施嫿的眼睛霎時濕潤了，她跌跌撞撞地爬起身來，朝那馬蹄傳來的方向招手，高聲喊道：「救命！救救我們。」

女童的聲音沙啞而淒厲，劃破了寂靜的黑夜，遠遠傳開，令人不由得心驚肉跳。

馬蹄聲靠近了，帶著一盞昏黃的馬燈，一個有力的男子聲音喊道：「是什麼人？」

燈光柔和無比，施嫿走近幾步，撲通跪倒在地，語氣懇切地求道：「求大老爺救救我們！」

那人似乎愣了片刻，下了馬，提著燈過來，看清楚了面前的情狀，道：「原來是兩個乞兒，你們可是流民？」

施嫿連忙答道：「我們要去蘇陽投奔親戚的，不是流民！」

那漢子也不知信是不信，他注意到施嫿身旁的謝翎，便道：「那是妳弟弟還是哥哥？他怎麼了？」

施嫿急急答道：「我弟弟他餓暈過去了！求大老爺援手，大恩大德，日後必報！」

那漢子聽了，立即將馬燈掛在馬背上，拿了一個水囊，幾步上前，看了看謝翎，又從懷裡拿出一個紙包來，道：「先給他餵些吃的。」

施嫿謝過之後，將謝翎半抱起來，灌了些水下去，那紙包裡面是兩個饅頭，她拿一個用水泡爛之後，給謝翎餵下。

那漢子將水囊和另一個饅頭送給他們，又道：「小孩，你們先在這裡候著，不要走動，我奉東家吩咐，過來尋東西的，待我尋到之後，便會趕過來，帶你們一道回去。」

施嫿便道：「大老爺尋的可是一個匣子？」

那漢子聽了，大喜過望，忙道：「妳看見過？」

施嫿抱著謝翎，騰出一隻手來，將旁邊竹筐上的麻布揭開。「是路上拾到的，原想著失主會來尋才帶上，不想如此湊巧。」

那漢子長舒了一口氣，將那匣子拿在手裡，看了看，這才重新收好，謝過施嫿，欣然道：「既如此，我這便帶你們回去。」他見施嫿神色不安，安慰道：「妳放心，我們商隊裡有大夫，到時著他給妳弟弟瞧一瞧病，必然大好。」

施嫿聽了，頓時喜出望外。

那漢子將他兩人抱上馬背，依舊掛著馬燈，往來時的路趕去。

因謝翎依舊昏睡，情況不明，那漢子不敢將馬催得太快，一路小心驅趕著，到了商隊營地時，已是小半個時辰之後的事情了。

前方燈火通明，映入施嫿眼底，燃起了希望。

一個大嗓門高聲喊道：「馬老二，你這一去就是一個時辰，可是摸瞎去了？東家問起幾回了！」

載著施嫿和謝翎兩人的漢子揚聲道：「路上遇到些事情，耽擱了。」

正說著，到了營地，馬老二下了馬，將施嫿抱下去，然後才去抱謝翎。

喊話那人迎上來，看見他們，瞪大了眼。「你怎麼一個人去，倒拐回了兩個小孩？」

馬老二沒同他閒扯，只是道：「婁大夫在何處？快請他來看一看這個小孩。」

不多時，他們便驚動了整個商隊營地，就連東家也出來了。

施嫿正守在謝翎身邊，看那婁大夫給謝翎看診，緊張地問道：「他有沒有事？」

婁大夫拂了拂鬍鬚，溫和地安慰道：「無妨，就是餓的，去熬些米粥來便是。」

那東家聽了，便吩咐人去熬一鍋粥來。東家是個中年男子，四方臉，山羊鬍子，五官看起來有些和善，問道：「你們是從哪裡來的？」

施嫿便恭恭敬敬地施禮回答。「回大老爺的話，我們是從邱縣來的。」

那東家聽了，先是「咦」了一聲，才道：「邱縣可不近，就你們兩人嗎？」

施嫿搖搖頭，老實道：「原是與鄉親們一道走的，後來走散了，便只有我們姊弟兩人。」

東家又問道：「你們走了多少日了？」

施嫿努力回憶了一下，不大確定地道：「一個月吧，或許已近兩月了？我們是八月下旬出發的，路上也不知時日。」

那東家便道：「如今已是十月了。」

十月，當真快有兩個月了。施嫿都有點不敢相信，他們竟然就這麼熬過來了。

那東家又隨口問了些話，無非是路上所見所聞，忽而，他指著施嫿背上的竹筒，問道：「這是什麼？」

施嫿聽了，便將兩個竹筒解下來，其中一個竹筒裡裝的是水，只有淺淺的一層，連指尖都淹不了，倒出來之後渾濁不堪，與泥水無異，根本不能喝；第二個竹筒，她傾斜了一下，一個東西骨碌碌地滾出來，落在那簡易搭建的桌面上，灰不溜丟、硬邦邦的。

旁人起先還以為是石子之類的，直到施嫿拿起來，放在手中看了看，上面布滿了大片、大片灰灰綠綠的毛狀物，早就不能吃了。

施嫿說道：「是窩窩頭。」

眾人頓時不語，一股壓抑的沈默漸漸在人群中蔓延開來。

施嫿將那窩窩頭收回竹筒內。「我們能活下來，已是很好了。」還有更多的人，死在了逃荒的路上，他們甚至沒有看到生機和希望。

商隊的人自北往南，一路走來，見過的顯然比施嫿更多，他們甚至特意揀了小路走，不走官道，為的就是避免麻煩，因為官道上的流民更多，一路上樹皮、草根皆被食盡，不可謂不慘。

在這氣氛沈重間，那邊的粥已經熬好了，端上桌來，米粥的香氣散發開來，令施嫿不由得嚥著口水。

那東家見了，起身道：「妳先吃些東西，你們既幫了我的忙，來了我這裡，必然不會讓你們餓著了。」

施嫿急忙道謝，等那東家離開了，這才拿碗盛了些米粥，吹涼了餵謝翎。

一碗粥餵下去，那邊婁大夫又端了一碗藥過來，對施嫿道：「這藥妳與妳弟弟都吃些，過一陣子身子便能養好了。」

施嫿謝過，接過藥碗，她的手指瘦骨嶙峋，搭在那碗沿上，看得讓人心驚不已。

婁大夫是個心善的人，見狀嘆了一口氣，摸了摸施嫿的頭，這才走開了。

施嫿吹涼了藥，才餵了謝翎一口，便見他眉頭不自覺地皺起來，欣喜地輕聲喚道：「謝翎？阿翎，醒醒！」

謝翎似乎聽見了她的呼喚，迷迷糊糊地醒轉過來，睜著一雙茫然的眼看她。

施嫿心中不由得一陣酸楚。「起來喝藥了。」

謝翎聽了，下意識問道：「藥？什麼藥？」他說著便要坐起身來。

施嫿連忙放下碗，扶住他，低聲把事情一一說給他聽。

謝翎聽罷，驚喜而天真地道：「我們可以活下去了嗎？」

施嫿摸了摸他的頭，鼻尖一酸，險些落下淚來。「是，我們會活下去的。」她如此堅定地說著。

兩人分吃了那一碗藥湯，雖然苦澀無比，但是謝翎卻很高興，就像他從前叼著那茅根一樣，露出喜悅的笑容。

喝完藥湯之後，謝翎眼巴巴地看著那一鍋粥，他還想再喝一點。

但是施嫿不讓，方才婁大夫說了，太久沒有進食，若貿然吃得太多，反而不好。

那粥便在謝翎巴望的眼神中被端了下去。

此時夜已深了，馬老二將兩人安排在後面睡下，又給他們兩張毯子，十分暖和。

一夜無話。

第三章

第二日一早，施嫿是被謝翎推醒的，她實在是太累了，睡得昏沈香甜，不知今夕是何夕，被推醒之後，還有些回不過神，謝翎悄悄指了指周圍，施嫿這才反應過來，是了，他們昨天晚上被一個商隊的人救下了。

那些被刻意忽略的聲音漸漸進入耳中，聲音嘈雜，和著吆喝聲、收拾東西的聲音、木板碰撞的聲音，還有人們交談的聲音，全部夾雜在一起，十分熱鬧。

一個青壯漢子走過來，笑著看他們，正是馬老二。「起來了？我們現今要趕路了。」他說著，蹲下身來收拾施嫿他們睡的鋪蓋。

施嫿有些不好意思，立即動手幫忙一起收拾。

馬老二擺了擺手，道：「我來就行了，你們兩個小娃娃去吃些早飯吧，就在那邊。等我們上路了，就要捱到午時才能吃飯。」

施嫿道了一聲謝。

馬老二笑笑，道：「妳這小女娃娃好客氣，謝什麼？去便是了。」

施嫿也笑，這才拉著謝翎去了那後面做飯的地方，各自領了一個大白饅頭。那做飯的人見他們瘦得可憐，又一人多塞了一個，兩人道過謝之後，這才蹲到一邊吃。

才吃到一半，施嫿抬頭見那東家邁著步子過來，連忙拉了拉謝翎，向那東家施禮，謝翎則是像模像樣地作了一揖。

那東家笑了，問謝翎道：「可還有哪裡不適？」

謝翎搖頭。「多謝東家老爺相助，我已無事了。」

東家聽罷，笑道：「我來與你們說一聲，我們商隊是要往南洲去的，我昨日聽說，你們要去蘇陽投親？」

施嫿點點頭，道：「正是。」

東家道：「如此正好，我倒是能捎你們一程，從這裡到蘇陽也不過半個月的路程，你們安心待著便是。」

施嫿和謝翎互相對視一眼，皆從對方眼中看到了驚喜，連忙齊聲道謝。

東家笑著擺手，這時商隊那邊吆喝著，說是要準備出發了。

商隊腳程很快，施嫿和謝翎被安排在最後一輛牛車上，兩人靠在一起，小聲說話。

東家姓劉，是個香料和藥材商人，經常來往於南北之間，運送貨物。也是施嫿和謝翎兩人運氣好，命不該絕，這種商隊一般都是走官道的，便是迷路也不會拐到這種小岔路上來，沒奈何今年中部地區這一帶有大旱，四處皆是逃荒的流民，以官道尤甚，流民一多，就怕出亂子，所以東家便改走小路，倒撿了施嫿和謝翎一條小命。

施嫿心中也是後怕不已，她當初帶著謝翎趕路，是刻意走小徑的，無他，他們兩人人小、力氣小，若是碰到那些蠻不講理的流民，怕是早就被折磨死了，人餓到極致，便會沒了理智，與野獸無異，便是吃人這種事情，也是做得出來的。

如今看來，施嫿當初的決定是正確的，雖然受了不少磨難和苦楚，但是幸好，他們如今已經獲救了。

商隊的馬蹄就這麼噠噠地往前跑去，載著施嫿和謝翎兩人。

不過半個月的工夫，便到了蘇陽城。

由於時間緊迫的緣故，商隊並不打算入城，便在城門外將施嫿兩人放下了。

那劉東家過來與他們說了幾句話，遞來一個小布包，和氣地道：「我看你們兩個小娃娃，也實在不容易，這些東西你們收好，莫露財叫人竊了去，待投了親，日子便好過了。」

施嫿不肯接，只是道：「我們姊弟兩人一路上叨擾東家老爺了，白吃白喝，哪裡還能拿您的東西？如今蘇陽城已在眼前，東家老爺的好意我們心領了。」

那劉東家見她不肯收，轉而遞給謝翎，謝翎自然也不收，拒絕幾番之後，劉東家嘆了一口氣，既是心喜他們的品行，又是可憐他們，便收回那布包，讓人拿來幾個饅頭和糕點，用紙包好，叮囑幾句，車隊便轔轔離開了。

施嫿這才牽起謝翎，兩人往蘇陽城內走去。

他們一路上走來，原本衣衫襤褸，如同乞兒一般，幸好碰到那一行商隊，給他們買了兩身衣裳，收拾了一番，看上去倒也像是普通人家的小孩了，只是仍舊瘦得厲害，站在路上，彷彿一陣風都要吹跑了似的，兩人的手臂一般細，好似兩根稈子，輕輕一掰就會折斷。

施嫿問謝翎道：「你還記得你那位世伯的名姓嗎？」

謝翎答道：「記得，姓蘇，家住南大街二巷裡面。」他說著，又道：「我爹還給了我信物，說是那位世伯見了便知道是我。」

施嫿好奇道：「什麼信物？」

謝翎謹慎地左右看了看，拉著她拐進旁邊的小巷子，然後從領口裡拉出一塊掛在脖子上的玉，不無得意地道：「就是這個！」

施嫿低頭看了看，那玉被一根紅繩拴著，大概是戴得久了，紅繩已經磨得很陳舊，邊緣發白；玉倒是一塊好玉，刻成了一條魚的模樣，看上去十分精緻，水頭兒極好，綠瑩瑩的，漂亮極了。

施嫿讓他將玉收起來，叮囑道：「除非見到那位世伯，否則別叫人看見了。」

謝翎將玉魚收進衣服裡，方才那點熱氣全跑光了，冰冷的玉凍得他一個激靈，口中應答著。「我知道了。」

施嫿牽著他出去，蘇陽城很熱鬧，路上行人很多，人聲鼎沸，他們就順著人一路問過去，倒也十分順利地找到了那位蘇世伯的住處。

謝翎張著眼睛，打量面前的宅子，小小地驚嘆道：「好高的屋子！」

施嫿點點頭，雖然她上輩子見過更加豪華的宅子，但是很顯然，這位蘇世伯的確是個身家豐厚的人，這樣一座高門大宅，在蘇陽城裡已算得上數一數二了。

門口兩尊大石獅子十分威風，惹得謝翎不時轉頭看一眼，很想動手摸一摸，但是他忍住了，並沒有妄動，只是乖乖地跟在施嫿身後。

施嫿走上前去，敲了敲那緊閉的宅門，許久之後，那門才開了一條縫，半張耷拉著的臉從門後探了出來。

門房低頭打量他們，語氣不大客氣地道：「做什麼的？」

施嫿道：「這位大哥，我們是從邱縣來的，父親讓我們來拜訪蘇伯伯，煩請大哥通報一聲。」

那門房不耐煩地道：「我們老爺沒有什麼邱縣的親戚，你們找錯了！」說完，大門便砰地一聲合上了。

謝翎扯了扯施嫿的衣襬，小聲地道：「阿九，那位蘇伯伯是不是不肯見我們？」

施嫿聽出他聲音中的忐忑和不安，轉過身，摸了摸他的頭。「不是，只是一些狗仗人勢的東西，從門縫裡看人罷了。」

謝翎一想，方才那人還真是從門縫裡面看他們，不由得笑了。「那我們現在怎麼辦？」

施嫿想了想，道：「先等一等看看吧！」她拉著謝翎在一旁的牆角坐下，那裡有一個角門，正好午時到了，兩人便分著吃了一個饅頭，等那宅子裡的人出來。

這一等，便是一個時辰過去。謝翎靠在施嫿身旁打起了瞌睡，施嫿側著頭，不時盯著那宅子的正門看一眼，就在此時，忽然，她聽見身後傳來一絲響動兒，還沒來得及反應，背上突地一空，往後跌去，她連忙拽了謝翎一把，但是事出突然，謝翎又睡得香，沒拽住，整個人朝後滾了出去。

門裡傳來「哎呀」一聲，一個女童聲音驚訝地道：「怎麼有兩個乞丐在這裡？」

謝翎被這一摔，倒是醒了，正好聽見這話，摸著摔痛的後腦勺站起來，不忿地道：「我們才不是乞丐！」

施嫿趕緊將他拉出來，同時打量了門裡一眼，只見那裡站著三個人，最前面的是一個身穿水紅色衫子的小女童，只有六、七歲的模樣，一張臉白嫩嫩、胖乎乎的，紮著兩個雙丫髻，頸間掛了金鎖環，看上去既富貴又討喜；旁邊則是站了一個婆子和一個丫鬟，約莫是跟著伺候的人。

那小女童看了他們一眼，撇了撇嘴，聲音稚嫩卻十分輕蔑。「穿得這麼髒，還說不是乞丐！」

謝翎一聽被氣到了，反唇相稽道：「妳穿得好看有什麼用？還不是醜？妳長得比乞丐還醜！」

那女童聽罷，登時脹紅了臉，氣得話都說不順，委屈極了，一泡眼淚含在眼眶裡，指著謝翎和施嫿兩人高聲罵道：「你、你們給我滾出去！不許在我們家門口！」她一邊罵、一邊還跺著腳，對身後的婆子和丫鬟嚷嚷道：「讓他們滾！讓他們滾！」

那兩人見自家小祖宗發難了，連忙上來趕人的趕人、安慰的安慰。

無奈之下，施嫿只得帶著謝翎又挪了一個地方。

臨走時，謝翎還衝那女童吐舌頭。「醜八怪！妳以後肯定嫁不出去，在家裡做老姑娘吧！」

氣得那女童哇地一聲哭出來，被那婆子和丫鬟一迭連聲地哄著回轉了。

施嫿又是好氣、又是好笑，她還是第一次見到謝翎這麼調皮放肆的一面，不由得道：「她年紀小，你同她計較什麼？再說了……」她說著，頓了頓。

卻聽謝翎嘀咕道：「她哪裡小了？我也小呢！」他說到這裡，又吸了一下鼻子，道：「我就是看她不順眼，我們只是在門口坐一坐罷了，又沒有礙著她們，那般趾高氣揚做什麼？」聲音漸小。

施嫿聽了，心中有些不是滋味，或許這才是一個真正的孩童會有的想法，而不是如她一樣，第一反應則是，這女童穿著富貴，有很大的可能，是那位蘇老爺的女兒或孫女之類的人物，不該得罪的；可是，謝翎也只是一個孩子罷了，都是爹生娘養的，被人指著鼻子罵乞丐，難道不該做出他應有的反應嗎？

他們現在雖然貧窮，但這絕不是讓人隨意折辱、搓揉的理由。

想到這裡，施嫿不禁拍了拍謝翎的頭，語氣欣然地道：「不是你的錯。」

聞言，謝翎的表情果然鬆快許多。

兩人正走著，忽然，街角有一輛馬車轔轔駛過來，慢慢地在宅子門口停下。

那馬車停下之後，便有人去敲宅子的門，這次門很快便打開了，幾人迎了出來，口稱「老爺回來了」。

一個中年男人掀開簾子下車，身著褐色錦袍，因為隔得遠的緣故，倒是看不清楚面孔，只是憑施嫿的直覺，那人必然就是謝翎口中的蘇世伯了。

想到這裡，她拉了拉謝翎，道：「你可見過他？」

謝翎搖了搖頭，道：「他就是蘇伯伯嗎？從沒見過，我也只是聽爹提起過。」

施嫿應了一聲，眼看著那中年男人要進門了，便帶著謝翎上前去，喊了一聲。「蘇伯伯！」

幾名僕從見了，倒是不敢來攔，正面面相覷間，那中年男人聽見聲音回了頭。

蘇老爺打量施嫿兩人一眼，略微皺了一下眉，有些茫然地道：「你們是……」

這回是謝翎上前一步，恭敬地拱了拱手，道：「家父名諱謝流，著我來蘇陽城拜訪蘇伯伯。」

「謝流。」蘇老爺唸了一句，許久才反應過來，恍然大悟道：「你是謝兄的兒子?!」

謝翎答道：「正是。」

蘇老爺驚訝道：「怎麼只有你一人前來？你父親呢？」

謝翎語氣艱澀地說：「父親他、他已經病逝一載有餘了。」

蘇老爺聞言大驚，連忙請謝翎與施嫿兩人入宅，在花廳坐下，下人捧了果茶上來，蘇老爺細細問了一番，得知謝翎的遭遇，不由得捶胸頓足，長嘆一聲，道：「是我的疏忽，自從今年年初開始，生意便忙，無暇顧及旁事，早年又與你父親斷了書信往來，一時竟沒有想到你父親老家就在邱縣。一路過來，吃了不少苦吧？」

他的態度情真意摯，謝翎差點紅了眼，吸了一下鼻子，搖搖頭，道：「走過來，便覺得沒什麼了。」

蘇老爺嘆了一口氣，又道：「好孩子，你且放心，我與你父親乃是多年同窗，莫逆之交，當初我入京趕考，還是他竭力襄助，如今你既有難處，我一個做伯伯的，必然不會袖手旁觀，你只管在我家安心住下便是。」他說著，注意到一旁默不作聲的施嫿，不由得好奇地問道：「這位是？」

施嫿起身施禮，答道：「小女施嫿，見過蘇老爺。」

謝翎連忙解釋道：「這是我的姊姊，我們一起從邱縣來的。」

蘇老爺聽了，點點頭，和善地道：「既如此，妳也一併住下吧！我這宅子雖然不大，但是安置你們兩個小孩，還不成問題。」

三人正說著話，便聽見後面一陣喧鬧，緊接著，一團紅色的小小人影從外面奔進來，撲到蘇老爺懷中，拖長了聲音撒嬌。

「爹爹，我的琉璃兔子呢？」

蘇老爺慈愛地笑，將她抱在懷中，向下人吩咐道：「去，將小姐的琉璃兔子拿來。」早有眼色好的下人捧著東西過來。

蘇老爺笑呵呵地把匣子拿給女童看，道：「妙兒，妳看看喜不喜歡？」

蘇妙兒打開匣子，頓時歡呼一聲，捧著一個嬰兒拳頭大小的琉璃兔子蹦跳起來。

那兔子模樣唯妙唯肖，栩栩如生，更為奇特的是，通體呈半透明，如同一塊冰晶，折射出亮晶晶的光芒，十分好看，便是謝翎也忍不住多看了一眼。

蘇妙兒愛不釋手地把玩了一番，才注意到旁邊的謝翎與施嫿兩人，不由得張大了眼睛，驚詫道：「呀，是你們！」

她驚訝過後，便怒氣沖沖地道：「你們進來我家裡做什麼？滾出去！」

蘇老爺一聽，立即沈下聲音喚道：「妙兒，不得無禮。」

蘇妙兒絲毫不懼他，哼了一聲，跳下來，抱著那琉璃兔子衝謝翎罵道：「呸！小乞丐，不許你們待在我家裡！來人，把他們趕出去！」

蘇老爺這下子臉色也跟著黑了，當著謝翎和施嫿兩人的面，又下不了臺，不免尷尬，輕斥道：「沒規矩了！這是妳哥哥，什麼乞丐不乞丐！誰教妳說這些渾話？」

蘇妙兒顯然是驕縱慣了的，聽她爹呵斥後，索性跺著腳，扯著嗓子叫起來，嚷嚷道：「他算哪門子的哥哥？我嫡親哥哥在學堂上學呢！他們怕不是哪兒來打秋風的窮親戚吧？」

這話一出，別說蘇老爺，便是施嫿的臉色也不好了，而謝翎則是微垂著頭，兩手握緊了，指尖捏得泛起了白。

蘇老爺氣壞了，狠狠一拍桌子，杯盞頓時一陣亂跳，茶水都濺了出來，指著蘇妙兒道：「住口！誰許妳說這種話的？」蘇老爺一迭連聲地喚奶娘。

蘇妙兒大抵是看出她爹發脾氣了，閉口吶吶，抱著那琉璃兔子退了一步。

很快地，從屋後走出來一個中年婦人，正是施嫿和謝翎之前在角門處見過的那個婆子，她慌慌張張地行禮。

蘇老爺指著她的鼻子開罵。「做什麼吃的奴才？一天到晚就會嚼舌根，教小姐說這種話！倘若再叫我聽到小姐說出這些話來，定饒不了妳！」

奶娘急急磕頭認錯。

蘇老爺冷冷道：「把小姐帶回房！」

奶娘忙上前抱起正在抽搭哭泣的蘇妙兒，哄著她出去了。

蘇老爺吐出一口氣來，喝了一口茶才平靜下來，又和顏悅色地對謝翎道：「賢姪莫要見怪，你妹妹年紀小，又是這麼個性子，被寵得過了，那些下人們不帶個好樣，說的什麼渾話、胡話竟叫她學了去，她心地總是好的，我已訓斥過她了，方才那些話，你千萬不要往心裡去。」

聽了這話，施嫿在心裡笑了笑，怕是訓斥過下人了才是。

話兩頭好歹都讓這位世伯說了，謝翎還能說什麼？只能口中稱是。

蘇老爺又叫了人來，安排他們兩人住下，叮囑道：「我與你父親交情甚篤，你在這裡安心住下，有什麼需要吃的、用的，與下人們說一聲便是，若是受了什麼委屈，儘管來告訴我，伯伯為你作主。」他說完，便匆匆離開了。

謝翎往旁邊靠了靠，牽住施嫿的手，兩人隨著那下人往後院而去。

蘇家的宅子確實很大，施嫿和謝翎隨著那下人一路走了一刻鐘，七繞八拐，才到了一座小院子前。

那人推門進去，道：「小公子就住在此處了，您先瞧一瞧，滿不滿意，有什麼需要添置的，知會我一聲便是。」

謝翎探頭朝院子裡看了一眼，是一座兩進小院，已是一座鄉下普通人家的屋子規模了，有花有草，還有個小池塘，佈置甚是雅致。

謝翎看了看，點頭道：「挺好的，多謝你了。」

下人矜持地頷首，態度裡是顯而易見的傲氣，他轉向施嫿道：「既然如此，這位小姐請隨我來。」

謝翎心裡一緊，拉住施嫿，對那人問道：「她不能和我一起住嗎？」

下人瞪大了眼睛，像是不可思議地道：「這不合規矩！小公子如今也有八、九歲了吧？男女七歲不同席，只有鄉下人家才會一間大屋子混在一起睡！」

這下即便謝翎是個傻子，也能聽出他話裡話外的輕蔑之意，他握緊了施嫿的手，脹紅著臉，眼神隱忍，但是那怒意就像一簇火般，在他眼底跳躍不定，彷彿下一刻就要噴發而出。

在鄉下時，雖然也遭受同村夥伴的欺辱，但是謝翎不覺得有什麼，畢竟那只是表面的疼痛罷了，過一陣瘀青散去便好了；可眼下這人的話，卻恍如一把鋒利的刀子，割得他皮肉生痛，由內自外傳開的那種疼痛感，刺入靈魂和骨髓之中。過了許久以後，謝翎才意識到，那叫羞辱，因為貧寒，所以遭受羞辱，謝翎心中有怒，卻說不出話來。

反倒是施嫿回握住他的手，對那下人道：「有勞你費心了，只是我看這院子也算大，我們兩人分住東廂和西廂便能住下；再說，我們新來乍到，不好給蘇伯伯多添麻煩。」

那下人聽罷，哼了一聲，懶得和他們糾纏，擺手道：「如此也好，你們自己安排便是。」說著又嘀咕一句「不識好歹」，這才揚長而去。

謝翎一時氣結，但是那人已走遠，一股氣只能憋在心裡。

施嫿牽著他，淡淡地道：「這麼生氣？」

謝翎跟著她進了院子，鼓著嘴道：「妳不氣？他嘲諷我們呢！」

「聽出來了。」施嫿不甚在意地跨過門檻，道：「我又不是傻子。」牽著謝翎進了門，施嫿放開他的手，看著他，認真地道：「但是你要習慣，這種事情，日後只會越來越多。」

謝翎有些迷惑。「為什麼？」

為什麼？施嫿低下頭，再抬起來與他對視時，飛快地笑了一聲。「大概，是因為我們無權無勢的緣故吧！」她說著，又摸了摸謝翎的頭，繼續道：「但是，生而為弱者，並不是我們的過錯，只是運氣不好罷了，若想不為他人欺辱，便要自己強大起來，只有如此，才能站到他人無法企及的高度，令他人仰望。」

謝翎似懂非懂地點點頭，呆呆地看著她，只覺得這一刻的施嫿彷彿距離他十分遙遠，卻吸引著他迫切地想要靠近。

施嫿的這一席話彷彿一粒小小的種子，播在謝翎那懵懂的心間，只待來日明曉事理，便破土而出，長成一棵參天大樹。

施嫿與謝翎兩人就在蘇府住了下來，沒多久，蘇府所有的人都知道府裡最西邊的小院裡，住了老爺從前故交的一對兒女，父母都逝世了，從邱縣逃荒過來投親。

下人們嚼舌根的時候，並不背著人，好幾次施嫿和謝翎出去時，都能聽見他們的議論，雖然沒有明目張膽地說些什麼不中聽的話，但是那語氣、神態，叫人聽了便生厭。

若是放在以前，謝翎肯定要與他們吵起來，但是自從那一日聽施嫿說過之後，他便很能忍耐，只裝作聽不見。

只是即便如此，也架不住有人常刻意來尋他們的麻煩，這人便是蘇府的小小姐，蘇妙兒。

蘇妙兒雖然才六、七歲的年紀，但是平日裡甚是驕縱，又愛記仇，她始終記得那一日被爹當著旁人的面訓斥的事情，心裡氣不過，終日悶悶不樂。

等她兄長蘇晗下學，見自家妹妹發愁，一張小臉好似霜打了的茄子似的，不由得十分心疼，抱起她來仔細詢問一遍，哂笑道：「我當是什麼，原來是這事。這有什麼可難過的？哥哥幫妳出了這氣便是，來日叫他跪著給妳道歉。」

蘇妙兒聽了，立即雙眼一亮，抱住蘇晗的脖子撒嬌。「你說與我聽一聽，說說！」

蘇晗便湊近她的耳朵，如此說了一番。

蘇妙兒喜得一拍雙手，興奮地道：「這法子好！還是哥哥聰慧，我聽先生說，哥哥是龍章鳳姿，日後必有大才！」

蘇晗寵溺地捏了捏她的小鼻子，笑道：「就妳這張小嘴能說會道。」

兄妹倆合計妥當後，便著人去安排了。

施嫿和謝翎這邊還一無所知，兩人平日裡不怎麼出去，就在院子裡，擺了一張案桌，上面放著筆墨紙硯，一應俱全，施嫿準備教謝翎寫字。

施嫿上輩子雖然沒有入過學堂，但是她進了戲班子，要看戲文，班主便叫人教她讀書識字。後來又入了京師最好的歌舞坊，那裡的姑娘們，不論哪個，便是端茶、送水的婢女，都是讀過書的，更不要說施嫿這種了，坊主專門請了人來，教姑娘們詩詞書畫，務必要求樣樣精通，一旦拿出手去，就要驚起滿堂喝彩，好博那些文人雅士、達官顯貴們的歡心。

雖然施嫿深知自己學的那些東西沒什麼太大的用處，教不了謝翎什麼，但若只是識字，倒還綽綽有餘。

施嫿寫下一個字，叫謝翎照著寫幾遍，她托著兩腮在一邊看，謝翎提著筆，一板一眼地寫著，倒也十分像模像樣，幾乎能夠窺見日後探花郎的影子。

謝翎抄了幾遍字，便停下來了。

施嫿見狀問道：「怎麼了？」

謝翎答道：「嫿字怎麼寫？」

施嫿一聽，笑了。「可是我名字裡這個嫿字？」

謝翎有些赧然地點點頭。

施嫿接過筆，在宣紙上寫了一遍。

謝翎又抄了幾遍，直到熟記於心了，才停下筆來。

施嫿看了看，略微皺起眉。

謝翎以為自己抄錯了，立即檢查一番，發現沒問題，才問：「怎麼了？可是我寫得不像？」

施嫿搖搖頭，不是寫得不像，而是太像了，一筆一劃，簡直就是一個人寫出來的一般。自從教他習字以來，施嫿便知道謝翎天賦極高，不拘什麼字、多麼複雜，只須抄上幾遍，他就全部記得了，日後再抽查，從來沒有出過差錯。

但是這樣，就有一個問題凸顯出來了。施嫿常寫的字，乃是蠅頭小楷，筆劃柔美清麗，女子寫這字正好，但是讓一個男子寫出來，偶爾寫一寫倒還好，若是常寫，恐怕會落人笑柄。施嫿琢磨著，該讓謝翎臨一些好的字帖才是。

她伸手將那些練過的宣紙都收起來，道：「今日便寫到這裡了。」才說完，便聽見前院有人敲門，她放下紙，道：「我去看一看。」待去了前院，原來是一個丫鬟，讓她去後廚幫忙，施嫿答應下來，與謝翎說了一聲，便離開了。

謝翎一人坐在院子裡，提起筆又開始寫了起來，先是練「嫿」字，練完了又練「施」字，最後將兩個字寫在一起，施嫿、施嫿，寫了滿滿一張，他十分滿意，吹了吹未乾的墨跡，只覺得「施嫿」兩個字尤其好聽，寫起來也好看，和旁人的名字都不一樣，便是倒過來唸，也是極好聽。

正在他入神間，忽然聽見前面傳來腳步聲，謝翎回過神來，下意識地將那一張寫滿了施嫿名字的宣紙往下一藏，站起身來。

這時，一個身著鵝黃色錦袍的少年走了進來，看上去十一、二歲的模樣，謝翎見過他，是蘇老爺的長子，蘇妙兒的兄長，名叫蘇晗，如今在學堂裡讀書，想來是才下學，謝翎平日裡也沒與他說過什麼話。

蘇晗的目光在案桌上掃過，落在那一排整整齊齊的蠅頭小楷上，略微驚訝地挑了挑眉，頗有些興趣地拎起其中一張，抖了抖，隨口問道：「這是你寫的？」

謝翎點點頭，簡短地答道：「是。」

蘇晗看了看，突然笑了。「寫得很不錯。」

謝翎不知他來意，心道：總不是特意過來誇我一句的吧？

蘇晗放下那宣紙，對謝翎道：「我就是來瞧一瞧，你不必拘束。在這裡住著可還好？」

謝翎心裡犯嘀咕，但是面上不顯，懇切地答道：「已經很好了，多謝關心。」

蘇晗又說了幾句，謝翎皆耐著性子一一答覆。

蘇晗突然提起一事。「我之前聽說，你似乎與舍妹有過些誤會和矛盾。」

謝翎聽了，這才明白他的來意，原來是替他妹妹打抱不平來了！只是他如今已懂事許多，因此開口便道：「此事是我的不是，當初不該口出不遜。」

蘇晗故作老成地擺擺手。「與你無關，妙兒那個性子，我比你瞭解，必然是她過分了，你千萬不要往心裡去。」說著，還替蘇妙兒道了幾句歉。

謝翎心中納罕不已，這兄長和妹妹倒是不一樣的人品，自己之前那樣猜測他，氣量實在太小了。思及此處，不由得生出幾分不好意思來，又與蘇晗說了幾句話。

就在此時，蘇晗起身欲告辭，袍袖不小心掃過案桌，帶翻了硯臺，未乾的墨汁四濺開來，手和袖子都沾染上了墨汁，蘇晗連連道歉。

謝翎便讓他別動，自己進東廂屋裡翻找出一塊棉布，讓他拭手後，蘇晗這才告辭離開。

謝翎收拾著桌上的什物時，施嫿回來了，見到打翻的硯臺，問了幾句，謝翎便將方才蘇啥來過的事情說了說。

施嫿聞言，不由得皺了皺眉。

謝翎見了，道：「怎麼了？可是哪裡不妥？」

施嫿莫名覺得哪裡都不妥得很，但是卻又說不上來，最後只能按捺住，搖了搖頭，輕聲道：「起風了，外面冷，想來是要下雨了，我們把案桌先抬進去，免得淋濕了。」

謝翎答應下來，兩人便收拾起東西。

到了傍晚時分，施嫿才知道哪裡不對勁了。

蘇妙兒來了，不只是她，還有一大群僕役和丫鬟、婆子，浩浩蕩蕩，直奔他們的小院而來，說是自家兄長訓過她了，要給謝翎賠罪，帶著幾盤精緻的糕點，擺了滿滿一桌子。

謝翎對這小女童壓根兒沒有好感，如今見她來賠罪，雖然驚訝，但還是接受了，也道了歉，兩人又說了幾句話，算是和解了。

蘇妙兒便自顧自地在屋子裡看了起來，她翻了案桌，把謝翎寫過的宣紙都翻亂了。

謝翎欲說她幾句，但是最後又忍了下來。

蘇妙兒兀自不覺，轉悠了半天，眼睛突然定在了窗臺旁邊，一眨不眨，嘴裡問道：「那是什麼？」

施嫿循聲看去，眼皮頓時一跳，心裡生出一種不好的預感，即便是天黑了，點上火燭，那東西也能看得很清楚，那是一個琉璃兔子，靜靜地蹲在窗櫺的角落裡，若是不仔細看，還真的發現不了。

早有下人上前，將那琉璃兔子捧了起來，遞給蘇妙兒看。

這下謝翎也看清楚了，心裡猛地一緊，蘇妙兒嬌俏的面孔在他眼中彷彿帶著無限的惡意。

蘇妙兒指著那琉璃兔子，語氣清脆地問道：「這不是我被偷了的那個兔子嗎？怎麼在你這裡？」

她這話一出，便有下人順口接道：「小姐的兔子昨日才丟，可是你們偷的？」

謝翎有些慌了，否認道：「不是我們！我不知道這兔子從哪裡來的，我沒偷！」

蘇妙兒格格笑了，道：「不是你們偷的，難道是這兔子長了腿，自個兒跑過來的嗎？」霎時，彷彿有一桶冰水迎頭潑下，寒意一直從脊背涼到了腳底板兒。謝翎拚命搖頭，辯駁道：「我不知道，不是我們偷的！」

蘇妙兒嫩白的手指點了點他，又點了點一旁的施嫿，輕蔑地道：「不是你，就是她，總歸是你們兩個！」她說著轉身要走。「我要告訴我爹，你們兩個小賊，偷我的東西！」

話還未說明白，謝翎如何肯讓她走？他急得一個箭步上前，雙手張開，攔在門口，梗著脖子反覆道：「真的不是我們！」

可是謝翎也不知道，為何那琉璃兔子會出現在他們的窗臺上，是有人拿過來的？是誰？

為什麼這樣做？為什麼要陷害他們？腦中靈光一閃，他突然想起來了，下午不請自來的蘇晗，還有那不慎打翻的硯臺。他的脊背頓時如同有刺刮過似的，那刺疼得他一個激靈，腦中清明無比，手上的動作便停滯了幾分。

蘇妙兒哪裡管他，一揮手，幾個下人便把謝翎拉到一邊。

謝翎不肯，施嫿正欲上前阻攔，卻不防幾番掙扎之下，一樣綠色的東西從謝翎的衣襟口掉了出來。

蘇妙兒睜大了眼睛，尖聲叫道：「等等！」

一時間，眾人都停下了動作。

蘇妙兒指著謝翎脖子上的東西，問道：「你那是什麼？好眼熟！」

謝翎低頭一看，是他的玉，他爹留給他的，說是蘇世伯的信物，只是當初他來蘇府之後，蘇老爺並沒有懷疑他的身分，他便一直沒有拿出來。

蘇妙兒幾步上前，一把拽住那玉，她個子矮，力氣又大，這麼一拽，便勒得謝翎脖子疼，讓他忍不住推了蘇妙兒一把。

蘇妙兒一個沒防備，往後摔倒，她愣了愣，突然哇地號哭起來。「嗚哇哇哇哇，他還偷我的玉！嗚嗚嗚嗚。」

謝翎被這莫名其妙的一齣給弄傻了，他氣沖沖地握住自己的玉，罵道：「這是我的玉！我爹留給我的！」

蘇妙兒爬起來，撲上去廝打，嘴裡一邊哇哇哭著。「就是我的玉，就是我的玉！嗚哇哇哇。」

一時間，場面混亂無比，拉架的拉架、稟人的稟人，哭罵聲和在一起，沒多久，半個蘇府都被驚動了。

蘇老爺近來商行事情忙，不常在府裡，也管不了這麼多，來去匆匆，半個多月過去，他幾乎都要忘了自家後院裡面還住了這麼兩個小孩。

直到這一日傍晚，蘇老爺覷著天色回府，才一坐下，蘇夫人就找了過來。

蘇夫人劈頭便問他道：「當年我陪嫁來你家時，有一對翡翠金魚，是特意從京師託玉匠刻的，你拿去哪裡了？」

蘇老爺才從商行回來，滿腦子事情亂七八糟呢，聽見這一問，頓時發懵。「都多久的事情了，妳問起這個做什麼？」

蘇夫人道：「我問你，你只管說便是！」

蘇老爺想了又想，一拍大腿。「當年我一個同窗有弄璋之喜，我與他交好，他麟兒滿月時，我便將其中一塊玉送了出去，我當初還與妳說過啊，怎麼突然又問起來了？」

蘇夫人冷笑道：「你當時怕是還說了，趁著這喜事，兩家結個秦晉之好，親上加親，你莫不是忘了？」

蘇老爺琢磨了一下，不太確定地道：「依稀似乎是說過吧！」

「你恐怕連那同窗名姓也給忘了？」

蘇老爺這下仔細回想了片刻，笑道：「沒忘，正是我們從前那位連中小三元的謝同窗，謝流嘛。」他說到這裡，笑容便忽然凝結在臉上，驚疑地看向蘇夫人，道：「怎麼？妳可是聽說了什麼？」

蘇夫人將手中的東西往案桌上一擲，發出啪的一聲脆響，指著那東西道：「若不是妙兒今日發現了此事，恐怕日後你便要將我的妙兒嫁給那些貓貓狗狗做妻了！」

蘇老爺的目光掠過那枚翡翠金魚，面上不免有幾分尷尬，道：「這不是從前我與他交情甚篤，他又是個做文章極好的，想來是日後必成大器，這才提了此事嘛！」

聞言，蘇夫人冷笑道：「做文章好有什麼用？沒有那個時運，不仍舊是回了鄉下做泥腿？你倒好，白白賠了一個心肝女兒進去，你如何狠得下心？蘇老爺，你真是做的一筆好划算的生意！」

聽她話裡話外都是譏諷，蘇老爺也有些不耐煩了。「事已至此，有什麼好說的？當初的那些事情，誰能料得到？妳翻起這些舊帳，是要給我下臉子嗎？」

蘇夫人一想起這件事情便覺得心酸不已，自家的女兒如珠似玉地捧在手心長大，真真跟自個兒的眼珠子一樣，沒承想到頭來卻要將她嫁與一個父母過世的窮小子做妻。從下午到現在，蘇夫人腦子裡翻騰的全是女兒日後的辛苦，不禁越想越難過，又聽見蘇老爺這些話，不由得落下淚來，罵他道：「你真是好狠的心啊！隨隨便便就將我的女兒許了出去，那不是你身上掉下來的肉，你不心疼！想我當初從許州嫁來你家，不遠千里，卻落得如今這種境地。」她一邊哭、一邊罵。

蘇老爺聽得頭疼，連忙擺手，道：「好、好，妳要如何，只管說便是，好端端地哭什麼？」

聞言，蘇夫人這才止住了哭聲，拿手帕來揩眼淚，冷靜下來。「這樁親事不能作數。」

蘇老爺不由得為難。「可是這玉已經送出去了。」言下之意，不好再拿回來。

蘇夫人卻道：「你與那位同窗當初約定親事時，可有什麼憑證？」

蘇老爺道：「託人送了信，白紙黑字說了的。」

蘇夫人思忖片刻，道：「你設法去將那玉拿回來，到時他若真的提起此事，沒了信物，便是空有一封書信，又能如何？」

蘇老爺雖是個商人，但是要他從一個半大的孩子手中拿東西，還是覺得有些不大合適，遂猶疑道：「這恐怕不妥。」

蘇夫人冷哼道：「有什麼不妥的？難不成日後八抬大花轎把妙兒送出去，才是妥的？」她見蘇老爺狠不下心，又下了一劑猛藥，道：「我在許州有個表哥，他的第三個兒子與咱們妙兒正當適齡，我前些日子去了信，提了這事，表哥已欣然答應，日後妙兒嫁去他家，只有享福的。」

聞言，蘇老爺眼睛頓時一亮。「可是那位家裡經營絲綢的二表哥？」

「正是。」

蘇老爺不由得站起身來，背著手，在屋子裡來回踱了幾步，打定主意道：「此事我會處理的，妳莫煩心了。我向來疼愛妙兒，自然不會害她。」

蘇夫人聽罷，心中滿意了，這才離開。

外面淅淅瀝瀝地下起了雨，打在瓦片上，發出沙沙的聲音。施嫿拿著手帕沾了水，替謝翎擦拭傷口，水雖然是溫的，但是觸及到傷口，還是引起一陣刺痛，讓他忍不住抽了一口氣。

施嫿道：「疼？」

謝翎老老實實地點頭。蘇妙兒的指甲太尖利了，在他脖子上撓出好幾道口子，血珠往外冒，看得觸目驚心。

施嫿道了一句。「疼就忍著。」

謝翎應下，那溫熱的手帕又覆上來，讓他不由得又抽了好幾口氣，施嫿的動作便放輕許多。謝翎盯著她近在咫尺的臉，腦子裡漫無邊際地想，其實那傷口也不是特別疼，起碼沒有疼到他忍不了的狀況，但他就是想做出一副難忍的模樣，這樣的話，施嫿就會皺一皺眉，那眉間若翩躚的蝶翼，讓人見了心頭癢癢的，想上去摸一把。

他盯著面前的人看，心道，施嫿真好看，與那蠻橫潑辣的蘇妙兒完全不一樣；不，蘇妙兒壓根兒不能比，兩者就像雲和泥之間的區別！

傷口清理乾淨後，施嫿放下手帕，思索了片刻，才道：「今日這事還沒有完，你且做好準備。」

謝翎悶悶地應了一句，他想起下午時，趕過來的蘇夫人看到他脖子上那塊玉後，面上流露出的反應，有震驚，也有難以置信，她還想讓謝翎拿下玉看一眼，只不過被謝翎拒絕了。後來蘇夫人抱起蘇妙兒就匆匆離開了，但臨走時的那一眼，令謝翎和施嫿都覺得有些不妙。

這不妙一直持續到了晚上，沒多久，便有下人過來道：「老爺請小公子去書房一趟。」

聞言，謝翎與施嫿對視一眼，施嫿點點頭。

謝翎忍不住拉了拉她的手，道：「我一會兒便回來。」

不知道的，還以為他要上刑場呢！施嫿心底發笑，但是面上不顯，點頭應下。

謝翎隨著那下人出了院子，外面下著雨，豆大的雨水打在傘面上，發出噼噼啪啪的聲音，夜風吹過，挾裹著冰冷的水氣撲面而來，讓謝翎忍不住打了個激靈，冬天要來了。

下人領著謝翎在書齋前站定，上前敲了敲門，通稟一聲，裡面答應了，他才恭敬地將門推開，示意謝翎進去。

一進書齋，便有一股暖香襲來，讓謝翎吸了吸鼻子。

從屏風後面走出一個人來，正是多日不見的蘇老爺，他見謝翎站在門邊，冷風呼呼吹著，衣袍亂飛，連忙道：「站在門口做什麼？當心吹風，快進來坐！」

謝翎依言進去，把門合上了。屋裡燃的香很濃，讓他有一種想打噴嚏的衝動，但是他硬生生給忍住了。

蘇老爺拉著謝翎在案桌邊坐下，親切地問他一些近日的事情，得知他在習字，不由得十分驚訝，轉而又笑道：「倒是我的疏忽了，你父親從前文章、才學便是極好，當初我們整個書院，每回小試，第一名都是他，後來參加院試，他一路考過去，連中了小三元，轟動了好一陣子。」

這些都是謝翎沒聽過的，他爹沒與他說起過從前的事，這回從旁人口中聽到，不覺十分新奇，又好奇地追問了幾句。

蘇老爺便笑道：「後來考鄉試，你父親文采出眾，又中了解元，我們一同入京趕考，只不過那一回我們時運都不好，你父親得了急病，沒有應考，我則是學問不濟，也落了榜。我向來懶於讀書，索性收拾回蘇陽了，此後與你父親分開，只有書信往來。」他說著又嘆了一口氣，道：「想來是那一回，你父親生病傷了底子，這才落下了病根，若我早些察覺……」說到此處，又是一聲長嘆，語氣頗有些黯然神傷。

謝翎聽了，心中也極為難過。

蘇老爺說得動情，不由得拿起衣袖，拭了拭眼角，見謝翎眼圈發紅，又安慰他幾句，道：「你且放心，你父親那樣的人才，你自然也不會差，來日我吩咐人一聲，讓你與晗兒一同去學堂讀書，好好學習，也去考個功名回來，為你父親爭一口氣，光耀門楣才是。」

謝翎急忙謝過，蘇老爺這才又說起別的，問他來了這麼久，在府裡住得好不好，吃得好不好，下人有沒有怠慢之處。謝翎一一答了，只說一切都好。

眼看氣氛融洽，蘇老爺話鋒一轉，終於提起正事來，道：「你父親讓你來蘇陽這裡，可有說起別的事情？」

謝翎愣了一下，搖搖頭。「沒有，蘇伯伯的意思是……」

蘇老爺心裡頓時一鬆，看來謝翎並不知道那椿娃娃親，正好，他便順勢道：「你父親可讓你拿了什麼信物來？本來你出生時，我也沒見過你。」

謝翎聽罷，便從領口翻出一枚翡翠金魚來。「父親只把這個給了我，說是蘇伯伯一看便知道了。」

蘇老爺藉著燭光，仔細打量了一眼那翡翠金魚，心裡嘆了一口氣。他的這位同窗，並不與謝翎說起那椿草草定下的親事，只是讓他攜了這玉過來，若是蘇老爺念及舊情，願意將女兒嫁與他，自然是極好；若是蘇老爺後悔了，要毀諾做個小人，也不會拆穿他，讓他在小輩面前難看。

但無論願意或是不願意，蘇老爺見了這玉魚，想起昔日同窗之情，都會心生幾分愧疚，有了這幾分愧疚，謝翎就有了活路，蘇老爺斷然不會不管他，讓他餓死街頭。

蘇老爺心中複雜無比，倘若謝流當初不是害了急病，他那回會試肯定榜上有名，必然能做出一番成就來，他蘇默友如今也不至於要做個毀諾的小人了，真是時也，命也。

蘇老爺感嘆了一會兒，那些縈繞在心頭的複雜情緒漸漸消散了，他回過神來，發覺謝翎正在看著他，不由得輕咳一聲，道：「賢姪啊，你這玉……」被那雙孩童的黑亮眼睛盯著，蘇老爺不禁生出幾分局促之感，只覺得自己的心思無所遁形，被看了個透澈。他頓了頓，繼續道：「你這玉，當初便是我送與你父親的，只是我後來想起還有大用，不知你能否……還給我？」

謝翎愣了一下，他下意識地握緊了玉，藏進衣襟內，像是沒聽清楚似地道：「還給您？」

蘇老爺點點頭，又咳了一聲，試探著道：「你看，這玉原本是我的，當時錯手送了出去，後來一直不好意思向你父親說明，如今……咳，你一個小孩子，拿著這種東西，容易招人惦記，到時候若是被人竊走了，反倒不美。」謝翎微微垂頭，沒吱聲，蘇老爺以為他被說動了，正準備繼續再接再厲，卻見謝翎搖了搖頭。

「不，這是我父親留給我的遺物，是我的東西。」

蘇老爺呼吸一窒。

謝翎抬起頭來，一雙黑亮的眼睛盯著他看，語氣平靜地道：「蘇伯伯今日特意叫我過來，就是為了此事吧？與我說起我父親的事情，也只是為了這塊玉？」

這話就像劈面一個巴掌，打得蘇老爺臉上火辣辣的，他做慣了商人那一套，逢人說人話，逢鬼說鬼話，都是十分自然的，但是放在謝翎面前，簡直就像是把他那一層虛偽的外皮給剝下來了似的。蘇老爺一向是個體面人，被一介稚兒這麼下臉子，面上總有些過不去，語氣不免生硬了幾分。「你這孩子，說的什麼話？伯伯在你眼裡就是那種人嗎？本來這翡翠金魚，於你一個小孩來說，不過是一件漂亮的小玩意兒罷了，吃不得、也穿不得。這樣吧！」他說著站起身來，繞到那屏風後面，很快又回轉，手裡拿了一個匣子，打開來，裡面是細絲紋銀，有好幾大錠，在燭光下晃得人眼睛發花。蘇老爺將那匣子往前推了推，道：「這些銀子你拿去，買些好吃、好玩的，那翡翠金魚仍然交還給我，你看如何？」他志在必得地看著謝翎，篤定他會答應。

沒想到謝翎卻看都不看那匣子一眼，站起身來，一字一句地道：「我年紀雖小，但也聽過一句話，叫真小人，偽君子，如今看來，蘇伯伯你既當不得真小人，也當不得偽君子。」

孩子的聲音雖然還有些稚嫩，但是聽在蘇老爺的耳中，彷彿一個個耳光，噼啪打在臉上，腦子裡咯咯作響，彷彿看到當年那位卓然不群、文采絕佳的同窗正站在他面前，失望而譏諷地看著他，道：蘇默友，你實在當不得君子兩字。

蘇老爺頓時心頭火起，惱羞成怒。當不得君子又如何？我要當君子做甚？我如今家財萬貫，坐擁良田百畝，妻妾成群，過得是人上人的富貴日子，你謝流呢？你謝流自然是個君子，可不早就化作了一抔黃土，連自己的兒子都顧不得！

謝翎窺見蘇老爺的無恥面目，氣得雙手發顫，憤怒地一把掀飛那一匣子銀錠，霎時啪啦聲四起，他看不看，轉身便走。

蘇老爺見狀，大喝一聲。「站住！」

謝翎哪裡肯聽他的話，一陣風似地跑出了書齋，消失在大雨中。

謝翎跑回院子時，施嫿正坐在窗邊收拾筆墨，見他匆匆冒雨回來，不由得驚疑，起身問道：「怎麼了？」

謝翎沒有打傘，一身都被大雨淋濕了，挾裹著深秋的寒氣，一把牽起施嫿，簡短地道：「我們走！」

他紅著眼圈的模樣，讓施嫿想問點什麼，最後又嚥了回去，只點點頭。

謝翎從門後拿出一把油紙傘，兩人什麼也沒有拿，就這麼冒雨離開了蘇府，一如他們來時那般，兩手空空，孑然一身。

第四章

謝翎他們一路出去，驚動了不少下人，紛紛跑出來看熱鬧，早有人去稟報蘇老爺。

蘇老爺正在氣頭上，只是怒道：「隨他去！腳長在他自己身上，他要走，我還能打斷了不成？」

倒是蘇夫人聞聲趕到書齋，看見散落一地的銀錠，先是一驚，使人收拾妥當，才問道：「他走便走了，那塊玉呢？」

一說起這個，蘇老爺就來氣，瞪著眼睛，粗聲粗氣地道：「玉什麼玉？那小兔崽子不肯給，撒腿跑了，難道我還要追上去不成？」

聞言，蘇夫人咬緊下唇，心中又是氣、又是急，拂袖便走。

謝翎和施嫿兩人打著傘，冒著大雨離開了蘇府後，沿著巷子出去了，大雨噼哩啪啦地打在傘面上，好似有人在上面灑豆子似的，令人聽得兩耳轟隆。

一路上謝翎一直默不作聲，藉著巷口的昏黃燈光，施嫿覷了他一眼，卻見他兩眼通紅，緊緊咬著下唇，直把皮都給咬破了，流出血來，但即便如此，他也沒有吭一聲，只是悶頭走著。待轉過街角，看不見蘇府的大門了，施嫿才一把拉住他，低聲問道：「你怎麼了？」

謝翎忽地抬起頭來，看著她，嘴角倔強地抿著，因為太過隱忍而微微地顫動著，片刻後，他才開口道：「阿九，以後就我們兩個人，可好？」

施嫿聽了，沈默片刻。

就在謝翎的心漸漸沈入無邊的谷底之時，她忽而笑道。

「不是一直以來就只有我們兩個人嗎？」

昏黃的燈籠光線映照在她的身上，將身後的雨絲都映出一絲絲亮晶晶的光芒，謝翎翹了翹嘴角，露出了一個笑。他忍不住上前一步，將施嫿整個抱住，彷彿抱住了此生的慰藉一般，又彷彿漂泊的漁船駛入了避風的港灣，安心無比，謝翎在她肩頭蹭了蹭。

施嫿笑他道：「鼻涕都蹭到我身上了。」

謝翎反駁道：「沒有鼻涕！」

施嫿繼續逗他。「怎麼沒有？」

謝翎退開，仔細看了看，認真答道：「真的沒有，妳看。」

施嫿實在忍不住，噗哧笑了。

謝翎撇了撇嘴。「妳盡會取笑我！」他說著，又大方地道：「罷了，隨妳取笑吧！」

兩人又繼續往前走，雨不知不覺小了許多，但還是涼，冷風裹著雨絲吹進脖子裡，謝翎忍不住打了個哆嗦，問道：「我們現在往哪裡去？」

施嫿笑道：「方才跑出來之前不想一想這個問題，如今再來想，是不是有點晚了？」

謝翎悶悶地道：「是我的錯，我太生氣了。」

「謝翎。」施嫿停下腳步，轉頭看著他道：「我並不是在責怪你，只是你做事之前需要好好想一想，心中要有個章程。但凡是個人，都是有脾氣的，但是有脾氣不等於衝動，一旦衝動行事，必然失去理智，總有一日，會做出後悔莫及的事情來。」她說著，伸手摸了摸謝翎的頭，輕聲問道：「你可懂我的意思？」

謝翎點點頭，回望著她。「我明白了，我會記得的。」

施嫿一手舉著傘，一手牽著他，隨口問道：「說說，今日是遇到什麼事情了，令你如此大動肝火？」

謝翎便老實地將在書齋的事情詳細說來。「世上哪有這樣的道理？他當初既送了人，如今又想要回去，聖人不是說過，君子一諾重千金嗎？」

施嫿想了想，道：「並不是所有的人都是君子，起碼蘇老爺不是，他是個商人，商人逐利，本性使然。」

謝翎咬了咬下唇，道：「我並不是因為這玉多麼貴重才不肯還他，而是、而是。這是我爹留給我的遺物。」他的聲音透著幾分難過。

施嫿摸了摸他的頭，以他們如今的情況，回去邱縣已是萬難，謝翎孑然一身，就帶了這麼一塊玉出來，那就是他的一個念想，叫他雙手奉上，實在是不可能。

施嫿安慰他道：「無妨，走一步、算一步。」

不知為何，謝翎眼皮一跳，他拉了施嫿一把，兩人靠在牆邊，往後看去，一道人影正朝這邊走來，已經離他們很近了。之前由於雨聲的緣故，他們竟然誰也沒有發覺。

或許是路人？眼看那人距離他們只有兩、三步之遙，施嫿打量了一眼，但是很快地，她就不這麼想了。那人緊走幾步，很明顯是衝著他們過來的！

施嫿心中一驚，拽著謝翎轉頭就跑。

那人見驚動了他們，也不掩飾了，幾步追上來，眼看指尖都快勾住了施嫿的衣裳，謝翎猛地一拉施嫿，兩人拔腿往前跑去。

施嫿順手把傘往地上一拋，試圖阻擋那人的腳步，只聽喀嚓幾聲碎響，傘骨折斷了，發出不堪重負的哀號。

施嫿和謝翎都驚出了一身汗，冷風挾著冰冷的雨絲吹過來，寒意沁入心底，令人忍不住咬緊了牙根，兩人拚命往前跑，寂靜的街巷中響起前後不一的腳步聲，心驚不已。

偏偏在這個時候，施嫿腳下一滑，約莫是踩到了青苔，整個人踉蹌了一下！身後追著的那人如同夜梟一般，大手探過來，將她按住，手掌如同鐵鉗似的，捏得她骨頭都疼了。

「阿九！」

謝翎急了，想去拉開那人，只是兩人之間的力量太懸殊了，那人只推了一把，謝翎便跌倒了。

緊接著，施嫿感覺到自己被鬆開了，那人順手去抓謝翎，她立即意識到，此人的目標不是她，而是謝翎！

眼看謝翎如同一隻雞仔似地被按倒在地，施嫿緊張地四下張望，看見一戶人家門後有一塊磨刀石，她衝過去將那石頭拿起來，狠狠往那人後腦勺砸去，只聽一聲悶響，那人被砸了個正著，痛呼一聲。

施嫿心裡一涼，這一下沒砸暈過去，反而會激起那人的怒氣。她咬著牙，準備再繼續砸，這回那人早有防備，身子一側，同時一把抓住了施嫿的手，用力一拗！施嫿本就瘦弱，成年人全力這麼一扭，她如何吃得住痛？手一鬆，磨刀石便落了地。

謝翎立馬試圖爬起來幫忙，哪知那人一膝蓋壓下來，將他窩心一頂，謝翎整個人就被牢牢地釘在地上，動彈不得。

施嫿被抓住了，果然不出她所料，那人被之前那一石頭砸出了凶性，按住施嫿之後，先是噼啪兩記耳光，打得她兩頰腫了起來，頭昏腦脹，她咬著牙不吭聲，倒是謝翎大叫一聲，目眥盡裂，憤怒得如同一頭發狂的小野獸，彷彿那兩記耳光是打在他臉上。

那人揪住施嫿的頭髮，拽著她往牆上撞去，施嫿下意識地伸手擋了一下，沒撞上，這才勉強避免了腦袋開花的後果。

但是下一刻，那人就騰出一隻手來，將施嫿的胳膊用力往後一扭，這下讓她疼得叫了一聲，那人猶不滿意，抓著她往牆上連撞三、四下，撞得砰砰響，在安靜的雨夜裡，令人心驚肉跳。

謝翎眼睜睜地看著施嫿被抓著打，孩童的力量在一個成年人面前顯得如此微不足道，他大吼著，手腳拚命揮動，臉上蹭了許多泥，青筋都暴出來了，那人一個疏忽，倒真叫謝翎掙脫開來。

謝翎甫一得自由，便跳到那人身上，拚命打著，毫無章法，試圖讓他鬆開施嫿。

那人一腳踹開謝翎，然後把施嫿往地上狠狠一摜後，朝謝翎走過去。

謝翎手腳並用，飛快地從地上翻起身，往施嫿那邊跑去，才跑了兩步，就覺得脖子一緊，只聽喀嚓一聲，劇烈的疼痛傳來，他甚至覺得自己的脖子被刀劃了一道口子。

火辣辣的疼痛過後，新鮮的空氣猛地湧入肺腑，謝翎不由得大聲地咳嗽起來。

那人轉身奔入黑暗之中，很快便尋不見蹤影了。

謝翎半跪在地上，咳得眼淚都快流出來了，等終於能夠順暢呼吸的時候，他模模糊糊地喊了一聲。「阿九？」

沒有回應。

謝翎頓時一個激靈，冷風吹來，他這才發現身上都濕透了，滿身泥濘，寒意四起，令他不禁哆嗦了一下；但這些謝翎都顧不上，因為他看到施嫿正躺在不遠處的地方，一動也不動。「阿九？」謝翎連跌帶爬地過去，哆嗦著手指去探她的呼吸，發現還有熱氣的時候，他頓時欣喜若狂，吃力地將施嫿的頭抱在懷裡，為她遮住細密的雨絲。他搖了搖施嫿，輕輕喚她的名字。「阿九？阿九妳怎麼樣了？」

施嫿沒醒，額頭上有好大一個傷口，混著細碎的沙石，往外滲著血，謝翎根本不敢去碰，對年紀尚小的他來說，和從前那些村裡的孩子打架，頂天了也就蹭禿一塊皮、流幾滴血，他從來沒有見過這樣血肉模糊的傷口，還是傷在腦袋上的，這麼嚴重。

雨依舊下個不停，兩人的衣裳幾乎都濕透了，深秋夜裡冰冷的寒意侵襲，令謝翎不由得打了一個寒顫。他都這麼冷了，阿九躺在地上，一定更冷。

這麼想著，他拚命將施嫿抱到牆邊，讓她靠著牆壁，然後蹲下身來，將施嫿揹起來，但是他小了施嫿一歲，身子還矮她半個頭，如何揹得動？

一路上連拖帶拽的，才終於把施嫿弄到了一戶人家的後屋簷下，勉強不必淋雨了，但是施嫿還是沒醒，手腳都是冷的，沒一點熱氣。謝翎有點不知所措，他直覺現在應該要有一套乾燥暖和的衣裳，還有一個火爐才好，他不能讓阿九在這裡受凍！

謝翎一骨碌地站起來，繞到他們躲雨的這戶人家的前門去，開始敲門。

沒有人來應，這麼冷的天，還下著雨，他們方才這麼大的動靜都沒有驚動屋子裡的人，謝翎敲了一陣，見沒有人來應門，又去了不遠處的另一戶人家，繼續敲門。

好歹這回有回應了，門裡的人語氣不耐煩地道：「做什麼的？」

謝翎被凍得聲音有點顫抖。「求求大老爺救命！」門裡罵了一聲，沒動靜了，謝翎又敲了敲門。

那人沒好氣地道：「叫魂呢！」腳步聲傳過來，門被打開了一條縫，一雙冷漠的眼出現在門後，上下打量滿身泥濘的謝翎，然後扔出來一個饅頭，彷彿驅趕蒼蠅一般。「去、去，拿著滾吧！大半夜的，哭喪呢！」

可是謝翎要的不是饅頭，他張了張嘴，那人眼睛一瞪，砰地把門摔上了，罵罵咧咧的聲音遠去。

謝翎咬咬牙，繼續冒著雨去下一家敲門，這回應門的是一個婦人，謝翎生怕她把門關上了，連忙道：「求求您，救一救我姊姊！求您了！」

那婦人有些心軟，倒是拿了一把傘來，謝翎見有了希望，頓時大喜，帶著那婦人走到安置施嫿的地方。

婦人打量了一眼後，倒抽了一口氣，道：「哎喲，這麼大的傷口怎麼弄的？這怕是要去醫館才成吧？」她似乎怕惹上麻煩，不等謝翎開口，便連連擺手，道：「這不成，要去醫館才能治，我一個婦道人家，沒法子！」

謝翎連忙問道：「醫館在哪兒？」

婦人道：「城東有一家，離這兒近些，在江灣橋邊就是了，他們若是打烊了，你就去城北那邊，那裡也有一家。」婦人說完，打著傘匆匆離開了，身影很快便消失在夜色中。

謝翎蹲下身來，抱了抱施嫿，試圖以自己的身體為她暖一暖身子，只是冷風呼嘯，他甚至分不清誰身上更冷些。

謝翎把臉埋在施嫿的肩膀處，他突然覺得無比後悔，若不是他一時衝動，帶著施嫿從蘇府跑出來，怎麼會遇到這種事情？

阿九說，衝動行事，必然會後悔莫及，可為什麼是應驗在阿九身上？阿九何其無辜？

謝翎覺得自己簡直是一無是處，此時他的內心充滿了自厭的憤怒，又混合著對施嫿的愧疚和悲傷，令他幾乎喘不過氣來，煎熬無比。

就在此時，施嫿輕輕呻吟一聲，謝翎連忙直起身來看她，喊道：「阿九？阿九？阿九妳醒了？」

施嫿初時覺得眼前一片模糊，好半天才清晰了些，她眨了眨眼睛，看著謝翎一張髒兮兮的小臉湊在面前，眼圈還泛著紅，便問道：「怎麼又哭了？」

不說還好，一說謝翎的眼淚便大顆大顆地落下來，打在她冰冷的皮膚上，帶著灼熱的熱度，他抽泣著問：「阿九，妳會死嗎？」

施嫿想坐起身來，但是才一動，腦子就天旋地轉地晃，讓她有一種想吐的衝動。她知道謝翎最恐懼的是什麼，便安慰他道：「不會，我不會死的，只是頭有些暈。」

謝翎擦了一把眼淚，堅定地道：「阿九妳在這裡等我，我去找醫館，讓大夫來救妳。」他說著，便站起身來，飛快地往外跑，跑了幾步又停下來，在雨裡喊道：「阿九妳等我！」

施嫿想叫住他，但是聲音還沒出口，謝翎便跑沒了蹤影，她只得無奈地把話嚥回去。她想告訴謝翎：你沒有錢，醫館如何會出診？

一刻鐘後，謝翎站在城東的醫館門口，朝裡面張望，大著膽子喊了一聲。「有人嗎？」

一個夥計從櫃檯後探出頭來。「誰？」

謝翎踏進門去。

那夥計見了，以為他是乞兒，連忙驅趕道：「去、去！做什麼？別髒了我的地方！」

謝翎頓時脹紅了臉，局促地退開一步，問道：「你是大夫嗎？能不能救救我姊姊？」

那夥計聽了，不太耐煩地道：「夜裡出診，需加一倍診金，一共一吊錢。要救人，拿錢來！」

謝翎怔了一下，他從蘇府兩手空空地出來，哪裡帶了錢？再加上救阿九心切，壓根兒來不及想這麼多。他無措地用手掌搓了一下濕淋淋的衣服，鼓起勇氣試探地道：「可以先看診嗎？」

夥計嗤地一聲笑了，白了他一眼，道：「是你傻還是我傻？一看你這副窮酸樣就是出不起錢的，還先看診呢！作夢去吧！」他說著便擺擺手。「滾滾滾，別在這裡礙事！」

謝翎咬咬牙，道：「我、我雖然沒有銀子，但是我有一塊玉，可以當作診金嗎？」

那夥計聽了，先打量他一眼，看他身上的穿著，雖然髒兮兮的，還沾滿了泥水，但是似乎不是乞兒，便信了一分，道：「你先拿來給我瞧瞧。」

謝翎便往脖子上摸去，摸了一下，發現是空的，頓時愣住了。

那夥計見他不動，不耐煩地道：「又怎麼了？讓你把那勞什子玉拿來看一眼！」

謝翎低頭往地上找尋，又摸了摸衣裳、袖子、腰帶，就連衣角都摸遍了，依舊沒有找到那塊玉。他忽然想起來，之前打他們的那人，似乎伸手拽了一下他的領子。

謝翎以為那只是單純地拽了一下，沒想到……或許就是在那個時候，玉被拽掉了，所以，那人才匆匆離開，因為他拿到了他想要的東西。

脖子上依舊火辣辣的，是紅繩勒出來的痕跡，謝翎反應過來了。誰知道他有玉？誰想要那一塊玉？所有的線索都指向了一個地方，蘇府。

謝翎拿不出玉來，被醫館夥計罵罵咧咧地趕了出來。他走在雨裡，滿心都是難以平息的怒火還有痛恨，痛恨蘇府的無恥，也痛恨自己。

他微微抬起頭來，冰冷的雨絲落在他的臉上還有眼眶裡，令他鼻尖酸楚無比。沒有錢，醫館就不肯出診，他救不了阿九，阿九會死的。

幼小的、年僅八歲的謝翎，在深夜裡，手足無措地站在街角，這一刻，他只覺得天都要塌下來了。

直到很久很久以後，他官居高位，擁有了顯赫的權勢，輕易能左右他人性命，動輒如雷霆之勢，但是這一刻的無助和絕望依舊深深鐫刻在他的心底，如同揮之不去的陰影，如影隨形，時刻提醒著他的無能為力。

醫館不肯出診，謝翎茫然無措地走在雨中，冷風吹得他有些瑟瑟發抖，他絞盡腦汁地想著辦法。

他走著、走著，忽然想起那婦人說，城北處還有一家醫館。儘管夜色已經深了，但是謝翎仍舊打算去看一看，只要有一分希望，他也要去試試。

這麼想著，謝翎便邁開步子，朝城北的方向跑去。天黑路滑，他又跑得快，不知跌了多少跤，手上的皮都蹭掉幾大塊了，他卻像是毫無所覺一般。

謝翎從前和施嫿來過城北，這裡店鋪林立，在夜色下連成一片，靜靜地佇立在雨中，偶爾有店鋪簷下掛了一個燈籠，昏黃的燈光落在雨幕中，才不至於叫謝翎兩眼一抹黑。

醫館很好找，只因與旁的店鋪不同，黑漆漆的夜色中，唯有它家門前掛了兩個燈籠，散發出溫暖明亮的光芒，一眼便吸引住謝翎的目光。

他眼睛頓時一亮，那燈籠上寫著斗大的字：醫館。門上有一塊匾額，字跡古樸，上書「懸壺堂」三字。

謝翎還沒來得及高興，但見醫館大門緊閉，心就涼了半截，這種時間，顯然是已經打烊了。

謝翎咬咬牙，跑上前去，開始敲醫館的門，敲門的聲音在寂靜的街道中傳得老遠，夾雜著簷下水珠滴落的聲音，一如謝翎此時焦灼急切的心情。

幸運的是，不多時，裡面便傳來一個老者的聲音。「來了、來了！客人輕些，莫把老朽醫館的門給搥壞了。」

謝翎大喜，立時停下，兩手不安地垂在身側，果然不敢再敲。透過窗紙，一點朦朧的暖黃光線漸漸靠近，呀的一聲，門被打開了。

一個白髮白鬚的老者站在門後，半披著衣裳，他看見謝翎，舉起手中的燈看了看，道：「喲，這麼小的娃娃，可是家中人害了什麼急病？」

他說話的神態甚是慈祥，比之前那城東醫館的夥計不知道好了多少，謝翎二話不說，撲通跪倒在地，喊道：「求大夫救救我姊姊！」

那老者見了，連忙來扶他，口中道：「別急、別急，先起來。你姊姊現在在何處？」

謝翎依言起身，紅著眼圈道：「她現在動不了，我揹不動她。」

那老大夫聽了，便道：「你稍等片刻。」他說罷立即回轉，入了內間。

謝翎心中焦急，不時伸長了脖子往那通往內間的簾子處看，幸好沒多少時間，那老大夫便出來了，身後還跟著一個十一、二歲的少年，正睡眼惺忪，彷彿才剛醒的模樣。

老大夫揹著一個箱子，拿了兩把傘，對謝翎道：「走吧，老朽與你去看看。」

謝翎大喜過望，心中充滿了感激，又對那老大夫殷切地道：「我來替您揹箱子吧？」

老大夫呵呵笑了，擺手道：「這箱子重著呢，莫絆得你摔跟頭。」

倒是那少年將燈籠遞給謝翎，道：「煩勞你提著。」謝翎依言接過，他才轉頭去對老者道：「爺爺，藥箱給我吧，天黑路滑，別把您再摔了。」

一行三人打著傘，在謝翎的帶領下，步履匆匆地朝城東走去，終於到了施嫿所在的地方，她依舊躺在地上。

謝翎心中一緊，趕緊放下燈籠衝過去，輕輕搖了搖她，小聲喚道：「阿九？阿九？」觸手的高熱燙得他一個哆嗦，施嫿的臉頰浮現出緋紅，襯著她額上的傷口，簡直是觸目驚心。謝翎的整個心好似被一隻手攥緊了，握得生痛無比，他聲音帶著哭腔，對那老大夫道：「我姊姊醒不過來了。」

老大夫上前來，口中忙道：「別急、別急，讓老朽先看一看。」藉著燈籠光線，他看見了施嫿額上的血洞，頓時倒抽了一口氣，驚道：「這怎麼弄的？寒水，把藥箱拿過來。」

那少年應了一聲，走上前來，將藥箱放下，俐落地打開，一股苦澀的中藥氣味立即迎面撲來。

箱子裡面有各種瓶瓶罐罐，謝翎看不懂，他只能拎著燈籠在一旁乾著急。

老大夫手法索利地處理了施嫿額上的傷口，拿棉布纏好，道：「發熱了，衣裳還濕著，恐怕是凍的。」他轉向謝翎問道：「小娃兒，你家住在何處？可不能在這裡待著，病情怕是會加重。」

謝翎一時有些茫然無措，家？他們沒有家。

老大夫似乎看出了他的難處，心裡嘆了一口氣，也不問了，只對那少年道：「罷了，寒水，你將她揹起來，我們回醫館去。」

少年應下，彎腰揹起施嫿，依舊是謝翎打燈籠，一行三人穿行在夜色中，原路回去醫館。

朦朧間，施嫿只覺得渾身滾燙，如同火燒，額上滲出熱汗來。太熱了，她想，怎麼這麼熱？

眼前像是有赤紅色的光芒閃爍，她猛地睜開眼來，卻見四周已是火海，一眼望去，無邊無際，盡是熊熊燃燒的大火，火焰躥起來，貪婪地舔舐著她身上的衣物，像是要將她一併吞噬。

劇痛襲來，彷彿皮肉被什麼利器一寸一寸割過，施嫿疼得渾身都顫抖起來，她驚恐地看著那些火焰，它們如同有自己的意識，朝她湧過來。

施嫿連連退後，直到，她撞上一道堅實的身軀，熟悉的聲音在她耳邊響起，親暱地喚她的名字。

「嫿兒。」

施嫿渾身一顫，這聲音就像是如影隨形的夢魘，將她整個人都拖入那大火之中。

男子面目俊朗，看著她，笑了笑，那笑容卻漸漸化作猙獰。「嫿兒，妳不願意陪孤一道嗎？」

施嫿拚命搖頭。陪他死？憑什麼？她好不容易活了下來，逃荒時沒有餓死，在戲班時沒有病死，被人折辱搓揉時也沒有死，她活得那麼努力，憑什麼要陪他死？

男子的手臂如同鐵鉗一般，牢牢地箍緊了她，道：「嫿兒，妳陪著孤吧，孤最喜歡的便是妳了，等孤繼位了，便封妳做皇后。」

去你的皇后！施嫿張嘴想罵他，但是喉嚨卻疼痛無比，什麼都喊不出來，唯有用力推拒著，不叫那人把她拖到火裡去。

但是她的力量實在是太小了，那人習過武，抓著她的力道簡直像是捏著一朵柔弱的花，收緊時，施嫿幾乎聽到自己渾身的骨骼在一寸寸地斷裂，她眼睜睜地看著自己被拖入了大火中，疼痛席捲而來，在她絕望無助的時候，忽而聽見有人喚她的名字，聲音急切。

「阿九！阿九！」

那聲音給了她無窮的力量，施嫿猛然一掙一推，太子一時沒有防備，竟被推入了火中。太子慘叫一聲，隨即高聲喊道：「嫿兒！孤等著妳！孤等妳！」喊完之後，他便猖狂大笑起來，彷彿勝券在握一般。

施嫿滿腔恨意和怒火交織，她厲聲朝他罵道：「我會殺了你！李靖涵，我一定會殺了你的！」

太子仍舊在笑。「嫿兒，孤會來找妳的，妳千萬要等著孤！」

巨大的恐慌瞬間攫取施嫿的全部心神，她猛地睜開雙眼，額上冷汗涔涔，耳邊是謝翎驚喜的聲音，帶著幾分擔憂。

「阿九，妳終於醒了！」

施嫿毫無所覺，她依舊沈浸在方才那個可怕的夢境之中，久久無法回過神，眼睛毫無焦距地注視著房梁。

謝翎見了，十分擔憂，又不敢碰她，只能趴在榻邊，小聲叫道：「阿九，妳頭還疼嗎？」

過了一會兒，施嫿才真正聽見了謝翎的聲音，她頓時大喘了一口氣，讓思緒冷靜下來，心中默唸：只是一個夢，只是一個夢罷了，一切都過去了，那些都是上輩子的事情，我活過來了。

但是即便如此一番自我安慰，太子那瘋狂的話語和神態依舊記憶猶新，令她心驚不已。就在此時，一隻溫暖乾燥的手掌覆在她的額間，一個少年的聲音響起。

「熱度退了些，不過還沒全好。」

施嫿應聲看去，只見一個陌生少年站在謝翎身邊。

見她看過來，少年笑了笑，問道：「可是還覺得頭痛？」

他不說還好，一說出來，施嫿霎時便覺得頭痛欲裂，尤其是額頭處，好似有人拿鑿子鑿穿了一個洞似的，她忍不住伸手去摸，但才觸及了棉布表面，就被謝翎一把抓住了。

謝翎小心地道：「不能摸，大夫說還沒好。」

施嫿有些疑惑地看著那少年，張了張口，聲音有些沙啞。「大、夫？」年紀這麼小的大夫？

少年聽出了她的意思，知道她誤解了，笑著解釋道：「我爺爺才是大夫，我還不是。他今日出診去了，妳若是有哪裡不舒服，只管與我說便是。」
少年叫林寒水，乃是懸壺堂坐堂老大夫的孫子。他們一家世代行醫，傳到他爺爺時，已是第六代了。林寒水一邊搗藥，一邊笑道：「等傳到我時，便是第八代，我以後也是要做大夫的。」言談之間，帶著幾分驕傲。
施嫿靠在榻上，不能下地，只要一動，便覺得天旋地轉，之前還把謝翎給嚇一跳，說什麼也不肯讓她下來，施嫿所有的需要，他都一力承擔了，端茶倒水，噓寒問暖，十分殷勤。
林寒水見了，不由得笑道：「妳弟弟倒是十分懂事，不似我那幾個表兄弟，每日打打鬧鬧，恨不得上房揭瓦。」他說著，又低頭往藥缽中加了一些藥材，好奇地問道：「不過為何你們姊弟倆不同姓？可是表姊弟？」
施嫿看了謝翎一眼，他正垂著眼，提著茶壺倒水，抿起唇，小模樣十分認真，彷彿在做什麼大事一般，於是她笑了，答道：「確實如此。」
林寒水點點頭，道：「那就更難得了。」
又說了幾句，施嫿這才得知昨夜發生的事情。雖然只是寥寥幾句，但是她心中知道，謝翎必然是經歷了不少困難，才找到了這醫館、請到大夫。天色那麼黑，他又沒有燈籠，若是一個不慎跌進河裡，恐怕都無人發覺。這麼一想，施嫿便覺得有些後怕起來。恰逢謝翎捧著熱茶過來，施嫿忍不住伸手摸了摸他的頭。

謝翎悄悄回頭看了林寒水一眼，見他沒注意，這才放下心來。聽人說過，若是男孩老是被摸頭，會長不高的，不過若是阿九喜歡，那摸就摸吧，他努力些，總能長高的。

一上午很快就過去了，等到了午間時分，門外有人進來，是個婦人，她提著一個食盒，看見施嫿，驚訝道：「醒了啊？」

施嫿禮貌地頷首，正不知該如何稱呼時，就聽林寒水道——

「這是我娘親，昨日妳身上衣裳濕了，便是我娘親替妳換下的。」

施嫿早就發覺自己身上穿的衣裳換下了，只是不知是誰換的，如今聽了這話，連忙向那林家娘子道謝。

林家娘子笑了，擺手道：「小事罷了。一早上沒有進食，可是餓了？妳還病著，需要忌口，我只熬了些稀粥，妳吃一些，別餓壞了。」

施嫿又感激地道謝。

林家娘子笑著盛粥，一邊道：「妳這女娃娃好客氣，模樣也長得好，也不知哪個天殺的下這種狠手，黑心腸的狗東西，遲早要遭報應！」她一邊罵，手腳倒是很麻利地盛好粥。

謝翎連忙接過，小心端過來，吹了吹，道：「阿九，妳吃粥。」

見他似乎還準備餵她，施嫿不由得大窘，連忙要接過來。

謝翎不讓，只是固執地道：「妳的病還沒好，我來便是。」

施嫿說道：「我只是頭磕到了，又不是手撞斷了，端個碗還是不成問題的。」

謝翎仍舊不肯，在他看來，現在的施嫿就跟那瓷娃娃沒什麼區別，磕著、碰著都要裂口子，因此堅決不讓施嫿自己吃。

他們倆爭辯了幾句，那認真的模樣倒把林家娘子和林寒水給逗笑了。

聽見格格的笑聲傳來，施嫿又是一窘。

林家娘子一邊笑，一邊道：「粥還燙著呢，那小娃娃，你先來吃飯，讓你姊姊慢慢吃吧！」

聽了這話，謝翎才戀戀不捨地放下粥碗，到桌邊坐下，兩手規矩地擺放在膝蓋上，看上去很乖，不似這個年紀的小孩，屁股上就像是長了釘子似的，片刻都安靜不下來。

林家娘子見了，又哎喲一聲，道：「這小娃娃也聽話得很，是個招人疼的。」

施嫿吹著粥，看了謝翎一眼，心裡默默點頭。嗯，是挺招人疼的。

一頓飯吃完，林家娘子才收拾起碗筷，謝翎和林寒水都動手幫忙。

收拾妥當之後，她才道：「我晚間再來送飯。」說著，她叮囑林寒水道：「你爺爺出診回來，若是沒吃，便回來告知我一聲，我送些熱菜飯過來。」見林寒水答應了，林家娘子又轉向謝翎和施嫿，輕聲道：「你們兩個小娃娃，暫且在這裡安心待著，其他的不必擔心，放到日後再說，先把病養好才是正經。來了咱們懸壺堂，沒好全，可別想出這道大門。」

施嫿知她這話是特意安撫他們兩人的，心中不由得十分感激，點頭應下了。

林家娘子這才拎著食盒離開。

下午的時候，施嫿依舊不能下榻。她倒是覺得自己可以走了，但是沒奈何謝翎搬著板凳坐在一旁，就這麼看著她，若是她要下床，便立即跳起來，活似一隻張牙舞爪的小狗。

林寒水見施嫿頗是無聊，便拿了一本冊子過來，道：「若是覺得無趣，你們就看看這些畫解悶，都是我從前看著玩的。」

施嫿道了謝，接過那冊子，與謝翎一道翻看起來，翻了幾頁，她才發現這是一本草藥書籍，上面畫著各種各樣的藥草，旁邊還仔細標注了藥草名字、用途和生長環境。

冊子很舊了，紙張邊緣都起了毛邊，上面還寫了各種各樣的標注，想來是常有人翻看。施嫿和謝翎一起看了一會兒，時間不知不覺便過去了。

門口有人進來，道：「才入城又下了雨，幸好我腳程尚快。」

施嫿回過神來，將冊子放下，只見進來的人是一個白髮白鬚的老者，眉目慈善，揹著一個木箱，想來應該是那位林老大夫了。

林寒水迎上前去，替他接過藥箱。

林老大夫轉頭來看施嫿，見她醒了，慈和地笑了笑，白鬍子翹起來，道：「女娃兒醒了？」

施嫿連忙下榻，施禮道謝。「多謝老先生救命，大恩大德，小女謹記於心，來日必報。」

林老大夫呵呵一笑，擺手道：「舉手之勞罷了！可是還覺得頭暈？」

施嫿點點頭，若不是扶著謝翎，她恐怕連榻都下不來。

林老大夫讓她坐下，才道：「妳暫且不要活動，就歇著，養好病再說。」

施嫿聽罷，這才又躺下。林老大夫又問她家住何處，可還有旁的家人，施嫿都一一答了。待聽到他們兩人是從邱縣逃荒過來的，驚訝不已，又讓施嫿兩人不必憂心，先在醫館養好病再說。

懸壺堂裡一共有兩個大夫，便是林老大夫和他的兒子林不泊，沒有請夥計，就讓孫子林寒水在醫館做事，也順便跟著學看診。

林不泊在月初時去外地採購藥材了，如今還未回來，懸壺堂只剩下林老大夫坐館，抓藥、搗藥一類的雜事都是林寒水在做，一忙起來，就恨不得長出六條胳膊才好，再加上林老大夫還常常出診，就越發忙不過來了。

施嫿和謝翎暫時住在醫館裡，吃住都是人家的，他們還沒有銀子付，總歸覺得不好意思。

這一日，林老大夫出診去了，一連有三個人拿著方子來排隊抓藥，林寒水忙得腳不沾地，抓藥又是個精細活，急不來。

一人等了半天，抱怨道：「寒水，你家這醫館恁大，也不請個夥計來幫忙嗎？」

林寒水一邊看秤，口中笑著答道：「老二叔，您又不是不知道，我家夥計是留不住的，每回才學上了手，沒多久就跑了，我們就是教他認藥材還累得慌呢！」

老二叔想一想，點頭道：「這倒也是，才認熟了臉，第二回來就換了個人了，莫不是你家給的工錢少，留不住人？」

林寒水卻搖頭道：「倒不是工錢的問題，只是我爺爺夜裡會出診，夥計須得住在醫館，有病人來叫門，不管多晚睡都是要起來的，若一晚上起個兩、三回，就不必睡了，所以有些夥計熬不住就跑了。」

老二叔道：「這也是，林老大夫是個好大夫。」

林寒水笑了笑，秤好藥，分包裝好，遞過去道：「三碗水，小火煎作一碗，分早晚飲服，很快便會大好的。」

老二叔聽了，笑道：「借你吉言了。」

施嫿在一旁聽了，便將這事情放在心上，她與謝翎細語幾句，謝翎點點頭，答應下來。

不多時，抓藥的人都走了，醫館總算有片刻清閒，施嫿便下了榻，走到櫃檯前。

林寒水正在收拾桌櫃，見她過來，先是一驚，才道：「怎麼下床了？」

施嫿笑了笑。「現在暈得沒有之前厲害了。」

林寒水不大贊成地說：「養病這種事情，就是如抽絲剝繭一般，急不來的，一個不慎便會加重，妳先坐下。」

施嬸依言坐下，看了謝翎一眼，向林寒水說了自己的意思。

林寒水聽了，愣了愣，道：「妳是說，讓妳弟弟來幫忙做事？」

施嬸點頭道：「他年紀雖小，但是手腳尚算麻利，做些雜事倒還是可以的。我們在醫館叨擾這麼久，總是難以心安。」

林寒水不免有些遲疑。

施嬸又道：「我們都是粗識些字的，你前幾日給我們看的那本冊子，上面的字他都認得，若是晚上有病人來叫門，他也可以起來幫忙。」

林寒水看了謝翎一眼，正猶豫間，林家娘子送飯來了，林寒水看見她，連忙把事情與她說了。

林家娘子聽謝翎識字，十分意外，道：「你既認得，我就考一考你，如何？」

謝翎點點頭。

林家娘子便叫林寒水拿一本藥材冊子過來。

這一本是他們沒讀過的，謝翎不免有些緊張，看了施嬸一眼。

施嬸只是點點頭，示意沒問題。

見施嬸點頭，謝翎這才放下心來。

林家娘子點了幾十個藥材的名字，他大概能正確讀出一半有餘，這已經十分不錯了，林家娘子不免驚喜，又問謝翎可上過學堂、讀過書之類的。

謝翎搖搖頭，只是答道：「我爹曾是秀才先生，他教了我許多字。」

姊弟兩人都識字，還識得不少，這就越發令林家娘子和林寒水意外了，林家娘子當即拍板，等林老大夫出診回來，便把事情與他說了。

林老大夫聽了，欣然道：「正好，醫館不是缺人手嗎？我看這兩個孩子都十分聽話，又無處可去，留下他們也是一樁好事。」他說著，轉向施嫿道：「既然如此，你們就留在醫館，吃穿都不必愁，至於工錢嘛，就與從前的夥計們一樣，每月一貫錢。」

聞言，施嫿連連擺手，道：「工錢就不必了，會說起這事，原本便是為了報答老先生，我們姊弟兩人已在醫館白吃白喝了這麼久，哪裡還能厚顏索要工錢？」

林老大夫哈哈笑起來。「哪有要你們白做工的道理？你們又不是寫了賣身契與我！」

林家娘子也勸道：「從前的夥計也是這麼給的，他們識的字還不如你們多呢，這是你們該拿的，莫要犯那傻勁。」

兩人又勸了幾句，施嫿這才答應下來。

施嫿的病還未全好，暫時不必做活。謝翎人雖小，手腳卻快，林老大夫就先安排他跟林寒水學著認認藥材，做一做搗藥的雜事。

在進入寒冬之前，施嫿和謝翎總算是在醫館裡安定下來，至少短時間內，他們不必再四處漂泊了。

了。

天氣越來越冷，直到有一日起來，屋簷上結了一層薄薄的冰，施嫿才驚覺，已是深冬了。

到了這時候，病人也越來越多了，林寒水不放心林老大夫一個人出去，常常陪同他一起，施嫿就和謝翎守著醫館，謝翎搗藥，有人拿著方子來抓藥，便是施嫿的活兒。

那些人起先沒見過他們兩個，又看他們年紀太小，疑心他們抓不好藥，拿著藥方離開的都有，不過時間一長，施嫿抓藥小心謹慎、心思細，從來沒錯過，這種情況漸漸地就少了。

到了夜裡，施嫿會帶著謝翎坐在櫃檯後，點一盞燈，拿著藥書教他識字。謝翎學得很快，幾乎看過幾遍之後，那些字就都記在心裡了，無論施嫿什麼時候抽查，他都沒有錯過。

施嫿心中既是高興，又不免泛起些憂心。按理來說，過了今年，謝翎就九歲了，這個年紀的孩子應該要進學堂開蒙了才是，更何況他還這樣有天賦，更不應該被耽誤了。

可是，哪裡來的錢？這是一個大問題。

自從施嫿起了念頭之後，她成日裡沒事的時候就在琢磨這件事情，怎麼才能賺錢？

林寒水和謝翎都有所察覺，午飯時兩人看著施嫿的筷子在空碗裡面挾了半天，然後漫不經心地塞進嘴裡，不由得面面相覷，對視一眼。

到了下午的時候，外面下起了小雪，林寒水拿著傘去接林老大夫，謝翎看天氣不好，也跟著一起去了。

回來時已是傍晚時分，夜幕四臨，小雪未停，三人進了大堂，施嫿拿著布巾過來給他們擦拭雪水。

林寒水驚魂未定地道：「城外那橋太滑了，上面都結了冰，又下著雪，爺爺差點走不穩滑下去，幸好我和謝翎手快，給拉住了。」他說著又向林老大夫勸道：「爺爺，這幾日天氣差，先不要出診了，等天氣放晴之後再說，若是一個不慎摔倒了，可就麻煩了！」

林老大夫應下，答應道：「明日不去了，不去了。」

林寒水無奈極了，雖然看似應下了，但是明日若有病人家屬來求，爺爺還是會拎著藥箱出門去的。也只有他們家醫館才會在這麼惡劣的天氣出診，診金還沒變過，若是換了城東那一家，沒翻個三、四倍的價錢別想把他們的坐館大夫叫出門去。

趁著他們說話間，謝翎扯了扯施嫿的衣袖，帶著她去了後院。

施嫿疑惑地道：「這麼神神秘秘的，什麼事情？」

謝翎笑了笑，獻寶似地從懷裡拿出一樣東西，道：「妳看，這是什麼？」

施嫿藉著昏黃的燈光看了一眼，驚訝道：「梅花？」

謝翎十分高興，將那一枝梅花遞給她。「似乎是白梅花，我第一次見，覺得好看得緊，特意摘了一枝給妳帶回來。原本更好看的，可惜路上被衣服壓掉了些花瓣。」

施嫿看著那一簇盛開的白梅花，接了過來，白色的花瓣透著一點淡粉，像女子薄施的胭脂，暈染開來，五瓣成一朵，中間是一簇鵝黃的花蕊，花朵在暖黃的燈光下顯得有些半透明，上面還沾著些雪水，映射出細碎的光芒，十分漂亮，好似一個妝容淺淡、含羞帶怯的美人兒，讓施嫿看得出神。

謝翎見她不說話，只是打量那梅花，便忍不住問道：「喜不喜歡？」

施嫿回過神來，笑道：「好看，喜歡。」

她四下看了看，從窗下拾起一個裂了縫的罐子，倒盡裡面的雪水，仔細洗乾淨之後，盛了點清水，把那梅花插進去，放到了大堂的桌櫃上。

林寒水見了，笑著讚道：「這枝梅花真好看，是謝翎摘的嗎？」

施嫿點點頭。

林寒水不太意外地道：「我之前見他一頭鑽進了那林子裡面，原來是特意摘花去了。」

施嫿看著那梅花，心裡面閃過個念頭。

到了夜間，施嫿問謝翎。「這梅花樹長在哪兒？」

謝翎只以為她喜歡，便答道：「出城之後，順著河道往下走，不遠就是一座木橋，過了橋拐個彎，有一座小山包，梅花樹就長在上面。還有好幾棵呢，長在一起，特別好看。」

施嫿點點頭，道：「我知道了。」

第五章

第二日早上，天光還未亮，施嫿便起身了，她趴到窗沿往外看，小雪已經停了，只有零星幾片紛紛揚揚地落下。她穿上衣物，輕手輕腳地推門出去，沒有驚動任何人。

隔壁便是謝翎和林寒水住的屋子，裡面沒有動靜，想來是還沒醒。施嫿朝手心裡呵了一口氣，才站出來這麼一會兒，她就覺得自己的手指都要凍僵了。

她從牆上拿了一把傘、一把小鎬、一把大剪子，和一個空的竹簍，揹上之後，打起燈籠，推開後門往外走。

外面是一條小巷子，剛下過小雪，地上積了薄薄的一層白雪，被燈籠映出淡橙色的光，她提著燈籠小心地往外走，鞋底踩在雪地上，發出嘎吱的碎響。

殘雪和著冰，稍不注意就會滑倒，施嫿藉著那燈籠的光，往城外走去，很快她就看到了謝翎說的那條河，順著河走了小半刻鐘，才看到木橋。

木橋只有成年人的一臂之寬，上面結滿了冰，還有積雪，底下河水淙淙流過，若是一個不慎，掉進河裡，恐怕要被凍個半死。

施嫿咬咬牙，從背上的竹簍裡拿出小鎬來，蹲下身把橋上的冰都敲碎了，和著殘雪一併掃開。

在確定全部掃乾淨之後，她才試探著踏上木橋，用力跺了跺腳，見沒有問題，便小心地一步步走過去。

待過了橋，她才鬆了一口氣，將小鎬放入簍中，拎起燈籠往前走去。天氣太冷了，寒風捲起零星的小雪往脖子裡灌，施嫿冷得不行，唯有縮起脖子，才能留著些許熱氣。

依照謝翎所說的路線，施嫿很快就找到了那幾棵梅花樹，它們藏在山包後，如同羞怯的美人，半探出臉來。

梅花開得十分燦爛，枝上還裹著晶瑩的冰雪，漂亮極了，施嫿仰頭看了看，放下竹簍，把燈籠掛在樹上，然後捧著手，重重地呵氣，試圖暖一暖凍僵的手指，好讓它重新活動起來。

施嫿從竹簍裡翻出一把巨大的剪子，這是專門用來剪藥材的，有點費力氣，但是勝在很鋒利，成年人手指那麼粗的枝幹都能剪斷。

施嫿挑了幾枝怒放的白梅，花枝形狀看起來很漂亮，又挑了一些含苞待放的梅花，兩者各剪了幾枝，放進簍子裡，這才收好剪子，將竹簍揹起，拎著燈籠，依舊照原路往回走。

天邊泛起了白，再過不久天就要亮了，施嫿連忙加緊腳步，往前走去，快要走過木橋，但是在橋頭的時候，腳下突然一滑，整個人往下跌去！

施嫿心中一驚，她反應極快，下意識一伸手，一把抱住了橋頭的橫木，只聽嘩啦啦幾聲，泥土和著冰渣落入河水中，濺起一片水花。

燈籠滾落在一邊，火滅了，施嫿深吸了一口氣，低頭看了看，河中黑漆漆一片，唯有水面折射出些許天光。她抱著橫木的手緊了緊，這水也不知道有多深，若是掉下去，說不定就被沖走了。

施嫿嚥了嚥口水，總不能在這兒吊著，想到這裡，她開始挪動手臂，慢慢地往岸邊蹭過去，只是她的手都被凍僵了，根本無法自如地移動，等到好不容易挪到岸邊時，已是一刻鐘以後的事情了。

施嫿緊緊貼著河岸，那裡有些凸出的石塊，看上去不甚牢固，她的雙臂痠痛無比，幾乎要堅持不住了，於是一咬牙，試探著踩上石塊，她身子很輕，竟然真的站住了。

施嫿心中一喜，就這麼踩著那些石頭，手腳並用地爬上了岸。她趴在雪地上喘了一口氣，回頭再看那木橋時，彷彿一隻吃人的怪物似的，心中盡是劫後餘生之感。

天色已經很亮了，施嫿趕緊爬起身來，拍盡了身上的冰雪渣，拾起燈籠，腳步匆匆地往城裡走去。

施嫿沒有回醫館，而是去了東市，揀了一個不錯的位置蹲下，把竹簍擺在面前，裡面插滿了新鮮的梅花，沾著晶瑩剔透的雪水，含苞待放、冷香撲鼻，一下子就吸引了不少行人的注意。

一開始並沒有人來詢價，施嫿心中還是有些急的，因為天已經亮了，她還得趁早趕回醫館去。

就在她蹲到腿麻的時候，有一個婦人停下，問道：「這花怎麼賣？」

施嫿連忙起身，答道：「三十五文一枝。姊姊要買一枝嗎？放在家裡能養好幾天呢！」

那婦人聽了，眉頭一皺，又看了幾眼，道：「這麼貴啊？」

施嫿便從善如流地說：「姊姊若是有心買，少幾個錢也是使得的。」

她還價爽快，不像旁的攤販摳摳索索，恨不得一個銅板掰成兩半才好，因此那婦人面色好了些，最後花了二十八文錢，買了一枝半開的梅花走了。

施嫿拿著那二十八個銅板，數了一遍，心中暗暗舒了一口氣，有人買就好，她最怕的是這些梅花無人問津，現在看來，情況不像她想得那樣壞。

將銅板放在手心捂熱了，施嫿才把它們塞進衣襟的袋子裡。之後又來了幾個人詢價，問東問西，最後都沒有買。

施嫿心中頗有些遺憾，她腿蹲得麻了，天氣冷，身子都凍僵了，最後索性站起來，伸了伸腿，就在此時，一個聲音從旁邊傳來。

「女娃娃，這些梅花可是妳賣的？」

施嫿愣了一下，連忙轉頭去看，是一個體型微胖的婦人，她手裡拎著菜籃，裡面裝得滿滿當當的。

施嫿心頭一動，清脆答道：「是，大娘要買嗎？」

婦人問道：「怎麼賣的？」

施嫿報了價。

婦人也不還價，只是道：「這些梅花我全要了，只是騰不出手來，能麻煩妳幫忙送一送嗎？」

施嫿自然答應下來，拎起竹簍，跟著那婦人走。出了東市，拐了個方向，竟然是往城南去。

城南大宅子多，路也長，幸而兩人腿腳輕快，走了兩刻鐘，才走到了一戶大宅的後門處。那婦人付了錢，施嫿這才揹著空竹簍，捧著凍得通紅的小手呵了一口氣，邁開步子往城北趕去。

當第一縷金色的朝陽灑落下來時，施嫿回到了醫館，從後門進去，後院安靜無比，房門都開著，但是沒有人，她有些疑惑，揚聲喊了一句。「謝翎？」

沒有人應答，或許是出門了。這麼想著，施嫿放下了竹簍和燈籠，先去漱洗，將沾了泥濘的衣裳換下後，去了前堂。

林老大夫正站在門廊下做五禽戲，動作慢吞吞的，一套五禽戲做完了，回頭正好看見施嫿，他嚇了一跳道：「妳一清早去哪裡了？把謝翎那孩子急的。」

施嫿聽出他話裡的意思，愣了一下，才道：「謝翎怎麼了？」

林老大夫道：「他一早不見妳，飯也不吃，出門尋妳去了。寒水怕他一個小娃娃不安全，也跟著去了。」

施嫿頗有些不好意思，道：「我出門辦些事情。」她說著，又問：「他們往哪個方向去了？我去找找。」

林老大夫擺擺手，一邊進門，一邊道：「無妨，有寒水帶著，不會出事的，若是妳一個女娃娃出去，我倒要憂心幾分。」

施嫿聽罷，連忙道歉地道：「是我魯莽了，早該與您說一聲的。」

林老大夫哈哈笑起來，臉上的皺紋都舒展開了，他道：「妳別多想，只是天氣不好，路上到處都是冰雪，城裡又有河道，妳一個小娃娃，別滑進去了，旁的倒是沒什麼。」他說完，又道：「還沒用早飯吧？快去吃些，別著涼了。」

施嫿幫忙添了些炭後，才去了一趟後院，林家娘子果然送了粥來。就著鹹菜吃完粥，她擔心謝翎和林寒水回來時粥冷了，便又提著粥回到前堂，就放在炭火旁邊溫著。

這一等便是日上三竿，有病人來了醫館，林老大夫開始看診，確診之後，提筆寫方子，讓施嫿抓藥。

施嫿正忙活間，前門進來了兩個人，一高一矮，正是謝翎和林寒水。

謝翎看見她，腳步立即一頓。

倒是林寒水長舒了一口氣，拍了拍他的肩膀，道：「施嫿不是在這裡嗎？別著急了，去把衣裳換下吧！」

施嫿這才看見謝翎一身泥濘髒污，就連小臉上都沾了些泥土，也不知在哪裡摔倒了，她連忙道：「謝翎，你怎麼了？」

哪知謝翎只是看了她一眼，也不答話，恍若未聞一般，自顧自地往後院去了。

林寒水一臉驚愕，好半天才道：「這是生氣了？」他對施嫿道：「謝翎一早找遍了整個醫館都沒看到妳，急得不行，非說妳走了，要去尋妳，我不放心，跟著一起去了，差點把整個蘇陽城都轉了一遍，他還要出城去，好歹被我攔住了。」

施嫿聽罷，點點頭，歉疚道：「我知道了，麻煩你了。」

林寒水卻笑道：「哪裡的事，我就說了，妳怎麼可能會悶不吭聲地就走？他非不信。」

施嫿心中一動，抓好了藥之後，聽林老大夫道——

「謝翎還未吃飯吧？施嫿，妳去叫他來吃，別讓粥冷了。」

林寒水也起身過來，道：「這些事我來做吧，妳去叫他。」

施嫿點點頭，拍了拍手，提起粥罐子就往後院走。謝翎的房門緊閉，顯然人在裡面，她過去敲了敲門，叫了一聲。「謝翎？」沒有人答應，施嫿又敲了一下，門卻開了一條縫，原來是沒上栓，分明是有人故意開著的。她心中好笑，故作不知，繼續敲門，喊他。「謝翎？你在不在？」一連喊了四、五聲，謝翎依舊不回答，施嫿便自言自語地道：「看來是不在了，我去後廚看看。」她嘴裡說著，腳卻不動，果然，屋裡傳來一道悶悶的聲音。

「門又沒關，妳不會自己進來嗎？」

施嫿想笑，但是忍住了，提著粥罐子推門進去，看見謝翎坐在窗下，板著個小臉，面無表情，也不看她。施嫿走過去，把粥罐子放在他面前，道：「怎麼不來吃早飯？」

謝翎沒回答，只是硬邦邦地問：「妳早上去哪裡了？」

施嫿早知道有這麼一關，答道：「我去辦事情了。」

謝翎繼續問：「什麼事情？」

施嫿斟酌了一下，說：「有些小事。」

謝翎緊追不放，抬頭盯著她。「什麼小事，妳要瞞著不肯告訴我？」

施嫿沈默片刻，思索著該不該說。

謝翎見她不說話，更加生氣了，撇著嘴，一言不發。

施嫿看他那模樣，嘆了一口氣。「我沒有要走，你不要擔心。」

謝翎見她放軟了語氣，緊追不捨地問：「那妳去做什麼了？」

施嫿回頭看了看，見門外沒有人，走過去把門關上後，才回過身道：「我去摘梅花了。」

謝翎愣了一下，像是沒反應過來。「摘梅花做什麼？」

施嫿把早上的事情說了說。「醫館雖然每月給我們一貫錢，可若是要供我們兩人用，恐怕是不夠花用的。」

謝翎聽了，放下心來，又道：「那我與妳一起去。」

施嫿自然不肯。「不行，你太小了，冬天路滑，若是掉河裡去了如何是好？」

謝翎撇了撇嘴，爭辯道：「妳不是也才大我一歲嗎？妳去得，我就去不得？」

施嫿自然是不想他去，再說了，謝翎與林寒水住同一間屋，若是他起得太早，勢必會驚動林寒水，到時候又該如何解釋？

施嫿拒絕了謝翎的提議，然後把粥罐子打開，還是溫的，往前推了推，說道：「你先吃粥，吃完就來前堂幫忙，今日耽擱久了，莫誤了正事。」

到了晚間，把最後一個病人看完，林寒水伸了一個懶腰，感慨道：「這天氣一好，人都要忙壞了，連偷個懶都不行。」

林老大夫笑著罵他。「小猢猻，就你坐不住！明日你去抓藥，換施嫿來，我看她心思細，人也聰慧，比你頂用！」

林寒水笑咪咪的，欣然答應。「好，讓嫿兒來！」

聽到這個稱呼，施嫿正在抓藥的手猛地一抖，一不留神，把麥冬灑了出來，超出要用的分量了，她連忙仔細地將麥冬一粒粒揀拾起來，再次分類秤好，交給客人。

嫿兒。

施嫿忍不住捏緊了手中的秤杆，才把心底浮現的恐慌壓下去。在方才的那一瞬間，她幾乎能感覺到自己渾身都在發熱，就像是有灼熱的火苗迎面撲來一般。

「阿九？阿九！」

有人推了推她，施嫿才怔怔回過神來，看向面前的人。

謝翎看她神色不對，不由得擔憂地小聲問道：「妳怎麼了？」

施嫿很快就冷靜下來，道：「沒事，我方才在發呆。」

謝翎覺得不對，但是他年紀小，也看不出什麼來，只是應了一聲。

入了夜，大概是因為白天病人多的緣故，夜裡反倒沒有人來求診，到了凌晨時候，施嫿醒了過來，遠處傳來幾聲雞鳴，她起身穿好衣服，推門出去，冰冷的空氣霎時圍了過來，將她包裹在內。

她深吸了一口氣，整個人清醒許多，拿著燈籠，揹起竹簍從後門出去之後，又照例把門虛虛掩上，哪知才一轉身，就看見旁邊的牆根處出現了一道黑影，冷不丁地嚇她一跳，心都差點蹦出嗓子眼了。

施嫿退了一步，那黑影動了動，她很快便意識到那是什麼人，皺著眉頭叫了一聲。「謝翎？」一走近藉著月光一看，果然是謝翎，也不知他在這裡等了多久，一張小臉凍得通紅，施嫿簡直無奈，壓低聲音道：「你怎麼在這裡？」

謝翎抬頭看著她，張開口便呵出白氣來，固執地道：「我要跟妳去。」

施嫿心裡來氣，敢情她昨日那些話都被當成耳邊風了？她低聲道：「你不聽我的話？」

謝翎低著頭，一言不發。

又是這樣！施嫿無奈至極，謝翎的沈默不是默認，而是抵抗、不聽從，他不辯駁，但是不願意接受妳的安排。

再拖下去，很快天又要亮了，今天絕對不能如昨天那般忙亂了，否則很快就會引起林家人的注意。施嫿緊了緊竹簍，懶得再勸他，只是冷冷地道：「你要跟就跟吧，掉進河裡的話，我是不會管你的。」她說完，便提著燈籠大步往前走去，很快地，身後響起了腳步聲，謝翎跟了上來。

施嫿心裡憋著氣，一路上眉頭緊皺。謝翎很少會有這麼不聽話的時候，她是去摘花賣，又不是去玩，總是跟著她做什麼？沒斷奶嗎？她心裡不悅地想著，悶頭一直走。

然而施嫿忘記了，她自己如今只有九歲，儘管這具小小的身體裡，住了一個二十多歲的靈魂，但是在謝翎看來，施嫿只是一個大不了他多少的女孩，他說什麼也不會讓施嫿一個人去的。

這種事情，只消幾句話就說開了，但是兩人脾氣都執拗得跟牛似的，一路上沒有半句話交談，各自沈默著往城外走，一前一後，藉著月光，踩著冰渣，勉強能看清路。

等到了橋邊，施嫿停了下來，燈籠在她手裡，若是摸黑走，謝翎很有可能掉進河裡去。謝翎見她停下來，心中不由得高興，緊走幾步，才一走近，便聽施嫿叮囑道——

「我自己過去就成，你在這裡等我回來。」

高興立即就像潮水一般退去，他不答應，固執地道：「我跟妳一道去。」

施𡟖心中的火倏地躥起來。「你不怕掉河裡去？」

謝翎看了看那木橋，橋面殘雪未化，經過一夜的霜凍，上面結滿了冰，在月光下閃閃發亮，一腳踩下去，一不留神就會滑進河裡去，但即便如此，他還是道：「我會小心的。」

施𡟖卻冷冰冰地道：「你不怕死，我還怕死呢！」謝翎被這句話刺到了，他瑟縮了一下，沈默的樣子看起來有些可憐，黑亮的雙眼也暗沈下來，施𡟖的心倏然又軟了，放緩了語氣道：「我就在河對岸，去去就來，你在這裡等我就是。」

冷風吹來，謝翎吸了一下鼻子，低聲道：「我、我不會拖累妳的，妳別丟下我。」

風迎面吹著，像是吹到了施𡟖心裡面去似的，霎時一股寒意躥上來，她忽然想著，謝翎對於她來說，是拖累嗎？還是她今日這番表現，讓謝翎誤會了什麼？施𡟖捫心自問，她對謝翎已經夠好了，仁至義盡、掏心掏肺不過如此，可是當真如此嗎？

她現在做的這些事情，是因為未來的謝翎，還是因為現在站在她面前的這個謝翎？

如果他不是將來的小探花郎呢？

霎時，施𡟖心頭千迴百轉，這些念頭令她心情複雜無比。過了許久，冷風吹得眼睛都疼了，她才伸出手來，摸了摸謝翎的頭，嘆了一口氣，妥協道：「好，你跟著來吧！」

謝翎一下子就抬起頭來，黑亮的眼睛看著她，像某種小動物，欣喜之情溢於言表。「我會小心的！」

施𡟖把燈籠交給他，從竹簍裡拿出麻繩來，一端綁在橋邊的樹上，另一端綁在自己腰上，然後敲掉橋上的冰，帶著謝翎一步步小心踏過去。
此後的一路上，謝翎都表現得很高興，就像是饞嘴的孩子吃到了念念不忘的糖果一般。
兩人順利摘了梅花，原路返回，因為很小心的緣故，什麼意外也沒有發生，等回到城裡時，天還未亮，遠處傳來雞鳴陣陣。
謝翎道：「我們還去東市嗎？」
施嫿搖頭道：「今日不去了，我們去城西。」
城西比東市更加繁華，這裡有戲園子、酒樓、茶館、柳巷、當鋪等等，各式各樣，不一而足，雲集於此。
清晨時分，天矇矇亮，施嫿揹著竹簍，牽著謝翎走在路上，有些鋪子已經開門了，路上也隱約可見行人來往，都是一副沒睡醒的模樣。
施嫿清了清嗓子，揚聲喊道：「賣花咧！」
孩童聲音清脆，彷彿凍過一夜的梨似的，脆生生的，口齒清晰，吆喝起來，聲音在中間微妙地停頓了一下，有一種特別的韻律感，謝翎直覺這吆喝聲與旁的攤販不同，但是不同之處在哪裡，他卻又說不上來，只是覺得很好聽，像、像唱戲那樣！
施嫿喊了兩聲，感覺到謝翎扯了扯自己的袖子，便疑惑地看過去。「怎麼了？」
謝翎指了指自己，小聲道：「我也要喊。」
施嫿便停下來教他，如何提氣、如何開腔、如何轉音，都一一仔細說清楚了，一邊教，一邊喊上一嗓子。

謝翎聽罷，自覺掌握了技巧，點點頭，煞有介事地道：「我懂了。」

施嫿狐疑。「真懂了？」

謝翎答道：「真的，不信妳聽聽。」他說著，便學著施嫿那樣喊。「賣花咧！」高音上不去，低音下不來，轉音更是沒有，但是勝在音質清脆，夠響亮，一聲吼出去，半條街都聽到了，施嫿頓時噗哧地笑出聲來。

賣完梅花之後，施嫿和謝翎回去醫館，天還未全亮，所有的房門都緊閉著，想來是林寒水與林老大夫還未起。施嫿問謝翎道：「你今早是如何起的？竟然沒有驚動寒水？」

謝翎老老實實地答道：「我讓他睡裡面，我靠外面睡了，到時候若驚動了他，就說我要起夜，他自然不會懷疑。」

竟連後路都想清楚了，可見是認真籌劃過的。施嫿又道：「你現在若回去睡，恐怕要驚動他了，到時又如何解釋？」

謝翎答道：「我若跟著妳去，回來時必然與妳一起，就不回房睡了，在妳這裡擠一擠。」

施嫿故作生氣地道：「你就不擔心惹惱了我，我把你趕出去吹風？」

謝翎卻道：「那我就站在妳房門口吹風。」

這是算準了她沒辦法，施嫿又是好氣、又是好笑，最後只能敲他的額頭。「進來吧！」謝翎立刻高興起來，一溜煙地跟了進去。

自這一日起，他們仍舊每日去摘花，兩個人一起的話，速度便快了許多，基本上半個多時辰，施嫿和謝翎就能把花全部賣完，回醫館時，天才矇矇亮，是以林家人一直都不知道此事。

偶爾也有花賣不出去的時候，兩人便會去城南轉一轉，也能賣出去。

最驚險的是有一回，施嫿正站在竹簍後面，謝翎突然扯了扯她，低聲叫她蹲下。施嫿雖然不明白，但還是蹲下了，兩人就這麼擠在竹簍後面，繁雜的花枝將他們的身形遮掩，旁邊緊挨著其他攤販，施嫿小聲問道「怎麼了」，謝翎答說「我看見林伯母了」。聞言，施嫿心裡一跳，小心地從花枝間隙裡面偷眼看，果然見到林家娘子提著個竹籃，從人群裡擠過去，不由得吐出一口氣，幸好謝翎眼尖。

最後兩人怕被林家娘子看到，揹起竹簍一溜煙地跑了，到了城南幾戶常買花的宅子側門轉了轉，花就賣出去了。

自此以後，施嫿和謝翎便越發小心，即便是賣花，也只挑街角站著，一有不對就準備跑，生怕被林家娘子發現了。

日子一天天過去，在那幾棵梅花樹快被摘光的時候，施嫿已經攢了不少錢。她去了東市一趟，給謝翎買了幾本書回來，還有筆墨紙硯等一應物事，謝翎沒事的時候，就繼續練字。

如今施嫿不許他照自己的字跡抄寫，一定要按照字帖來，字帖是她精心挑選過的。謝翎本還有些不滿意，說沒施嫿寫得好看，被她訓了幾句後，老實了許多。

謝翎學習的事情沒法子遮掩，林家人很快就知道了。

林老大夫摸著鬍子，很是讚許，拿著謝翎練過的字，左看右看，十分滿意，還道，若是日後他看診，就讓謝翎來記方子。

林寒水也把自己讀過的書都找了出來，全部貢獻給謝翎，他反正是不需要考功名的，學堂早就不去了，這些書放在那裡也是積塵，倒不如給謝翎看，還省下施嫿一筆錢。

林家娘子道：「若謝翎來年入學堂，我們倒是可以為他幫襯一、二。」

施嫿連忙婉拒了。「伯母的好意我們心領了，只是我去打聽過了，城西有一家義塾可以去上，到時候給先生送一些束脩便是，不須多大的花費。」

林家娘子又道：「即使如此，那筆墨紙硯總是一筆大開銷，你們如何應付得來？」

施嫿笑道：「我們不是每月有一貫錢的工錢嗎？夠用了。」

她語氣堅持，林家娘子說不過她，只得道：「日後你們若有難處，千萬要與我們說才是。」

施嫿心中很是感動。「伯母一家的恩情，銘感五內，此生不忘。」

林家娘子一哂，嗔笑道：「傻孩子，這有什麼？來，都先吃飯吧！」

一行人收拾碗筷，就在此時，卻聽門前傳來轔轔的車聲，停在醫館門口。

林寒水突然跳起來，喊道：「可是爹回來了？」他說完便興奮地跑出門去。

林家娘子和林老大夫也甚是驚喜。

林家娘子擦了擦手，神色難掩激動地道：「前陣子收到信，說是這幾日會到，恐怕真是回來了，我也去看看。」

施嫿和謝翎對視了一眼，跟在林老大夫的身後一起去了前堂，看見一個中年男人站在門口，一手搭在林寒水的肩頭，正笑著與他說話。

林不泊回頭看見林老大夫，笑著喊了一聲。「爹，我回來了！」

對於林不泊的歸來，林老大夫十分高興，連連點頭。「回來就好！路上可還順利？」

林不泊答道：「一切都好，就是北邊太冷了，路上下了一陣雪。」他說著，注意到施嫿和謝翎兩人，不由得問道：「這兩位是……」

林寒水連忙解釋了幾句。

林不泊看上去是個和善的性子，聽了便一迭連聲地道：「好、好，咱們醫館缺人很久了！寒水也能有個同伴玩，省得日後變成一個二愣子！」

用過晚飯後，施嫿和謝翎幾人幫忙林家娘子收拾碗筷，林寒水一邊忙，一邊問他爹路上的事情。

林不泊擺了擺手，道：「下回不能再去了，起碼這個時間不能去，北方太冷了，半路上還能看到流民，商隊都不敢走大路。」

林寒水納罕道：「路上還有流民？」

林不泊嘆了一口氣。「都是臨茂和青江那一帶的。不是大旱嗎？去的時候，不敢從官道走，揀小路去，一個月的路程足足走了兩個月之久，回來時倒是不見了。」

林寒水不解。「怎麼了？」

林不泊苦笑一聲。「回來時已是十一、二月了，大雪不斷，哪裡還有流民？」

要麼凍死，要麼餓死了。施嫿把筷子放進竹籃中，心裡默默地想，要不是他們這回選擇了南方，恐怕如今不知還在哪裡苦苦掙扎，又或者已被淹沒在大雪之中了。

年關將近。

十二月又稱臘月，隨著一場大雪下來，年味漸濃，不時能聽到鞭炮聲音從遠處傳來，醫館也漸漸冷清下來。人們不知是出於什麼心理，大概覺得過年來醫館不吉利吧！

懸壺堂一天到晚沒幾個病人來看診，也沒人抓藥，施嫿和謝翎守在火爐邊，林不泊見了，笑說：「你們兩個小娃娃，怎麼比老人家還不愛動？既沒有病人，就出去玩吧，外面下了雪，好玩著呢！」

施嫿不太想玩，天寒地凍的，還不如在火爐邊坐著暖和些。她看了謝翎一眼，卻見謝翎雖然也沒動靜，但是一雙黑亮的眼睛裡面帶著幾分躍躍欲試，也不知忍了多久了。施嫿好笑之餘，對他道：「你想去就去，莫靠近河邊就是。」

謝翎猶豫了一會兒，還是搖搖頭，不肯去。

施嫿見了，便收起書冊，起身道：「好吧，你既然不去，我就自己去了。」

聽了這話，謝翎連忙站起身來，拉住她道：「我與妳同去。」

施嫿由他拉著，兩人一起出門，站在門廊下大眼瞪小眼，施嫿問道：「你想去哪兒？」

謝翎搖搖頭，回問：「妳呢？」

施嫿想了想，目光看見一個六、七歲的小娃兒，正舔著根糖葫蘆從門前經過，小小的臉上滿是歡欣愉悅，十分滿足，遂道：「我們去東市玩吧！」

東市熱鬧得很，到處都是行人，街道兩旁都是攤販，挨挨蹭蹭，賣什麼的都有，吆喝聲此起彼伏，熱鬧非凡。

施嫿好不容易找到了被擠在街角的糖葫蘆小販，掏錢買了一根，遞給謝翎。「你吃。」

謝翎眨了一下眼睛，似乎有點驚訝，看著那紅通通的糖葫蘆。「給我吃嗎？」

得到施嫿的肯定回答之後，他才伸手接過，小心地舉著，看起來有點難得的傻愣。謝翎拿著那糖葫蘆，也不吃，一手牽著施嫿，把舉著糖葫蘆的手放在身前，避開來往擁擠的行人，生怕被擠掉了。

兩人逛了一圈，看了戲法表演，還聽了茶館說書，一個下午轉眼就過了，正欲離開時，施嫿忽然想起什麼，對謝翎道：「你在這裡等我，我去買點東西就回來。」

謝翎問道：「買什麼？」

施嫿指了指對面的糕點店。「我想起寒水和爺爺喜歡吃雲片糕。」

謝翎這回沒有執意要跟著去，應了一聲，道：「那妳快些回來。」

施嫿點頭去了。那家糕點鋪子生意很好，熙熙攘攘地都是人，施嫿一個小女娃擠在裡面，好似一根小豆丁似的，髮繩都差點被擠掉了。

好不容易買到了雲片糕，施嫿又費力從人群中擠出來，長舒了一口氣，連忙跑開了。等她回到之前的地方時，謝翎還低著頭等在那裡，只是手中的糖葫蘆已不見了，施嫿隨口問道：「糖葫蘆吃了？」

「吃了。」

先前怎麼樣也不肯吃，寶貝得要收藏起來似的，怎麼才這一會兒工夫就吃光了？施嫿心中狐疑，又問：「全吃了？」

謝翎「嗯」了一聲。

「抬起臉來，低頭做什麼？找錢嗎？」

謝翎只得慢慢抬起頭，臉上赫然出現三道血痕，衣襟也被扯破了，像是跟人搏鬥過一回似的。

施嫿哭笑不得地道：「怎麼我去了這一會兒，你就跟人打了一架？」

謝翎悶悶地道：「是她們先動手的。」

施嫿敏銳地注意到他話裡的意思。「他們？誰？」

謝翎頓了頓，才答道：「是蘇府的人。」

聽了這句，施嫿不由得皺起眉來。「是蘇妙兒？」會動手撓人的，她認識的也就一個蘇妙兒了。

謝翎點點頭。「她擠掉了我的糖葫蘆，不但不道歉，還罵我，我一時沒忍住，就打了她一下。」他避重就輕，沒說他那一耳光可重了，畢竟在醫館做活久了，每日搗藥、磨藥，幾個月下來，手勁比一般孩童大上許多，一巴掌甩過去，那蘇妙兒都被打懵了，隔了好一陣才嚎啕大哭起來。她是帶著奶娘和丫鬟的，謝翎來不及逃走就被按住了，蘇妙兒衝上來撓了他一把，登時見了血。

謝翎氣得不行，又見那糖葫蘆在她們腳下被踩得稀爛，立時大怒，拚命掙扎，像是發了瘋一般，兩眼都氣紅了，仇恨地盯著蘇妙兒看，那奶娘和丫鬟竟然按不住他，幾乎要被掙脫開來，蘇妙兒看得心中害怕，生怕又挨上一耳光，連連後退，叫奶娘抱著她走了。

糖葫蘆是不能吃了，裹著糖漿的山楂都破了，上面沾滿了泥濘，吹也吹不掉，竹籤也斷了，謝翎心裡有些難過。

這種難過一直持續到了晚上，儘管謝翎掩飾得很好，但施嫿還是看出來他的悶悶不樂。在大多數時候，謝翎是一個異常懂事的孩子，他從不輕易在外人面前表露出自己的情緒，無論是高興或者不高興，除非是實在忍不住，否則大多數時候，施嫿要從他的眼神中才能判斷出他的想法。

一頓晚飯吃得沒滋沒味，謝翎幫忙收拾了碗筷後，施嫿輕輕扯了他一下，小聲道：「別不高興了，我明日再給你買一根新的糖葫蘆。」

謝翎搖了搖頭，道：「我不是為糖葫蘆不高興。」

那就是因為蘇妙兒了，又或者是因為整個蘇府，施嫿心頭了然。自從那件事之後，蘇府大概就是謝翎的心頭刺，但是又有什麼辦法呢？他們如今的力量太小了，於蘇府來說，就是蜉蝣和大樹之間的區別。

謝翎不開心，施嫿只能轉移他的注意力，大過年的，犯不著為了那些人影響了自己的心情，遂道：「明日若是空閒，我們還去玩。」

聽了這話，謝翎果然精神了幾分，一雙黑亮的眼睛在燭光下熠熠生輝，這是高興了。他點點頭，應道：「嗯！」

第二日，醫館越發冷清，從早上到中午，沒有病人上門看診，就連抓藥的都沒有了，林老大夫索性給施嫿和謝翎放了假。

施嫿拉著謝翎出門，去了東市，買了一大卷紅紙，花了不少錢，謝翎看得都有點肉疼，但見施嫿似乎並不在意，也就放下了。於他來說，阿九喜歡就好，再多的錢都是捨得的。

買了紅紙以後，又請攤販幫忙裁好。路過文具店時，進去買了一枝狼毫，不是平常寫的那種，而是大一號的狼毫筆。

謝翎看了看，對施嫿道：「阿九，這是要寫對聯嗎？」

施嫿應道：「對，我們上街頭賣對聯去。」

如今已是十二月十七、八了，再過幾日就是小年，眼看年關也不遠了，但是大多數人家去年的對聯還未撕下來，施嫿逛了兩日東市，也沒見到賣對聯的，便覺得這是一個賺錢的機會。

兩人在市口的位置，勉強占了一個攤位，將筆墨紙硯都擺好。

兩個小娃娃做這事情，不免引起了來往行人的注意，甚至有好事人圍過來看，笑道：「小孩，你們是要賣對聯嗎？現在貼對聯還早著呢！」

施嫿笑了笑，拿出一張紅紙用鎮紙壓住，道：「大叔說得是，所以現在買對聯便宜著呢！等過幾日，價錢就貴啦！」

這大叔聽了，一想也是這個理，便順著話頭問道：「那你們這對聯怎麼賣？」

施嫿回道：「今日開張，只賣二十文一副。」

大叔調侃道：「難不成明日就不同價格了？」

施嫿但笑不語。

大叔便道：「好，既是如此，若寫得好，我就買兩副回去貼，只當給你們捧場了！」

施嫿應下，讓謝翎磨墨。

大叔看了半天，還不見大人來，不禁問道：「妳家大人呢？寫對聯的人還不來嗎？」

施嫿舔了舔狼毫尖，頭也不抬地答道：「寫對聯的人是我，沒有大人。」

大叔一聽，頓時懵了，眼看施嫿就要下筆，急忙阻止道：「欸，等等！」

這一筆已經下了，哪裡有半途停下的道理？濃黑的墨在大紅紙上劃出一道漂亮飽滿的弧線，大叔叫了幾聲，沒阻止成，不由得嘆氣。他還以為有大人來寫，這才說要買對聯，兩個八、九歲的小娃娃，能寫出什麼字來啊？他家那小子如今都十二了，學堂去了兩年，寫的一手字還跟狗啃似的呢！這麼想著，大叔心裡一陣後悔，不得不安慰自己，二十文就二十文吧，只當扔進水裡聽個響算了，便守在攤前，不太抱希望地看著施嫿下筆。

他仔細端詳，第一個字看起來挺端正的，大概是運氣好吧？正這樣想著，卻見一旁磨墨的小孩抬起頭來，對他道——

「大叔不要擔心，若是寫得不好，我們不收您的錢就是。」

這話說得自信滿滿，大叔卻不搭理，他驚奇地看著施嫿動筆，那筆當真像是自己長了眼睛似的，每一筆、每一劃都極其漂亮，一個個字寫下來，如行雲流水一般，濃濃的墨襯著那大紅紙，看上去喜慶無比，每個字的大小彷彿用尺量過般，分毫不差，便是看不懂字的人都覺得那字寫得好。

書寫的途中已有不少旁觀的人了，因此一副對聯寫下來，甚至有人喝彩，大聲叫好。最後一筆落下，施嫿擱下狼毫，笑著唸道：「喜居寶地千年旺，福照家門萬事興。大叔看看，可覺得好？」

那大叔見了，哪裡有不滿意的，他越看越高興，高聲道：「好！寫得好！再替我寫兩副！」

施嫿自然答應。

旁邊也有人詢價，二十文一副對聯，並不貴。

施嫿寫了一下午，手都寫疼了，但成效也是顯而易見。他們兩個小孩寫對聯，遠遠比其他人更有噱頭，也更容易引得旁人爭相來看，人都有從眾心理，看到大夥都掏錢買，自覺不能吃了虧，一來二去，生意就好了，他們這攤前萬頭攢動，黑壓壓全是腦袋瓜子湊在一處，好不壯觀。

到了暮色四合，實在看不見了，兩人才收了攤。

還有人沒買到，不死心地問他們。「小孩，明日還來不來？」

施嫿笑著整理器具，清脆地答道：「還來，依舊在這裡。」

人群這才心滿意足地散開。

施嫿和謝翎兩人收攤回去城北，還沒到晚飯時候，他們便一頭鑽進了房間，關上了門，謝翎把裝錢的袋子往桌上一倒，只聽叮鈴噹啷一陣亂響，滿桌子都是銅板，足有好幾百個。最後兩人湊在窗下，數了一陣，一共有四百八十個銅板，換算成銀兩的話，這裡都快有半兩了，是他們在醫館半個月的工錢！

施嫿頗有些遺憾地道：「可惜只有年前這一陣子，不過也夠了，等我們賺了錢，明年就送你去學堂。」

兩人第二日果然又去了東市，哪知一到市口，卻發現他們原本那個攤位被人家占去了。施嫿倒是沒說什麼，兩人一路找過去，只在最後的街角找到了一個空位，依舊擺好筆墨紙硯，等著生意上門。

不出多時，果然有人尋過來了，大概是昨日沒買到的客人，開口要兩副對聯，施嫿卻道：「今日的對聯要二十五文一副，客人還要嗎？」

那人一聽，納罕道：「怎麼一日不見，就漲了五文錢？」

施嫿笑道：「昨日是生意開張，只須二十文。」

那人聽了，抬腳就走，一邊走還一邊嘟囔。施嫿也不留他，放下狼毫，坐下等待。

沒多久，又有不少人來詢價，施嫿一律只說：「今日的對聯二十五文一副。」

二十五文一副也不算貴，大多數人都掏得出這個錢，畢竟一年才買一次，圖個吉利喜慶。於是很快地，他們的攤位前又擠滿了人，有的就算不買，也要湊過來看個熱鬧。

正當施嫿埋頭苦寫的時候，她依稀聽見人群中傳來一個驚詫的聲音。

「嫿兒？謝翎？」

驟然聽到這個稱呼，施嫿手一抖，好好的一捺岔了一筆，長出了尾巴。這張寫壞了，她心中遺憾，把寫錯的紙揉掉，靜立片刻，方才那種顫慄的恐懼感才漸漸消散。

施嫿這才抬起頭來，果然見林寒水站在人群後，踮著腳尖往這邊看來，他顯然也意識到自己打攪了施嫿，面上不由露出幾分不好意思。施嫿衝他揮了揮手，他便奮力地從人群中擠過來。

林寒水今日本是來逛逛的，看見兩人，遂起了興致，也參與進來，只是他的字不大好看，因此就是幫忙收錢，鋪紙、磨墨的活兒輪不到他，謝翎都打點得妥妥貼貼的。

這麼一日下來，三人都累得腰痠背痛，回到醫館時，已是上燈時分。

林寒水喊了一日，嗓子有些疼，話都說不出來，林老大夫隨口問了幾句，他便把事情和盤托出了。林老大夫一聽，低聲叮囑了幾句，林寒水連連點頭，表示記下了。

晚飯後，施嫿和謝翎兩人照例數錢，今日賺得比昨日還多。

謝翎叫了林寒水過來，施嫿將其中一堆推給他，道：「這是給你的。」

林寒水見了便笑，拒絕道：「不必了，我只是湊一湊熱鬧罷了，怎麼還能分你們的錢？」何況爺爺也叮囑過他了。

施嫿卻道：「便是湊熱鬧，也是幫了我們大忙，哪有要你白做工的道理？」

林寒水不肯拿，不待他們阻攔，便溜出門去，趴在門框旁朝他們笑道：「我做兄長的，不說照拂你們，如今還要分你們的錢，叫我爹娘和爺爺知道了，少不得要揭我一層皮下來，你們可千萬別叫我難做了，我還想過年呢！」他說完，便笑著跑了。

到了臘月三十這一日，一早起來，到處都是爆竹聲，空氣中瀰漫著鞭炮特有的煙火氣息，年味正濃，除舊迎新。施嫿和謝翎把醫館裡裡外外都打掃了一遍，又寫了幾副新對聯貼上，便是後院的門都沒有放過，大紅的紙襯著濃黑的墨字，顯得十分喜慶漂亮。

林不泊對施嫿兩人道：「今日不必坐館了，我們直接回去過年吧！」

施嫿卻道：「若還有病人來求診怎麼辦？」

林不泊一笑。「城東也有醫館，再說了，都是街坊鄰居，若是真著急，能找上咱們家門去。」

他大手一揮，懸壺堂就落了鎖，三人關好醫館，回了林宅。

林寒水正在幫忙往外端菜飯，見他們進來，眼睛頓時一亮，喜道：「娘，爹和嫿兒他們回來了！」

林家娘子聞聲，從後院出來，擦了擦手，俐落道：「已供過祖宗了，先擺桌吃飯吧！」

幾人一起動手，很快地桌席就擺好了。林老大夫坐在上首，左右兩旁分別是林不泊和林家娘子，再下來就是林寒水和施嫿、謝翎三人的位置。

外面響起一陣爆竹聲，噼哩啪啦的尤其響亮，林寒水裹著一身寒氣從外面跑進來，喜孜孜地宣佈道：「開席啦！」

或許是因為過年的緣故，林老大夫看起來十分高興，他甚至讓林不泊拿出酒來，道：「這是你們伯娘去年泡的梅子酒，甜得很，你們幾個小娃兒也能吃一些。」他說著，指揮林寒水給一桌人倒酒，末了舉起杯來，笑道：「往年一家只有四個人，頗覺冷清，如今又多了兩位，但願常有今日，福祿永駐！」

幾人都齊聲笑了，跟著說起吉祥話來。

到了夜裡守歲，一大家子就圍在火邊，聽外面爆竹聲聲，喝著熱茶，嗑著瓜子，天南地北地說話。

林寒水忽然喊道：「外面下大雪了！」

施嫿與謝翎一同轉頭看過去，果然見窗外下起了大雪，將窗紙映得濛濛發亮。大片的雪花簌簌落地，將整個世界襯托得靜謐無比，慢慢地將一切事物掩蓋起來。

林老爺子慢騰騰地道：「這是一場好雪啊！瑞雪兆豐年，明年又是新的一年了。」

施嫿這才恍然發覺，今年竟然就這麼過完了，明年她將年滿十歲。

九歲這一年是她上輩子最難熬的一段時光，這輩子竟然就這麼輕輕揭過一頁，就像那一片雪花，落地時，無聲化成了水珠，消失無蹤。

仔細想想，從邱縣逃出來的那一段路程，似乎早已無比遙遠，恍如隔世。

第六章

過了年之後，天氣漸漸好了起來，春天終於來臨了。施嫿決定讓謝翎去上義塾，她和林家商量之後，表示以後工錢只須半貫就可以了，謝翎不在醫館做活，但吃住仍舊在這裡，因此施嫿會給林家補錢。

林家娘子卻失笑道：「謝翎他人小，能吃幾口飯？與寒水同住，多他一個又不擠。」

林家不收，施嫿只得作罷。

過了幾日，學堂要開學了，林家娘子準備了幾條臘肉、臘魚和一貫錢，交給謝翎，叮囑道：「這是給先生的束脩，你拿著，先生收了，你就能上學了。」

謝翎答應下來，又看了施嫿一眼，見她點頭，這才接過臘肉和錢，揹著裝了紙筆和書的布包，往學堂的方向去了，小小的身影很快便消失在街角的桃樹後。

林家娘子擦了擦手，欣慰地笑道：「倒是忽然有幾分當初送寒水上學的感覺了。」她說著，見施嫿還站在門邊，只以為她心中不捨，便安慰道：「謝翎是個好孩子，讀書必然會認真，妳放心便是。」

施嫿點點頭，卻聽林老大夫在屋裡喚她名字，急忙轉身進去。

林老大夫正在看診，林寒水也候在一旁，見施嫿進來，便問道：「你們倆都看看，這位病人，是有哪裡不適。」

林寒水仔細地觀察了一會兒，才遲疑地道：「可是左眼有異？」

林老大夫欣慰地摸了摸鬍子。「正是，病人翳內障，要用哪一味藥？」

這對於他們兩人來說，確實是難了些，林寒水與施熿面面相覷，不過林老大夫沒有問方子，只是問一味藥，兩人便絞盡腦汁地搜尋起記憶。

林老大夫呵呵地笑，提筆寫下藥方，口中安慰道：「不急、不急，你們慢慢想，想好了再告訴我。為醫者，要謹慎鄭重才是，啊，要慢慢來。」他說著，邊寫起藥方。

施熿兩人就站在旁邊，也不往那藥方上瞟，只是苦苦思索著，突然，施熿眼睛一亮，與林寒水對視了一眼，同時開口道——

「空青！」

「曾青！」

林老大夫的筆略微一頓，頓時哈哈笑起來，他擱下筆，稱讚道：「還真叫你們想到了，不錯、不錯！」

林寒水卻道：「爺爺，到底是空青還是曾青？」

林老大夫撫了撫鬍子。「按理說來，這兩味藥都是可以明目去翳的，只是用法不同罷了，雖然只有一字之差，但是曾青無毒，性寒；而空青則是有小毒，大寒，入藥需要謹慎注意。」他說著，又道：「這位病人肝火旺盛，血熱氣逆，空青性甘寒能除積熱，兼之以酸，則火自斂而降矣，熱退則障自消，目自明，這都是醫書上有記載的。雖然兩味藥都能明目去翳，但是要依據病人的情況才好對症下藥，所以在這裡，我們要用空青這一味藥。」一見施嫿與林寒水都點點頭，林老大夫才繼續寫方子，口中道：「好了，你們先忙去吧！」

沒幾天下起雨來，一連下了五、六日，到處都潮濕無比。一晃眼，謝翎已經在義塾上了半個月的學，施嫿也跟著林老大夫和林不泊學了不少東西，雖然有些雜，但是她腦子好，有不懂的便問，頗得林老大夫的歡心。

這一日，天氣晴好，明媚的陽光從窗扇灑落進來，勾勒出清晰的陰影。施嫿在給病人抓藥，林寒水坐在窗下搖頭晃腦地背醫書，林老大夫和林不泊都出診去了，只有他們兩人留在醫館照看。

空氣中瀰漫著藥材乾燥苦澀的清香，春睏秋乏，施嫿原本很精神，但是沒奈何林寒水那有一聲、沒一聲地背誦，聽得她有些昏昏欲睡，一個錯眼差點抓錯藥。

「蕁菜，涼胃療疽，散熱痺之藥也，此草性冷而滑，和薑醋作羹食，大清胃火，消酒積……」

一陣穿堂風吹過來，施嫿打起精神，對著藥方確認了一遍，發現沒有問題之後，將藥包好，交給病人。

就在此時，外面有幾個人走了進來，施嫿原本以為他們是尋常病人，正欲說話，卻見領頭那人怒氣沖沖地揮手，一個紙包扔在了施嫿面前，厲聲叫嚷道——

「你們這些庸醫！」

他這一嚷很大聲，在前堂等著抓藥的幾個病人都將目光看了過來，甚至連門外的過路人也探頭進來，想看看熱鬧。

施嫿怔了一下，很快便反應過來，冷靜地道：「這位大叔，有話好好說，我們大夫如今正在外面出診，您先坐，若有什麼事情，可先與我們說一說。」

那人聽了，越發氣憤，他們一共四個人，個個都是成年男子，還有一個婦人，哪裡會將施嫿這個小娃娃放在眼裡，當即高聲吵嚷起來，說醫館把病治壞了，都是一群庸醫，甚至揮舞著手臂，揚言要砸了醫館，情緒十分激烈。

一時醫館裡鬧烘烘的，林寒水回過神來，把醫書一扔，跑來問施嫿。「怎麼回事？」

施嫿搖搖頭，低聲道：「他把這東西扔過來，也沒仔細說。」

林寒水往櫃檯上看了看，伸手將那紙包打開，一股濃郁苦澀的中藥氣味撲鼻而來，裡面是黑糊糊的藥渣，顯然是熬過了的。「這藥是在我們醫館裡抓的嗎？」

從後面擠出來一個婦人，語氣激烈地叫道：「不是你們這裡抓的藥，難不成是我們訛你們？喪了良心的東西！把我男人的眼睛給治壞了！你們大夫呢？是不是躲起來了？把你們大夫叫出來！」

她聲音極大，吼得施嫿兩隻耳朵都有些嗡嗡作響，她看了看那些藥渣，扯了扯林寒水的衣角，悄聲道：「快去把你爹叫回來。」

這事情不是他們能應付得了的，林寒水顯然也知道，他點點頭，看著那幾個氣勢洶洶的人，又有些擔憂。

施嫿推了推他，低聲道：「快去！」

林寒水一咬牙，轉身就往外跑。

那幾人見了，還想上去阻攔。

施嫿揚聲道：「你們不是要見大夫嗎？他去請坐館大夫了。」

那婦人叫道：「我認得他，他是大夫的孫子，莫不是要跑？」

施嫿冷靜地道：「我們醫館就在這裡，跑得了和尚還跑得了廟不成？幾位先消消氣，一切事宜等大夫回來再做商量。」她說著，又向圍觀的眾人道：「咱們懸壺堂在城北開了二十多年，眾位街坊鄰居都是知道的，我們家的老大夫，便是大冬天的下雪日也會出診，什麼時候做過沒有擔當的事情？」

圍觀眾人聽了，紛紛點頭稱是。

這一番反應，倒叫那幾個氣勢洶洶的人怒氣無處可發了，他們只得強行憋著怒氣，在桌椅旁坐下來。

林寒水很快就回來了，身後跟著揹著藥箱的林不泊，兩人行色匆匆地進了門，看見在前堂坐著的那幾個人。

不等林不泊開口，一個青壯漢子就站起來，一把揪住他，語氣不善地道：「你就是這醫館的大夫？」

林不泊藥箱都還沒放下呢，被他這麼揪著，皺了一下眉，也沒發怒，只是答道：「我是。這位大哥有話好好說，我既回來了，就不會跑。」

那壯漢聞言，鬆開了他。「你治壞了我弟弟的眼睛，如今要怎麼賠？」

林不泊放下藥箱，在鬧事的人中掃一遍，很快便找到了目標，那人眼睛無神，左眼珠上蒙著一層灰白色的東西，看來有些可怖，他問道：「令弟當初是在我們醫館問診的？」

壯漢還沒答話，那婦人就擠出來，先罵一頓才道：「不是你們醫館還能是哪家醫館？你們這些庸醫！騙子！害人啊！」婦人說著，一抹眼淚、一拍大腿，直接坐地號哭起來。「我男人好好的一雙眼睛啊，如今卻瞎了一隻，你們這些害人的庸醫，喪了你們的良心！」

林不泊一時無言，對那壯漢道：「既是如此，當初的方子呢？」

那壯漢衝他弟媳道：「方子拿來。」

那婦人從地上爬起來，翻找了片刻，才拿出一張縐巴巴的紙。「就是這個，上面還有你們醫館的名字！」

林不泊接過那方子看了看，眉頭幾不可見地一動。

施嫿與林寒水對視了一眼，心中頓時生出了不好的預感，他們分別不動聲色地上前一步，施嫿瞥見了那藥方上的字跡，心頭猛地一沈，那是林老大夫寫的方子。

她忽然就想起當初那個上午，林老大夫叫她與林寒水一同過來，還考校了他們幾句，譬如，明目去翳，應當用哪一味藥材。

施嫿清楚地記得，她回答的是空青，而林寒水答的是曾青，後來林老大夫詳細分析了一遍，說這病人肝火旺盛，血熱氣逆，而空青大寒，正好除積熱，退熱消障，雙眼自明，所以用空青最好。

然而這方子上面，卻白紙黑字清清楚楚地寫著：曾青。

後來病人抓藥也是在這裡抓的，只是不是施嫿和林寒水接手，而是林不泊抓的，但凡經過他們兩人的手，都能看出不對，便會去問林老大夫。但是事情就是這麼地不湊巧，施嫿當時和林寒水曬藥材去了，而林不泊並沒有見過這位病人，所以他根本看不出方子的不對，直接抓了藥。

施嫿和林寒水對視一眼，皆是心頭清明，他們都猜到了。

林不泊自然也想通了其中的關節，他盯著那張藥方，眼睛一眨也不眨，神情嚴肅。

正當室內一片寂靜，氣氛幾近凝滯間，人群後忽然傳來一道蒼老的聲音，疑惑地道：「怎麼都擠在這裡？」

這話一傳過來，施嫿心中暗暗叫糟！

人群霎時如潮水一般分開，林老大夫揹著藥箱進來了。

老人家正值耳順之年，已是白髮蒼蒼，難免會出錯，想來那一日給施嫿和林寒水兩人解釋空青和曾青兩味藥的時候，寫方子順手便寫混了。
林不泊忽然開口道：「寒水。」
林寒水愣了一下才應答。「爹？」
林不泊收起方子，低聲道：「扶爺爺去後院休息，他出診了一上午，也累了。」
林寒水聽了，霎時便明白過來，他用力抿起嘴唇，道：「我知道了。」說完便朝著林老大夫走過去，替他接下藥箱，道：「爺爺，我們去後院歇會兒，走了一上午，累了吧？」
林老大夫不太明白，道：「我倒還成，老骨頭還走得動。寒水，怎麼這麼多人聚在咱們醫館門口？」
「我與您說便是。來，先走。」
林寒水和施嫿扶著林老大夫要往後院走，來找碴的幾個人見了，怎麼肯放過他們？起身便來阻攔。
林不泊上前一步，沈聲道：「老人家出診走了一上午，精神不好，我才是坐館大夫，有事情只管與我說便是。」
一個人厲聲問道：「那你們認是不認？」
施嫿和林寒水對視一眼，也不管林老大夫發問，扶著他就往後院走。
林老大夫一個勁兒地問：「怎麼了？是出了什麼事情？」
林寒水低聲道：「爺爺您來，我與您說。」

林老大夫還不肯走，被林寒水好說歹說地勸走了。

走進後院的門簾，施嫿聽到身後隱約傳來林不泊的聲音。

「此事是我們醫館……」

落下的簾子把那些嘈雜的人聲都擋住了，等到了後院天井旁，林老大夫說什麼也不肯走了，只一迭連聲地追問道：「寒水，你說，是出什麼事了？」

林寒水不敢與他對視，垂著頭，沈默不語。

林老大夫又轉頭問施嫿。「施嫿妳說說。」

施嫿張了張口，看著老人滿是皺紋、歷經風霜的面孔，還有蒼蒼白髮，忽然就明白林寒水為什麼不敢說了。這位老人行醫數十載，對於病人盡心盡力，只要有人上門求診，別說是下雨、下雪，外面就是下刀子他都會揹著藥箱出門，診金也不因此多收；有些人家太貧困，他還會酌情少收，甚至不收的時候都有。

而如今，他已經老了，因為寫錯了一個字，就要被冠上庸醫的名頭。施嫿嘴唇動了動，無論如何都不忍心將事情告訴他。

林老大夫見他們兩人都不吭聲，心裡似乎明白了什麼。「可是看錯了診，有病人找上門了？」他說著，向林寒水道：「乖孫，你爺爺行醫這麼多年，除了沒有醫死過人，什麼風浪沒見過？你來，說給我聽聽，我這把老骨頭還禁得起！」

林寒水深吸了一口氣，低聲把事情說了，說得詳細，包括他寫錯的那個字。

林老大夫聽罷，先是沈默片刻，爾後才道：「這事確實是我的錯，倒害了病人一雙眼睛，我這就給他賠罪去。」

林寒水拉住他，急切地道：「爹已經在處理了，我看那些病人家屬很是不善，若是傷著您了如何是好？」

林老大夫聞言，沈著臉道：「我教過你什麼？」

林寒水的手如同被烙鐵燙到似的，立即鬆開來，低頭不語。

林老大夫嘆了一口氣，才繼續道：「錯就是錯，得自己擔著。大丈夫立於世，這一件事是最重要的。」他說著，轉身往前堂走去。

施嬧看著老人的身影消失在門簾後，嘈雜的聲音一閃即逝，很快又被放下的簾子遮住，變得模模糊糊。

這事鬧了整整一日，懸壺堂答應給病人賠償，才算干休。

那婦人張口說要六百兩銀子，少一個子兒都不行！

林寒水差點被氣到了，便是施嬧也忍不住倒抽了一口氣。

六百兩！林家雖然常年開醫館，有一些積蓄，但是大多數錢都花在藥材上了，藥材如今還在庫房裡堆著呢，哪裡有六百兩可以賠？除非把醫館賣了還差不多。

但醫館是肯定不能賣的，懸壺堂在蘇陽城開了多年，是林家的心血，以後還要傳給林不泊，傳給林寒水，世世代代地傳下去，怎麼能賣掉？

可是不賣，六百兩雪花銀從哪裡來？林家人商量了許久，最後才由林不泊拍板。醫館是萬萬不能賣的，那就只好把老宅子賣了，林家宅子的位置還不錯，能賣個三、四百兩，再湊一湊，六百兩還是能湊出來的。

林不泊決定之後，就讓大夥散了去睡覺。

林寒水從頭到尾沒有說話，只是默默地回了屋子。

施嫿和謝翎走在後面，穿過門廊，春天的寒意透過薄衫傳來，火燭的光芒都看不見了，施嫿感覺到謝翎扯了扯自己的衣角。她轉頭看過去，問道：「怎麼了？」謝翎沒說話，但即便是在黑暗中，施嫿也看出了他眼裡的意思。她心裡嘆了一口氣，摸了摸謝翎的頭，道：「我們搬出醫館吧！」

醫館原本就只有三間屋子可以住人，施嫿一間，林寒水和謝翎擠一間，剩下一間是坐館大夫住的；若是林家把宅子賣了，搬來醫館，屋子一下就會變得擁擠。林家一向待他們好，如今遇到了變故，他們人小力薄，不說能幫得上忙，但是好歹不要給人家添麻煩。

謝翎點點頭。「好。」

打定主意之後，施嫿兩人就回了房間，就著昏暗的油燈，把床鋪縫隙裡面藏著的錢拿了出來，倒在桌上數了半天。從前賣花的錢加上後來賣對聯的錢，還有林家給的工錢，湊在一起，竟然也有十五兩之多，這於兩個孩童來說，已是一筆鉅款了。

施嫿把錢收起來，對謝翎道：「明日還要去學堂，你先去睡，我抽個時間去找一找，看看有沒有合適的院子。」

謝翎看上去有些猶豫，雖然他沒有表露出來，但施嫿敏銳地察覺到了，問道：「你要說什麼？」謝翎還沒張口，她想也不想就道：「若是要說不去學堂之類的，那就不必提了，省得浪費我的力氣。謝翎。」施嫿突然叫了他的名字，盯著他的眼睛，一字一頓地道：「學堂是肯定要去的，你不只要上學，還要去參加科舉，你要考鄉試、會試、殿試，成為一個大官。」她看見謝翎眼中露出茫然，心中萬千思緒最後化作簡單的一句。「你要幫我。」

謝翎一震，他從未看過施嫿這樣的神情，也從未聽過她這樣的語氣。在他心中，施嫿一直是強大、精明、冷靜的性格，是他背後的依靠，可方才施嫿說出那一句話時，眼中的神情分明是無助的，彷彿他才是她的救命稻草一般。

第二日，施嫿就去找房子了，臨走時看到林寒水捧著醫書坐在廊下，表情很沈靜，倒有了幾分大人的模樣。

施嫿去了牙行，說要一個三間屋子的小院，牙人立即一拍大腿，笑道：「正好有一個這樣的院子！我帶妳去看看！」

院子在城西，施嫿去看了看，覺得挺滿意的。院子雖然不大，但是修得很正，地上鋪了青磚，院牆角還種了不少菜苗，剛剛萌芽，看上去一派生機勃勃。右邊的牆角有一個水井，上面蓋著簸箕，或許是怕小孩子掉進去。

院子很乾淨，正中間是一棟屋子，一共分為三間，左邊還有一間小廚房，後院當中種著一棵大樹，枝頭冒出了嫩綠的芽，似乎是棗樹，牆邊有一排苗圃。

施嫿付了半年的租金，說好入住的日子之後，臨走時再次掃了一眼這個院子，他們很快就要從醫館搬出來，住到這裡了。

施嫿忙了一日，回到醫館時，已是下午時分，林家人也得知了他們要搬出去的事情，林家娘子和林老大夫幾人輪流勸說，也沒有改變施嫿的決定。

「醫館我每日照舊還是會來幫忙，從城西到這裡也不須多少時間。」

林家幾人面面相覷，只能作罷。

林家娘子叮囑道：「若遇到什麼難處，只管與我們說。」

施嫿自然答應下來，帶著謝翎離開，前去看新家了。

去城西的一路上，謝翎表現得有些興奮，這種興奮很隱晦，也就施嫿能夠感覺得出來，她不由得一笑，伸手想摸摸他的頭，卻發現不知何時，原本矮她半個頭的謝翎，如今已和她一般高了，甚至隱約有超過她的趨勢。

施嫿驚異地看了看他。「你長高了？」

謝翎點頭，含蓄地答道：「長了一點。」

施嫿失笑。「這可不只一點。」

兩人說笑著，一邊朝他們的新院子走去。城西很繁華，比起東市不遑多讓，一路上店鋪林立，道路兩邊都是攤販，賣些吃的、用的，琳琅滿目，熱鬧無比。等兩人拐進清水巷之後，那些熱鬧的人聲都變得模糊，巷子裡很清靜，金色的陽光自牆頭灑落下來，十分溫暖。

施嫿帶著謝翎走到院子門前，拿出鑰匙打開了大門，只聽呀的一聲，門軸發出令人牙酸的聲音。大片的陽光照在院子裡，將他們兩人包裹在內，空氣中還有新鮮花草的香氣，和著明媚的陽光，瀰漫開來。

施嫿看著院子道：「這就是我們的新家了。」

謝翎的眼睛霎時亮了起來，他不再壓抑自己的興奮，像一個普通的孩子那樣，露出大大的笑容，重重點頭。「嗯，我們的家！」

院子裡一共有三間屋子，中間是主屋，左右兩邊分別是臥室，令人驚喜的是，上面竟然還有一個兩層小閣樓，雖然有些矮，但是已經足夠。

施嫿在樓板上踩來踩去，對謝翎道：「把這裡收拾一番，給你做書房。」

前屋主留了很多東西下來，所以施嫿只須添置些日常的用品便可以了，倒是省下了一大筆花費。至此，兩人原本的積蓄就少了一大部分，只剩下九兩；若是尋常生活，倒也能維持住，但是還要供謝翎上學讀書，筆墨紙硯一套買下來，就是一兩銀子，這點積蓄，還真是禁不起花用。

錢，又成了一個大難題。

自此，施嫿每日除了去醫館之外，她還要晨起去摘花來賣，若是賣得好，便能有一些收入。

白日醫館的事情並不多，大約是受到之前那件事情的影響，就連抓藥的病人都少了；而林老大夫不再坐館，只教施嫿與林寒水學醫，林不泊就成了醫館裡唯一的大夫。

日子就這麼平靜地過，轉眼到了四月底，林家娘子要給施嫿發放工錢，她拒絕了，林家如今也不容易，醫館冷清，也沒有什麼進帳，入不敷出，她如何能再收人家的工錢？

林家娘子見她執意不肯要，嘆了一口氣，眼睛有些濕潤。「好孩子，我們家雖然如今不大順利，但是沒有要妳白做工的道理，工錢怎麼能不收？」

施嫿卻道：「這些日子以來，我只跟著爺爺學醫，並沒有幫上多少忙，有時候就連抓藥都是林伯父親自抓的。我既沒有做事，哪裡能收您的錢？等日後境況漸漸好了，再提這事不遲。」

聽了這話，林家娘子又嘆了一口氣，向施嫿道：「那日後妳來醫館，不必準時準點，若得了空就來，跟著爺爺學醫，看一看醫書就好，要提前走了也行，不必拘在這裡。」她說完，又細心叮囑道：「若是有什麼難處，千萬要同我們說，如今家中生變，便是搬了出去，也萬萬不要疏遠了。」

施嫿心中一暖，連忙答應下來。

此後施嫿每日還是來醫館，大多數時間都是與林寒水一起，跟著林老大夫學醫。

時間一眨眼就過去了，暮春過後，便入了夏，天氣漸漸暖和起來。

卻說謝翎自從入學到如今，已經五個月了。

那義塾曾經是一個祠堂，後來祠堂搬了地方，就乾脆用來教書了，學堂裡的學生不多，也就十來個，來這裡讀書的孩子，都是家境不大好的。

這一日，先生不在，課室裡鬧烘烘的，幾個孩子打鬧起來，筆硯、書本滿天飛，兩個半大的孩子扭打在一塊兒，旁邊還有小孩大聲叫好。

滿屋子都是吵鬧聲，不知道的人見了，還以為來了菜市場。

在這一片嘈雜中，唯有一處角落顯得與眾不同。

一個小孩端端正正地坐在桌邊，認真地看書，一雙眼睛彷彿黏在了書頁上，對那些熱鬧和哄笑聲置若罔聞，無動於衷。那孩子坐在那裡，整個人顯得有幾分格格不入，正是謝翎。

就在此時，啪地一聲，一本書從天而降，落在了他的面前，正好把他看的那本書給遮蓋住了。霎時，滿室皆靜，所有的學生都收了聲，面面相覷，看向那扔書的小孩。

扔書的那小孩半張著嘴，還沒回過神來，就見謝翎捏著一頁書紙，將那書提了起來，霎時，大滴大滴的墨汁從上面落下來，把他正在看的那本書給染成了一片黑色，原來扔過來的那本書竟然是被塗滿了墨的。

謝翎面沈如水，抬頭看向那扔書的孩子。

小孩張了張口。「那個……我、我不是……」話還沒說完，只見謝翎一甩手，那本沾滿了墨汁的書朝著臉飛來，跟長了眼睛似地砸在他臉上，濃郁的墨香直往鼻子裡鑽，然後滑落下去，啪嗒掉在地上。

周圍瞬間響起了噗哧的笑聲。

那小孩頂著滿臉黑色的墨汁，有些委屈地小聲道：「我又不是故意的，我賠給你嘛。」

謝翎搓了搓指尖的墨汁，反問道：「難不成你還想不賠？」

哄笑聲響了起來。

那小孩撇撇嘴，跑到自己的書桌前，隨手抽出一本書來遞給他。「喏，賠你！」

謝翎瞟了那書一眼，道：「不是這一本。」

「嗄？」小孩愣了一下，又把自己的書全部抱過來。「都在這裡了。」

謝翎不說話，把自己沾滿了墨汁的書翻過來，上面寫著四個字：《詩義折中》。

那小孩頓時傻眼，啞口無言，他沒見過這本書，他們從開學到如今，也就學了一本《百家姓》，這本書他連看都沒有看過。

就在此時，一個粗聲粗氣的聲音響起。

「一本破書而已，有什麼好計較的？我家拿來裹包子、油餅的書都比這個厚，趕明兒我拿一疊給你！跟個娘兒們似地斤斤計較，丟不丟人？」

這話一出，屋子裡再次寂靜下來。

謝翎轉頭看去，只見他右前方的桌子上坐了一個十一、二歲的孩子，個頭很高，一張四方臉，虎頭虎腦的，看上去不大好惹。

這人謝翎認識，叫陳福，據說在幾個月前就交了束脩，但是一直不曾來學堂，直到前幾日，學生們正在上課時，聽見外面一陣殺豬似地吵嚷，有個婦人揪著一個大孩子的耳朵進來，一邊走、一邊罵，才知道居然是每日都跑出去玩了，壓根兒沒有踏進學堂。

陳福一說完，就見所有的孩子都像看見什麼稀奇事似的，睜大了眼睛，有些佩服地看著他。

謝翎像娘兒們？你要是見過謝翎打架時的樣子，恐怕會恨不得把這句話給吃下肚去！

謝翎打架這事，還要從開學不久後說起。

義塾裡面先生管得不嚴，一開始學生們還老老實實的，沒多久就原形畢露了，不僅打架鬧事，還惡作劇，就差上房揭瓦了。先生年紀大，力不從心，也都睜一隻眼、閉一隻眼，只當看不見，就越發縱容了這群孩子。

有人見謝翎一直安安靜靜的，坐在桌邊看書、習字，便看他不慣，聯合幾個孩子，想捉弄他一番；但是千不該、萬不該，他們趁著謝翎不在的時候，把他的書給撕了，撕成一頁一頁的，然後拿書皮仔細裹好，從外面看上去好像沒有任何問題。

謝翎回來之後，照例拿起書來看，只是這一拿，書頁就嘩啦啦掉了下來，紛紛揚揚落了一地，霎時，屋子裡笑聲雷動，所有的孩子都大笑起來，前俯後仰，甚至有人把桌子拍得砰砰響，壓根兒沒注意到謝翎的臉色黑了，腦門上青筋都跳了起來。

謝翎沈默片刻，蹲下身來，把那些書頁一張張撿起，拂去灰塵，然後收好，用鎮紙壓住，這才開口道：「這麼好笑？」

這話一出，所有的孩子又笑了起來，個個笑得東倒西歪。

謝翎又問：「是誰撕的？」

這時，一群孩子左看看、右看看。

然後，一人站出來，揚了揚下巴。「我撕的！怎麼了？」

謝翎見了他，開始動手捲袖子，不疾不徐，看得眾孩子面面相覷，又看看謝翎那瘦小的身板，心道，這是想打架嗎？

還沒等他們確定，謝翎一個縱身就朝那人撲了過去，將那人壓倒在地，兩手捏在他的脖子處，也沒見他怎麼動作，那孩子就瞪圓了眼睛，抓住謝翎的手使勁往外拉扯，大張著口，像是溺水的人似的，完全喘不過氣了！

他拚命地張合著嘴巴，卻發不出任何聲音，兩腿踢著，在地上胡亂地踹，卻沒有任何用處，謝翎的手指就像是牢固的繩子，緊緊綁縛著他的喉嚨，直到那孩子的掙扎逐漸弱了下來，面孔脹紅發紫。

謝翎突然微微鬆了一下手，霎時，新鮮的空氣洶湧而入，那孩子立即大張著嘴巴，貪婪地吸著空氣，沒承想才吸了一、兩口，還沒緩過神來，謝翎又收緊了手指，再次扼住了他的喉嚨。

雖然看似在打架，但是謝翎的表情卻十分冷靜，還不忘問一句。「服氣嗎？」

那孩子哪裡被這麼折騰過？他只想喘氣！剛剛吸了兩大口氣，如今呼不出去，擠在肺裡，差點要炸了，哪裡還能反駁謝翎？他只能拚命地點頭，眼淚都要飆出來了。

謝翎卻依舊不鬆手，繼續問道：「賠我書嗎？」

那孩子只有點頭的分。「賠！我賠！」

謝翎得了這一句，才退開來，兩手一鬆，看著他大聲地咳嗽，狼狽地爬開了。

那模樣，恨不得離謝翎三百步遠，生怕謝翎又撲過來。

謝翎淡淡地看了他一眼，沒有動作，只是又抬頭掃視了課室一番。

那些原本起鬨的孩子們都被剛剛那一幕驚呆了，他們平時打架歸打架，還真不敢掐人家脖子，畢竟有些地方能打，有些地方不能打，大夥都是有分寸的，可是謝翎剛才那叫打架嗎？那叫謀命吧！

謝翎慢慢地放下袖子，開口道：「你們怎麼鬧我不管，別來吵我，否則我有無數種手段，叫你們跟他一樣。」

聞言，所有的孩子們都整齊地退開一步，下意識地去看他們的頭兒，只見對方正半死不活地趴在課桌上，一臉的心有餘悸。

至此，謝翎一戰成名，此後無論學生們怎麼鬧騰，都會遠遠地避開他，有什麼東西掉在他的座位旁邊了，也你推我擠的，沒人敢去撿，生怕惹到他了。結果，今天竟然冒出一個愣頭青來，還敢罵謝翎娘兒們？厲害了！

所有人都是一副看好戲的姿態，等著謝翎出手。

哪知謝翎這回沒動，只是看了陳福一眼，道：「與你何干？」

那陳福眼睛一瞪，就要說話，卻聽之前那小孩支支吾吾地向謝翎道。

「我、我明兒就把書還給你。」

謝翎聽罷，撣了撣桌上的書，不置可否。

陳福恨鐵不成鋼地粗聲吼那小孩。「有什麼好還的？不就糊了幾個字嗎？又不是不能看了！」

謝翎眼皮也不抬，只當聽到犬吠了。

那陳福越發來氣。

就在此時，有人喊道：「夫子來了！」

霎時，學生們忙做鳥獸散，只有那陳福還沒反應過來，屁股還坐在書案上。

夫子進來見到了，登時鬍子一抖，聲音都有些哆嗦了。「有辱斯文！陳福，你這是在做什麼？要揭瓦嗎？」

陳福撇了撇嘴，但見那白髮蒼蒼的夫子氣得渾身都顫抖了，怕把他氣出個好歹，遂慢騰騰地坐下來。

夫子猶不解氣，道：「今日放學你留下來抄書，沒有抄完不許回去！」

陳福瞪著眼睛，周圍的學生們發出噗哧的笑聲，幸災樂禍。

等到了傍晚放學時候，陳福果然被夫子叫住抄書，要抄整整十頁。他沒上過幾天學，連毛筆怎麼握的都摸不清，更別說抄書了，那些大字在他眼裡，七歪八拐地扭來扭去，只能抓著筆乾瞪眼。

學生們放學之後，都不想走，圍在陳福身旁看熱鬧，大夥都知道他不識字，有人叫道：「哎呀你筆拿錯了！」

陳福把毛筆跟揑筷子似地那麼拿著，劃了幾道就不耐煩了，又聽那些小孩們嘰嘰喳喳地煩死人，便揮舞著手驅趕他們。「滾滾滾！都看我做什麼？都滾！」

學生們大笑著離開，很快地課室裡就安靜下來。

陳福咬著筆桿，對著面前的書發愁，卻見還有一人沒有走，抬頭一看，正是謝翎。

陳福連忙衝他招手。「那個，你過來。」

謝翎收拾好書本，連眼白都不給他，逕自要走。

陳福哪裡肯讓他離開，他一個字都寫不出來，若沒人幫他，他今日恐怕要住在這學堂裡了！眼看謝翎不搭理他，陳福把筆一扔，厚著臉皮拉住他，信誓旦旦地許諾道：「你若幫我，我便欠你一個天大的人情！日後你要我幫什麼忙，赴湯蹈火，在所不辭！」

聽了這話，謝翎倒是停了一下。

陳福一看有戲，連忙再接再厲。「我說話算話！你要是跟人打架打不過，我也能幫你！」

謝翎想了想，道：「抄十頁？」

這是答應了？陳福頓時喜出望外，把毛筆往他手裡一塞。「沒錯，就十頁而已！」

謝翎沒接筆，他翻了翻陳福的書，指著其中一行，教他道：「你抄這個。」

陳福愣了一下，似乎發現對方的幫忙和自己想的不太一樣。「你不幫我寫？」

謝翎冷笑了一下。「我替你寫？除非夫子瞎了，否則他看了交上去的字，說不定會給你從十頁加到三十頁。」

聽了這話，陳福也有些哆嗦，他倒不是怕那老得渾身顫的夫子，而是怕他娘，遂問謝翎道：「那我要怎麼辦？真要抄十頁字？」

「別的不必抄，你抄這幾個字就行了。」謝翎說著，拿毛筆在書頁上圈了一些字，都是百家姓裡面最簡單的字，諸如「王」、「卞」、「方」之類的，筆劃很少。

陳福探頭看了看，他雖然看不懂，但也知道這沒多少，便道：「這才幾個字？怕是一頁都不夠吧？」

謝翎卻漫不經心地道：「一共十個字，你一個字寫一頁就行了，正好十頁。」

陳福聽了頓時傻眼，難以置信地道：「這樣也行？」

「夫子只說讓你抄十頁書，又沒說要抄多少個字，有字就是書，你只管抄就是了。他若問你，你就拿這一番話反駁他，他必拿你沒有辦法。」

只是這方法也有弊端，若下一回再有學生犯事，恐怕就沒這麼簡單過關了，說不定夫子還會要求要抄夠多少個字才作數；不過這不是謝翎要考慮的事情，總歸不是他抄，害的也不是他。

陳福聽了真是激動非常，連連誇謝翎是個人才！他二話不說，照著謝翎圈出的那十個字，挨個兒抄了起來。

第二日，謝翎去到學堂，便見一個人湊過來，語帶興奮地對他道：「欸，你昨日那法子真是好用！夫子被我一通說，半個字都反駁不了，這事竟然就這樣交差了，簡直神了！」

謝翎往後仰了仰頭，看清楚是陳福，心道，是好用，不過也就只能用一次而已，以後說不定還有一大群人要遭殃呢！但是他並不說透。

陳福又把一疊東西放在他面前，道：「喏，多謝你昨天幫我的忙，這些是我從家裡找出來的，都送你了！」

謝翎低頭一看，才發現那是一疊書，厚厚一疊，足有三、四本，有些已沒有封皮，看上去很是陳舊，書頁都泛著黃，上面用蠅頭小楷寫了很多標注。他隨手翻了翻，裡面竟然還有很多生僻字，謝翎不認得。他有些納罕地看著陳福，問道：「這是你家的？」不是說他小看了人，而是陳福這樣的，一看就不是什麼讀書人家的孩子，否則也不至於連毛筆都不會拿了。

陳福大剌剌地道：「不是我家的！我們家從前有個鄰居，是個窮讀書的，聽說考了十幾年，一次都沒有中過，吃飯的錢都沒了，最後沒法子，把書賒給我們家買餅吃，一吃就是兩年，後來他人不知去哪裡了，書也沒拿走，都叫我爹拿來裹餅了，你要是喜歡，我明兒再給你拿幾本！」他說完，又道：「我可是一個知恩圖報的人，說了會報答你，自然就會做到！」

謝翎翻看著那些書，臉色倒是好了不少，向陳福道謝。

陳福擺了擺手，大方地表示這只是小事罷了。

此後，兩人的關係倒是因此好轉了些。

日子就這麼一天天過去，很快地，一轉眼，謝翎在義塾讀了兩年的書。

直到第二年年底，冬學結束的那一日，老夫子叫住了謝翎，對他道：「明年春學你不必來了。」

謝翎沒說話。

夫子繼續道：「我雖然年老，但還是有眼光的，你是一塊好料子，日後若是想考個功名，最好去正經的學塾深造。」夫子頓了頓，又道：「你家境不大好，這我是知道的，城南有個學塾，是我從前幾個交好的同窗開設的，我寫一封舉薦信與你，你去拜訪一番。」他說著，拿出一封書信遞給他。「就這樣，你記得我說的話，回去好生與你家大人說說，去吧！」

謝翎心中感激，恭敬地對夫子長作一揖，這才離開了學堂，朝城北的方向走去。

兩年的時間，謝翎已經十一歲了，從去年開始，他的個子就往上猛躥，不知不覺就超過了施嫿，也隱約有了少年挺拔的模樣，長手長腳，走起路來帶著風。

正是臘月時候，天色暗得早，謝翎踏著未化的殘雪，順著街道匆匆往前走，不多時，路邊的人家點起了燈籠，昏黃的燈光映在雪地上，折射出一片微亮的光芒。

冷風吹得人臉都僵了，一刻鐘後，謝翎才到了城北，遠遠就看見前面一間店門大開，上面掛了兩只燈籠，門上有一塊匾額，看上去有些陳舊了，上書三個端正古樸的大字：懸壺堂。

謝翎走上臺階，輕輕跺去鞋子上的殘雪，這才踏進門去，苦澀卻清香的藥材氣味瞬間撲面而來。

他掃視了前堂一眼，林寒水正跟著林不泊一起看診，還有幾個病人在一旁等著。謝翎的目光定在了藥櫃旁，一個身著山梗紫色衣裳的少女正站在櫃檯後，與林老大夫說著什麼，她手裡抓著一把藥材，垂著眉眼，從謝翎這個方向看去，只能看見她如新月一般的睫毛，還有秀氣的鼻梁，微微抿著唇，像是含了一片薄薄的桃花瓣。

施嫿抬頭，看見謝翎站在前方看過來。

林老大夫見了，便道：「謝翎下學了，天色也不早了，今日妳先回去吧！」

施嫿點點頭，放下藥材，拍了拍手，與林寒水和林不泊招呼一聲就告辭，和謝翎一起離開了醫館。

天氣甚是凍人，施嫿深吸了一口氣，冰冷的空氣順著鼻腔進入肺腑，那些疲累彷彿也減輕了許多。

冷風吹起額前的髮絲，施嫿不得不微微瞇起眼來，仔細著腳下的積雪，一邊問道：「明日義塾罷館，不必去了？」

謝翎拿著燈籠，應了一聲。積雪在他們腳下被踩得嘎吱響，因為怕施嫿摔倒，謝翎便一手虛虛地擋在她身後。自從他們年紀漸長之後，施嫿就不再牽他的手，也不摸他的頭了。

兩人走了許久，才到了城西，街邊的店鋪還未打烊，門前點著燈籠，將街道映照得一片通明，風從遠處吹過來，其中依稀夾雜著戲曲的聲音，模糊不清的調子，和著管弦之聲，在寂靜的夜色中飄散。

待進了清水巷裡，施嫿才道：「明年你別去義塾了。」

驟然聽到這一句，謝翎的腳步微微一頓，沒作聲，他知道施嫿的話沒有說完，緊接著，果然聽施嫿又道——

「我打聽過了，蘇陽城還有另外一個學塾，你明年就去那裡上學。」

謝翎的腳步戛然而止。

施嫿見他停下來，疑惑地道：「怎麼了？」

謝翎便將今日夫子提的事情說了，又道：「去學塾的花用很多吧？」

安靜了一瞬，施嫿才道：「這事我自有主意，我們雖然窮，但是送你去學塾還是不成問題的，若真沒有錢，我也不會提這事了。」她說著，捧著手呵出一口氣，催促道：「先回去吧，這事慢慢商量也不遲。」

兩人回了院子，用過飯之後，謝翎依舊去閣樓看書，施嫿則是打了熱水簡單漱洗過後，披散著頭髮，點了一盞小小的油燈，在房間的桌前坐下。

把燈芯撥了撥，光芒便小了許多，只夠照亮這一方桌子。接著，她從抽屜裡拿出一本冊子和一個布袋，開始仔細地籌算。冊子上記載的是他們未來一年必須的花用，袋子裡則是施嫿的積蓄。算了小半日，她才收拾好東西，吹燈睡下。

第二日一早起來，院子裡面鋪了淺淺一層雪，昨夜果然下了一場小雪，幸而不是很大。

施嫿今日還要去醫館，便早早用飯。

謝翎拿了傘來，要送她去。

施嫿回絕道：「我自己去便成。」

謝翎不說話，拿著傘站在門口，兩人對視一眼。

施嫿有些無奈，嘆了一口氣，說道：「走吧！」

兩人鎖好門，正準備出巷子，只聽呀的一聲，巷口的一戶人家大門打開了，一個人從裡面探出頭來，笑嘻嘻地向施嫿打招呼。

「嫿兒！好巧，又去醫館嗎？」

施嫿如今已經對「嫿兒」這個稱呼有些麻木了，也算是一件好事。她認得這人，這戶人家是賣豆腐的，施嫿常在他們家買豆腐，也經常看見他們家的小兒子，叫柳知，就是這個少年了。

施嫿與他打過招呼後，柳知又問道：「妳今日還要去醫館嗎？」

施嫿點點頭，寒暄幾句便說要走。

柳知頗有些遺憾地停下話頭，與她道別，一雙眼睛卻還是緊緊地黏在她的臉上，片刻都不肯移動。

待出了巷子，謝翎忽然回過頭去，只見那柳知仍舊站在宅子口，朝這邊引頸看來，似乎還捨不得進屋。謝翎的目光微微一冷，很快又恢復了平靜。

施嫿見他回頭，隨口問道：「在看什麼？」

謝翎搖搖頭。「沒什麼，我以為院子門忘記關了。」

待送了施嬸去到醫館，回轉時，謝翎又路過了巷口的那戶人家。他放慢了腳步，左右看了看後，隨手從地上抓了一大捧雪，捏得緊緊的，團成一個碩大的雪球，然後貼在牆邊，把雪球往裡面狠狠一擲，只聽砰的一聲，院子裡面傳來了驚叫聲！

婦人連連叫道：「哎喲，這是哪個天殺的？怕是昏了你的頭……」緊接著，腳步聲傳來，謝翎卻若無其事地撣了撣衣袖，加快腳步，往自家門口走去，路過巷尾時，一個青年正好從旁邊的院子裡出來，看見他，便對他打招呼。

「今日不必去上學了？」

謝翎點點頭，叫他一聲明真叔，答道：「學堂罷館了，今年不必上了。」

兩人又寒暄幾句，謝翎便進了自家院子，關上門，聽巷子頭傳來婦人的聲音。

「沈秀才，剛剛是誰路過這兒？」

沈明真愣了一下，才道：「怎麼了？可是出什麼事了？」

那婦人道：「方才不知道哪個天殺的往我家院子裡扔雪球，把好好的一簸箕凍柿子給打翻了！哎喲，全打爛了！」

沈明真遲疑道：「或許是哪家小孩子不懂事，惡作劇吧！方才是謝翎經過了，不過這孩子一向聽話，斷不會做這種事情。」

那婦人聽了，因為抓不到人，即便是心疼得不行，也只得作罷。

第七章

自從前年出了那件事情之後，懸壺堂的生意冷清不少，後來時日漸長，加上林不泊的醫術確實不錯，病人又漸漸地上門求診了。

從一早開始，施嫿手頭的活兒便沒有停過，一日下來，腦子都有些昏了，幸好還有林寒水，兩人狀況都差不多，待送走最後一個病人，已是晚飯時候了。

施嫿收拾著藥櫃，眼角餘光瞥見屋角坐了一個人，這才發覺謝翎不知何時過來了，她問道：「什麼時候來的？吃過飯了沒？」

「還沒，來接妳回去，天冷路滑。」

施嫿已經見怪不怪了，別說她，就是林家幾個人都習慣了，哪日謝翎不來接，他們還要多問幾句，是不是被什麼事情耽擱了。

因為天色太晚，林家娘子早做好了菜飯，邀施嫿和謝翎一起吃，盛情難卻，兩人吃過飯之後再回去，天色都黑透了。

依舊是謝翎打著燈籠，施嫿走在他身邊，兩人有一搭、沒一搭地說著話，偶爾不說話，氣氛雖然安靜，卻自有一種靜謐將兩人包裹在其中。走在熱鬧繁華的街道上時，他們之間彷彿另有一種奇特的氛圍，將他們與這個世界隔絕了開，其他人輕易不能介入其中。

此時謝翎心底也是這麼想的，他和阿九兩個人就可以了，不需要別人再插足。

走進清水巷，不知為何，謝翎突然眼皮一跳，心裡湧現出不好的預感，與此同時，彷彿為了驗證他的預感似的，那道門又打開了，白天看見的那個少年又探出頭來。

柳知見到了施嫿，分外開心，露出了笑容，熱情地打招呼道：「嫿兒，妳回來了？」

施嫿對他頷首，寒暄幾句。

謝翎眼神冷漠，盯著那張臉，心裡面想著：*早上眼巴巴地湊過來送，晚上又眼巴巴地湊過來迎，你這廝打的什麼主意？*

現在他心裡分外後悔，早上那個雪球準頭不好，怎麼就砸在一簸箕凍柿子上？他應該砸在這人的臉上才對！

院子裡傳來婦人的呼喚聲，柳知應了一聲，這才戀戀不捨地與施嫿道別。

施嫿笑著對他頷首，和謝翎一道往家走。

開門進屋之後，謝翎悶悶地道：「怎麼每回出去、回來都能碰見他？」

施嫿聽了這話，忽然笑了。「小孩子罷了，你別管他。」

謝翎看向她，道：「阿九不也是小孩子嗎？」

燭光亮了起來，施嫿甩了甩手中的火摺子，將它吹熄了，暖黃的光芒映在她的面孔上，皮膚白皙，彷彿一塊溫潤的羊脂玉。施嫿如今已有十二歲，眉目漸漸長開了，依稀有了幾分前生的模樣，眉如遠山，目似桃花，笑起來時眼角彎起，如新月一般，眼波若含了水霧，溫柔得像是三月陽春的暖風。
謝翎注視著她，直到施嫿放下火摺子，笑著回視他。
「你說是，那便是吧！」
深冬時節的蘇陽城，雪下得肆無忌憚，一夜醒來，院子裡又鋪了一層瑩白。
謝翎站在窗前探頭往外看了看，只見施嫿正站在廚房門口的石墩旁洗臉，她半挽起袖子，露出一雙纖細的手腕，襯著潔白的積雪，欺霜賽雪，甚至就連那雪都遜色了三分。
如墨一般的青絲被束了起來，妥貼地垂在她的頸邊，熱水的霧氣冉冉浮動，將長長的睫毛都打濕了，從謝翎的方向看去，只覺得這一幅情景十分地賞心悅目，怎麼看都好看。
就在這時，院門口傳來敲門聲，打破了一院的寂靜，謝翎的表情立即露出了幾分不悅，看向門口。
施嫿放下袖子，正欲去開門。
站在窗前的謝翎道：「阿九，我去開。」
施嫿見狀，點了點頭，把熱水往臺階下一潑，轉身回了廚房，一邊準備早飯，一邊在腦子裡默默地背醫書。
院子裡傳來細碎的聲音，施嫿點燃灶臺下的火，抽空探頭往門外看了一眼，只見謝翎正關上院門，朝這邊走過來，便問：「誰來了？」

謝翎沒什麼表情地答道：「那個姓柳的。」

「哦，他——」施嫿還沒來得及發問，就聽見謝翎的詢問。

「妳在他家訂了豆腐？」

施嫿想起這回事，點點頭，拍了拍手起身，轉到灶臺前，答道：「是，不是要過年了嗎？他來說這事？」

謝翎想了想，道：「妳今日去醫館吧，這些事不必管了，我來處理。」

施嫿倒是很放心，點了點頭。「好。」

謝翎又道：「其他的也不必管，我都能做。」

聞言，施嫿看了他一眼。少年站在門口，身形挺拔，如同一杆勁瘦的青竹。謝翎今年十一歲，他的個子躥得很快，已經比施嫿高了近一個頭，原本有些圓潤的臉也長開了，顯得稜角分明，放在窮苦人家來說，謝翎已經算是一個小大人了。

施嫿思量了片刻，忽然笑了。「行了，今年過年的事情，都交給你來打點，回頭我把銀子給你，這些我就不管了。」

將施嫿送到醫館之後，謝翎向林家人打了招呼，這才往外走。他沒回去，而是去了城東。過年時候，東市到處都是人，摩肩接踵，熙熙攘攘，小攤、小販們叫賣的聲音此起彼伏，熱鬧非凡。

謝翎看天色尚早，便去了一趟書齋。

店主見到他，笑呵呵地道：「來了！」

謝翎點點頭。

店主走到櫃檯後，點了點，數出幾枚碎銀子，推給他道：「這是你上一回抄書的報酬，你看看，數對不對？」

謝翎也不看，直接收下，微笑著道：「自然是信得過德叔。」

德叔笑了，眼睛微微瞇起來，問道：「今日還要拿書去抄嗎？」

謝翎點點頭，道：「德叔要哪些？」

德叔聽罷，從櫃檯下拿出三本書，每本都差不多一指厚，書頁泛黃，邊緣都捲了起來，還有被蟲蛀過的痕跡。這些書都年代久遠了，有前朝傳下來的，甚至還有孤本，但是由於保存不當，已經殘缺不堪了，所以店主才想找人來重新抄錄一遍。

謝翎拿了書之後，這才離開書齋，繼續往東市的方向走。穿過擁擠的人群，沒多久，他來到了一家包子鋪前，騰騰熱氣升起，給這凜冽的寒冬帶來了幾分暖意。

「陳福。」在一片嘈雜人聲中，謝翎的聲音顯得清冷明晰。

那包子鋪的老闆娘聽了，抬頭一看，見是謝翎，揚聲朝身後喊了一嗓子。「阿福，你同窗來尋你了！」屋裡傳來一聲應答，她麻利地抓了兩個包子，用油紙包好，塞給謝翎，笑咪咪地道：「來，吃包子！」

謝翎推拒了一番，見她執意要給，只能收下，又趁她不注意，往櫃檯上扔了兩個銅板，權當是買了。

陳福從後門轉出來，擦了擦手，見謝翎懷裡抱著書，驚訝地道：「不是罷館了嗎？怎麼你還帶著書？」

「剛從書齋過來。」謝翎道：「我有事找你幫忙。」

陳福笑著道：「我說呢，無事不登三寶殿！什麼事？」

「你家過年可是訂了豆腐？」

乍聽這問題，陳福頓時覺得莫名其妙。「自然，不是每年過年都要吃的嗎？你問這個做什麼？」

蘇陽城的習俗，每年過年家家戶戶都要吃豆腐，謝翎自然是知道的，所以他才特意來找陳福一趟。「豆腐可送來了？」

陳福一頭霧水地道：「剛剛送來。怎麼？你家沒豆腐吃？」

「我與你們家換一換。」

陳福聽了，一臉的不可思議。「你特意來找我，就為了這事？」

謝翎表情正經地道：「這事情很重要。」

陳福雖然想不出豆腐有什麼重要的，但還是答應了。沒一會兒，他揹了一個竹簍出來，上面蓋著麻布。「走吧，給你送回家去！」

謝翎帶著陳福，穿過擁擠的東市，回了院子。

把豆腐挨著牆根放好後，陳福才問：「我們家豆腐呢？」他說著，目光四下掃視，連個豆腐影子都沒看到。

謝翎放好書，道：「我這就帶你去拿。」

一刻鐘後，陳福一邊吃力地推著磨，一邊咬牙切齒地道：「你可沒告訴我，你們家豆腐還沒做出來！」

謝翎坐在旁邊的矮凳上看書，頭也不抬地道：「急什麼？這不是正在做嗎？」

陳福氣結。「做出來的和正在做的，區別可大了！起碼我不會像一頭驢似的，在這裡推磨！」

謝翎漫不經心地道：「嗯，有道理。別急，等會兒我來幫你推。」

蹲在一旁的柳知一臉糾結，他問謝翎道：「那個……你姊怎麼沒來？」

謝翎看書的目光一頓，抬起頭來，與他對視。

柳知不由得心虛了一下，就見謝翎忽然微微彎了一下眼睛，雲淡風輕地笑了。

「我姊最近忙，沒法子過來，我來不是一樣的嗎？」

謝翎的聲音沒什麼起伏，柳知卻莫名感覺到一陣緊張，彷彿他一張口，謝翎的笑容便會立即消失一般，他不知道為什麼面前這個孩子會給他帶來如此大的壓迫感。

陳福賣了好一陣苦力，豆腐才算磨完了，兩人離開了柳家院子，陳福甩了甩痠痛的胳脖，忽然問謝翎。「你是故意的吧？」

謝翎疑惑地抬頭。「怎麼說？」

陳福看了他一眼，哈哈笑了。「還想矇我？你費了這麼大周章，不就是不想買他們家豆腐嗎？你和他們家有過節？」

謝翎嗯了一聲，點點頭。「沒錯，你真聰明。」

陳福頗為自得。「那是當然，我將來可是要接管我們家包子鋪的！」兩人進了院子後，陳福隨口問道：「你姊呢？怎麼沒看見？」

「去醫館了。」謝翎不動聲色地警覺起來，道：「你問她做什麼？」

「看她不在，隨口問一聲罷了。」陳福還無知無覺，繼續感嘆道：「話說你姊長得是真漂亮，每回來東市，我們家對面那米鋪老闆的一對兒子都會偷偷摸摸地跟著看，上次誤了做生意，被他們爹一頓好打，笑死我了！」

謝翎冷漠地應了一聲，轉身進了屋，沒一會兒出來後，看見陳福，忽然問道：「你怎麼還在？」

陳福一臉莫名。

「豆腐不是已經磨完了嗎？明兒就給你送過去，回去賣包子吧！」

陳福就這麼糊裡糊塗地被趕出了門，他看著地上的積雪，寒風呼嘯吹過，不禁縮了縮脖子，有些不明白他今日到底是跟過來做什麼的？給人忽悠地幫忙幹了一上午的苦力？

到了晚間，謝翎依舊來醫館接施嫿。

回去的路上，施嫿道：「明日起，我要開始跟著林伯父出診了。」

「嗯？」謝翎轉頭看了她一眼。「是要開始看病了嗎？」

施嫿點點頭，又道：「若是去出診的話，也不知什麼時候才會回來，你就不必來接我了。」

謝翎沒答應，只是道：「到時候再說吧！」

兩人踩著積雪，往清水巷裡面走，路過柳家院子時，裡面傳來一聲窸窣的響動兒。

施嫿側頭看了看，天色昏暗，什麼也看不清，她問謝翎道：「剛剛你聽到什麼聲音沒？」

謝翎淡淡地道：「是野貓吧！」

施嫿一想也是，兩人便繼續往院子的方向走。

等打開門，謝翎看著施嫿進去了，這才把燈籠掛在門口，轉身往柳家院子走去，沒多久，就到了柳家門前，裡面傳來柳知疑惑的自言自語。

「奇怪了，怎麼門打不開？」

謝翎挑了挑眉，回頭看了自家院子一眼，施嫿已經進屋去了，只餘一盞昏黃的燈籠，照亮了半扇大門。他伸手在柳家的門上撥弄了一下，很快就頭也不回地走了，等走到院子門口，就聽施孈的聲音傳來。

「謝翎？」

謝翎提起聲音應答。「來了。」

他幾步上前，拿下門口的燈籠，把大門合上，隨手往牆角一揮，有一根小木棍被扔在了雪地上，很快就掩埋在黑暗中。

另一頭的柳家院子，柳知在門裡面折騰了半天，不知怎麼地，門栓也沒壞，但門就是打不開，正惱火間，他用力一拉，大門呀的一聲就順利打開了，外面空無一人，唯有滿地殘雪。

柳知往門上的鎖釦處看了一眼，什麼也沒有，他自言自語地嘀咕道：「見鬼了吧？」說完，朝著巷子最盡頭的院子看了一眼，見燈火已經亮了起來，柳知遺憾地嘆了一口氣，垂頭喪氣地把門給關上了。

這一年很快就過去了，看似沒有什麼特別的事情發生。

年三十的夜裡，施孈作起了夢，原本是夢見了小時候的事情，但是醒來時卻驚出了一身冷汗。

門外傳來雞鳴啼曉，更顯得一室靜寂，施孈披衣下床，一把推開了窗扇，外面白雪皚皚，銀裝素裹，後院的棗樹落光了葉子，枝椏遒勁，像是要把那沈沈的夜幕撕裂一般。

施嫿按住窗櫺的手指略微顫抖，她想起夢裡的事情。自從重生之後，她沒少夢見太子李靖涵，但是沒有哪一次似今夜這般深刻而真實，真實得讓她誤以為如今才是黃粱一夢，夢醒之後，她依舊身在大火之中。

夢裡的前太子李靖涵，不，是現任太子，他看起來比施嫿印象中要年輕些，只有二十來歲的模樣，穿著精緻莊重的冕服，意氣風發，立於奉天門外，身後及兩側乃是一眾侍從、侍衛官，恭恭敬敬，遠處傳來雅樂之聲，直通雲霄。

李靖涵跪下來，頭微微垂著，有一個聲音喊道：「冊嫡子李靖涵為皇太子。」

夢境到此戛然而止，施嫿便驚醒過來，冷汗涔涔。她腦中亂糟糟一片，如今是宣和二十五年，可李靖涵是宣和二十六年才被正式冊封為太子的，不對！

遠處雞鳴聲此起彼伏，施嫿忽然想起來，今日是大年初一，宣和二十五年已經過去了！就是在今年年初，李靖涵被冊封為太子。

一股寒意悄悄自背後升起，施嫿看著茫茫的夜色，手指捏緊了窗櫺。

「阿九？」

一個聲音打破了寂靜，施嫿被驚了一跳，醒過神來，她看見謝翎站在窗前，正朝這邊看來。

謝翎轉過身去，不多時便有門打開的動靜，他手裡端著一盞昏黃的油燈，走到了施嫿的窗前，伸手握住她捏緊了窗櫺的手指，觸手冰涼，他皺起眉頭道：「怎麼不睡？」

施嫿不答。

謝翎頓了頓，低聲道：「又作噩夢了？」

這些年來，施嫿頻頻作噩夢，他是知道的。想了許多法子也不見效，甚至私下去請教了林老先生和林不泊，有沒有什麼藥方可以治療，林老先生卻道，這是心病，湯藥治不了的。是什麼心病？謝翎不知道，施嫿也從不與他說，只是每回夢醒後，她便會獨自站在窗前，清醒地站上一宿，那噩夢像是揮之不去的鬼魅，無時無刻不纏著施嫿，令她不得安眠。

天邊泛起了魚肚白，施嫿揉了揉眉心，揉去紛亂的思緒。

謝翎陪她站了小半個時辰，兩人都被風吹得手腳僵冷。隔壁傳來雞鳴之聲，緊接著有人聲響起，驚醒了沈睡的蘇陽城。

施嫿忽然覺得他們在窗前站了這麼久，似乎有些傻，只是一個噩夢而已，竟然被嚇成這樣，實在是好笑，這麼一想，她便真的笑出聲來。

謝翎見了，面上的神色略緩，上前一步，握了握施嫿僵冷的手指，垂著眼輕聲道：「先去暖暖身子吧，別染上風寒。」

少年的手不甚溫暖，卻讓施嫿心中生出一種踏實安全的感覺，她笑了笑，應道：「好。」

過了年，兩人又長了一歲，如今施嫿已有十三歲，是一個亭亭玉立的小姑娘，眉目清麗漂亮，已能窺見其日後的美貌了。

年後謝翎要準備入春學了。這日傍晚，施嫿在燈下仔細籌算，他們按照之前那位夫子的意思，帶著舉薦書信去拜訪了城南的學塾，因為那一封信的緣故，他們願意收下謝翎，並減免掉一半的束脩，對於施嫿兩人來說，這已經是極好的了。

施嫿正沈思間，旁邊忽然伸出一隻手，將一些銀錢放在桌上，她頓時愣住了，看向謝翎。「哪裡來的？」

謝翎伸手撥了撥燈芯，好讓它燃得更亮一些，嘴裡答道：「是我替書齋抄書得來的。」

施嫿粗粗一看，約有四、五兩之多，她納罕地問：「你抄了多久？」

謝翎含糊地道：「一年多吧！」他說著頓了頓，又道：「或許少了些，不過，日後我會賺得更多的。」

施嫿盯著那銀錢看了半晌，突然笑了，她伸手將那些碎銀子和銅板都收起來，對謝翎道：「晚上我們出去。」

謝翎眉頭一動。「去哪兒？」

施嫿眨眨眼，笑了起來，模樣頗有幾分小女兒的嬌俏。「去了你便知道了。」說罷，便起身去了外間，沒有注意到少年悄悄紅了的耳根。

謝翎定了定神，心道，阿九真是好看。

到了晚間，施嫿帶著謝翎出門，外面有些冷，地上還有些許殘雪和著冰渣未化，被銀色的月光照得發亮，他們就踩著這月光，往城外走去。

施嫿帶著謝翎，兩人順著路一直往前走，沒多久，便看見對面山上的燈光，明亮暖黃，看上去熱鬧繁華。

謝翎突然想起來了，今日是上元節，按理說來，是有廟會的，只是他們從前沒有去過罷了。

燈樹千光照，花焰七枝開，廟會就如書中所寫的那般，熱鬧非凡。施嫿已有許久沒見過這般場景了，當初在京師時，那些繁華熱鬧，如今想來，竟已是隔世。

道路兩旁都是賣雜貨的小販，拖著長長的調子，吆喝聲此起彼伏，人聲鼎沸，摩肩接踵。前面驟然響起了急促的鑼鼓聲音，引得眾人紛紛朝那邊擠過去，施嫿和謝翎兩人差點被衝散了。

謝翎連忙一把抓住施嫿的手，叫道：「阿九！妳沒事吧？」

施嫿被人群衝撞得不由自主地往前，她掙扎了一下，卻無法與那股龐大的人潮力量抗衡。

謝翎見狀，緊走幾步，用力分開人群，擠到她身邊，一手環繞住她細瘦的腰，低聲在施嫿耳邊道：「這裡人太多了，我們先出去。」

謝翎帶著施嫿從人潮中擠了出來，兩人尋到一個空地站著。

施嫿呵氣暖著手指，笑道：「人好多啊！」

謝翎頗有些神思恍惚，點了點頭，他垂著眼，目光落在施嫿蔥白的手指上，不自覺地回想著方才握住這手時的感覺。正走神兒間，忽然聽施嫿道——

「那邊好多燈籠，真漂亮！」

謝翎順著她的目光看去，只見前方搭起了一排一丈高的架子，上面懸掛著各色燈籠，十分精巧。他心中一動，對施嫿道：「妳在這裡等我，我去去就來。」

施嫿還沒答話，便見謝翎再次進入了人群中，朝著那一排燈籠的方向走去，只一個晃眼，便消失不見了。

不知不覺，人越來越多了，施嫿心中有些擔憂，她踮起腳尖，朝謝翎離去的方向張望，只是人太多了，光線又明滅不定，隔得這麼遠，怎麼可能看得清？

在施嫿憂心間，她感覺到有人碰了一下自己的肩背，不知是有意還是無意，施嫿敏銳地轉過身去，退開幾步，卻見那裡站了一個中年男子，肩背微微駝著，身材矮小，賊眉鼠眼的，流露出幾分猥瑣之意。

施嫿皺起眉來，警戒地又退了一步。

哪知那男子竟然又靠了過來，伸手快速地抓住她的手腕，嘴裡道：「囡囡，妳怎麼在這裡？爹找妳好久了！」

施嫿心裡一驚，猛地往後退開，試圖掙脫那中年男子，聲音冷冽地喝道：「你是誰？我不認得你！放開我！」她掙扎的力道頗大，但是根本不是那人的對手，抓在她胳膊上的那隻手，宛如鐵鉗一般，牢牢地拽著施嫿，將她往旁邊拖去。

施嫿不從，兩人的動靜變大，引來旁人注意。

那中年男人苦口婆心地勸道：「囡囡，莫和妳娘鬧彆扭了，快和爹回去吧！」

施嫿緊咬牙關，拚命想甩脫他的手，未果，高聲叫喊起來，試圖引起路人的注意。

就在此時，從旁邊伸出一隻手，握在了那中年男子的胳膊上，制止他的動作，一個少年的聲音響起。

「再不放手，我就扭斷它。」

那中年男子見勢不對，縮了縮脖子，二話不說，撒腿就跑了，一溜煙地消失在黑暗中。

施嫿心裡猛地鬆了一口氣，轉過頭去，向伸出援手的人道謝。那人是個身著錦衣的少年，看上去十五、六歲，模樣俊秀。

他看著施嫿，笑了笑，道：「下次再碰到這種事情，一定要及時大聲求救，不過，女孩子還是不要一個人出來逛廟會了，不大安全。」

施嫿點點頭，又謝過他。這時，一旁傳來一個少女的聲音。

「表哥！」

緊接著，施嫿看見一團紅色人影奔過來，在錦衣少年身旁停下，一迭連聲地嚷嚷著。

「你去哪裡了？怎麼一回頭就找不到人了？」

那是一個少女，年紀差不多與施嫿一般大，模樣秀麗，髮間綴著玉石流蘇，環佩叮咚掛了一身，顯然是非富即貴。

錦衣少年沒搭理她，反而問起緊追而來的小廝。「戲看完了？」

那青衣小廝搖搖頭，喘著氣道：「表小姐不愛看，非說要來找少爺您。」

被忽略得很徹底的少女生氣極了，她跺著腳，惱恨道：「你就是不想與我說話是嗎？」

錦衣少年撫掌笑道：「說對了，就是不想與妳說話，既然不看戲了，我們就回去。」

少女氣急。「誰說不看了？我還要看！」

錦衣少年也不生氣，下巴一揚，衝小廝道：「聽見沒？帶表小姐去看戲。」

小廝喏喏應聲。

那少女又跺腳。「我要表哥你陪我看！」

錦衣少年深吸一口氣，道：「要麼，妳跟他去；要麼，我們就回府，妳選一個。」

少女氣得眼眶都紅了，但是無論她如何糾纏，少年就是不搭理她，她無可奈何，抿著嘴眼睛一掃，目光落在了施嫿身上，待看清楚施嫿的容貌，她的嘴巴頓時抿得更厲害了，氣沖沖地道：「表哥，她是誰？你方才是不是在與她說話？」

那模樣，簡直像是認定了兩人之間有什麼不可說的事情一般，讓施嫿不由得十分尷尬。

錦衣少年煩不勝煩，索性朝她拱了拱手，瞇著眼睛笑道：「在下晏商枝，冒昧請教小姐芳名？」

少女頓時紅著眼睛，半張著嘴，那模樣倒有幾分可憐，施嫿心裡有點想笑，卻又不能不答，只能回了一禮，報了名姓。

晏商枝輕笑讚道：「好名字。」

於是，那少女的一雙眼睛頓時更紅了。

就在此時，謝翎終於回來了，他手裡提著一個精巧的燈籠，看了那兩人一眼，疑惑地喊道：「阿九？」

施嫿見他回來，心裡舒了一口氣，尷尬消散幾分，簡略地說了方才的事情。

聽到有人想強行拉走施嫿時，謝翎的手都握緊了，皺著眉頭，面上無可避免地浮現出些許惱恨來，既是惱恨那拐子的可惡，又惱恨自己竟然如此大意，讓施嫿孤身一人站在這裡。

施嫿哪裡不瞭解他，一見他沈著臉，神色懊悔，便知道他心中所想，遂寬慰道：「不必多想了，我並沒有什麼事情。」

謝翎抿著唇，向晏商枝道謝。

就在此時，那少女眼尖，瞥見了謝翎手中的燈籠，突然道：「這燈籠真好看！」

聞言，施嫿下意識地看了一眼，只見謝翎手中提著一盞小兔子的燈籠，上面繪著緋色的花紋，燈火明亮，將那些花紋映得越發鮮豔，燈籠上還寫了一個小小的篆體「嫿」字，丹砂色澤通紅，精巧可愛。

少女越看越喜歡，向晏商枝撒嬌道：「表哥，你也給我買一個吧！」

晏商枝想也不想就拒絕了。「不買。」絲毫情面都不給。

少女氣得直跺腳，盯著那小兔子燈籠又看了一眼，似乎實在是很喜歡，欲言又止，正想厚顏開口向謝翎討要時，卻見他把那燈籠遞給了施嫿。

「阿九，這燈籠送給妳。」

少女有點難堪，非纏著晏商枝，嬌嗔地道：「表哥，你買給我嘛！我就要兔子燈籠！」

晏商枝煩了，拿出碎銀子，往她手裡一塞，嘆氣道：「去吧、去吧，想買多少就買多少！」

聽了這話，那少女氣得眼淚都掉出來了，一跺腳，轉身跑了。

小廝見了，心裡暗暗叫苦，只得連忙追了上去。

晏商枝這才轉向施嫿兩人，道：「讓兩位見笑了。」

施嫿搖搖頭，兩人向晏商枝告別，這才離開。

逛遍了廟會，準備回去時，已是深夜了。

兩人走在路上，謝翎一直沈默著，待快到家時，他才停下來，向施嫿道：「阿九，我以後再也不離開妳了。」少年的眼睛在月光下顯得漆黑清亮，一眼便能看見底，他語氣認真地道：「我是說真的，阿九，我這輩子一定不會離開妳！」

上元節過後，謝翎就要去學塾入春學了，兩人見面的時間驟然變少，謝翎的情緒便有些不大好。他想看著阿九，時時刻刻都看著，但顯然這是不可能的。

施嫿白天要去城北醫館，謝翎的學塾卻在城南，他每日下學之後，要繞過大半個蘇陽城到醫館，接施嫿，兩人再一同回家，等到那時，天已黑透了，謝翎夜裡還要點燈夜讀，因此兩人相處的時間，就只有從醫館到家的那一段路程而已。

這一日，謝翎到了學塾，夫子還未到，他到自己的書案前坐下，正欲翻開書時，卻聽旁邊有人道——

「聽說董夫子回來了！」

這一句話引起幾個學生的注意，有人問道：「董夫子帶著幾個師兄去長清書院講學了，是昨日回來的嗎？」

「你們說，下回董夫子再去長清書院，會帶別的學生嗎？」

「帶誰也輪不到我們呀！」

「就是，那幾個師兄似乎都是考了童生的，什麼時候等咱們考了童生再說吧！」

學生們湊在一起討論起來。

謝翎毫無所覺，自始至終，他的視線都放在書頁上，一絲都沒有動過。

到了午間，學子們相偕去膳堂，謝翎走在後面，忽聞前面傳來一陣嘈雜的爭吵聲。

一個少年高聲叫囂道：「晏商枝你別得意！在蘇陽城裡，還輪不到你來擺譜兒！惹毛了我，明兒就讓你滾出去！」

大概是因為晏商枝這個名字有些耳熟，謝翎不由得轉過頭看了一眼，只見那膳堂側牆下站著三個人，其中一個少年身著錦衣，表情看上去一臉的滿不在意，相對來說，他對面站著的那個人則是一臉怒容。

謝翎的目光落在了那怒氣沖沖的人身旁之人，然後定住了，那是一個十六、七歲的少年，看上去像是在勸架，他的臉正對著這邊，令謝翎不由得微微瞇起眼來。

謝翎記得那張面孔，他在心底慢慢地唸出那人的名字——蘇、晗。

膳堂的這一場爭執鬧得很大，年紀小些的學生們都在一旁看熱鬧，探頭探腦，等到夫子聞聲來了，湊成一堆的學生們才一哄而散。夫子斥責了爭吵的兩人，令他們回去領罰。

一行人散開後，膳堂又恢復了往常的安靜，唯有站在窗邊的謝翎，目光若有所思。

轉眼便到了傍晚時分，學塾下學了，謝翎踏著斜陽餘暉往外走，學塾裡寂靜無聲，學生們都走得差不多了，他一向是走在最後的，今日也是如此。

沒走幾步，便聽見身後傳來了一陣腳步聲，有些急促凌亂，在寂靜的氣氛中顯得不太和諧，謝翎下意識回頭看去，只見一個身著青色錦袍的少年匆匆而來，神色頗為慌亂，竟然是中午時候在膳堂與晏商枝爭執的那個人，蘇晗與他的關係似乎不錯。

他看了謝翎幾眼，便匆忙走了。

謝翎看著他的背影消失在學塾門口，回頭看了看少年來時的方向，略微皺起眉頭。

正欲離開時，身後又傳來腳步聲，謝翎再次轉頭看了看，那人竟然是晏商枝。

晏商枝眉頭緊皺，謝翎一眼便注意到他舉著右手，手上有殷紅的鮮血汨汨流下，將他的袍袖都染成了暗紅之色，令人觸目驚心。

兩刻鐘後，懸壺堂迎來了一名病人。

晏商枝舉著手，讓施嫿往他的手心纏傷布。

施嫿一邊叮囑平日裡的注意事項，叮囑完了，不免問道：「傷口這麼深，怎麼弄的？」

晏商枝笑了笑。「被刀子劃的。」

施嫿看了他一眼，才道：「這刀子挺利的。」

晏商枝仍舊是笑。「誰說不是呢？」

施嫿從藥櫃中拿出一個瓷瓶，說道：「這是藥粉，每日換一次便可。」她頓了頓，又道：「若是不方便，可以到我們懸壺堂來換。」

晏商枝笑咪咪地道：「多謝大夫了。」

施嫿糾正他道：「我不是大夫。」她說著，看向一旁的謝翎。「想不到你們竟然在同個學塾裡上學。」

晏商枝道：「前陣子我隨夫子去書院聽講學了，今日才回來學塾，不然早該發現了。」

兩人正說著，謝翎忽然開口道：「阿九，天要黑了，我們得回家了。」

晏商枝看看他們，問道：「你們是兄妹？」

施嫿張了張口，還沒回答，謝翎已道：「不是。」

聞言，晏商枝便笑了。「也是，看模樣長得不太像。」

因為這一件事，晏商枝便與謝翎熟識起來，偶爾在學塾裡碰了面，也會寒暄幾句。

天氣漸熱起來的時候，晏商枝的傷口已經好得差不多了。

初夏的午後，窗外蟬鳴聲聲，夫子坐在上面講學，拖長了聲音，令人昏昏欲睡。

一屋子七、八個學生，從頭到尾，唯有謝翎一人精神抖擻，仔細聽夫子說話，其他幾個同窗大多都是目光呆滯、神色倦怠，只是因為夫子在場，強行忍著沒有打呵欠。

就在此時，上面的夫子突然道：「謝翎，道不遠人，人之為道而遠人，不可以為道，此言作何解？」

乍聞夫子點名了，犯睏的學生們頓時精神一振，豎起了耳朵，生怕下一個點到自己，七、八道目光都朝同一個方向看過去。

謝翎放下筆，站起身來，整了整衣袍，這才答道：「此句出自中庸第十三章……」

他的語調不疾不徐，侃侃而談，很快便吸引了其他幾位學生的注意。就在此時，外面傳來一陣喧譁之聲，像是有人在高聲叫喊著什麼。

學塾一向和諧寧靜，偶爾有學生們起了爭執，也很快就平息了，極少有人敢這樣高聲喧譁吵嚷的，不由得引起了眾人的注意。

這麼一來，幾乎沒人聽謝翎說講了，七、八個學生頻頻朝窗外看過去，只是沒奈何視線被大片的桃李枝葉遮住了，什麼也看不見。

學生們神思恍惚，夫子自然感覺到了，眉頭頻頻皺起。

唯有謝翎毫無所覺，他就像是完全沒有聽到那些喧譁人聲似的，十分從容地講完了。

坐在上首的夫子頗是滿意地頷首，示意他坐下後，又環顧屋子裡的其他幾位學生，問道：「方才謝翎講的這一段很好，不知你們聽懂了沒有？」

那些學生只聽了一半，注意力就被窗外的聲音吸引過去了，這下夫子問起，哪怕是沒有聽懂也要硬著頭皮說是。

夫子看似十分欣慰，摸著鬍子道：「如此甚好，甚好！那我就叫一位同學起來，把謝翎方才說的這一段複述一遍。張成業，你來。」

被點中的學生一臉茫然，站起身來，結結巴巴地開口。「道不遠人，人之為道而遠人……不、不可以為道。這句話的意思是，道並不排斥人……」他結結巴巴地背了半天，才勉強背完了前半部分，但是後面那一部分，鬼知道謝翎講了什麼，最後自然是沒有背完。

夫子神色嚴峻，目光掃過所有的學生，然後十分不悅地將他們罵了個狗血淋頭，最後除了謝翎以外，所有學生都要罰抄書。

謝翎出去時，便聽見有人在議論方才那一陣喧譁。

一人道：「是董夫子的那幾個學生，又吵起來了，罵人的好像叫楊曄。」

另一人道：「我來學塾這麼久，還是第一次見人如此囂張。」

「聽說董夫子都被驚動了，他趕過來時，那楊曄正想動手，在場的幾個人都被叫走了，也不知道會如何處理。」

「還能怎麼處理？董夫子也才四個學生，總不能讓他們退館吧？」

「這話說得也是。」

聽到這裡，謝翎便離開了。學塾後院有一座藏書樓，裡面收藏了許多經綸典籍，專門供學生們查閱，謝翎常常來這裡，與藏書樓的管事打了一聲招呼，便上了樓。

藏書樓內書籍眾多，連書架都密密地放了好幾大排，放眼望去，到處都是書本。謝翎翻找了半天，才終於找到自己想要的書籍，才剛拿下來，便聽到外面傳來腳步聲，就在謝翎對面的書架旁邊停下來了，一個少年的聲音氣憤憤地響起。

「該死的晏商枝，要不是他，我如何會被夫子責罰？」

這聲音有些熟悉，謝翎眉頭一動，合上了手中的書，下一刻，便無聲無息地轉到書架的另一邊，這裡是靠牆的位置，極其隱蔽，若是站在這裡，幾乎沒有人能發現。

他才一站定，就聽見另一個聲音溫和地勸說著。

「行了，你別氣了。我說你也是，你今日就不該那般衝動的，鬧得夫子都知道了。」

聽了這話，楊曄似乎又來了氣。「蘇晗，你到底是站在哪邊的？」

聞言，蘇晗裝模作樣地嘆了一口氣。「成了，那現在你要如何打算？」

楊曄的聲音裡透露出幾分戾氣。「我絕不能輕易放過他！」

蘇晗靜默了一會兒後，才慢慢地道：「你可別亂來，再有半個月，夫子還要帶我們去長清書院聽講學。」

楊曄哼了一聲，道：「就那晏商枝？他憑什麼去？」

「話雖如此，但是——」蘇晗才剛開口，楊曄便打斷他。

楊曄敷衍地道：「行了，我知道了！你真是膽小如鼠，一個晏商枝就把你嚇得跟什麼似的！你不必管了，就當作什麼都不知道，沒人會怪到你頭上去的。」

蘇晗沒說話，之後兩人又說了幾句，外面再次恢復了寂靜。

過了許久，謝翎才從書架後轉出來，樓裡已經空無一人了。

傍晚下學的時候，謝翎依舊是最後一個離開的，在學塾門口偶遇了晏商枝，對方正抱著手臂，靠在門後，一臉興趣缺缺的模樣。

他看見謝翎過來，眼睛頓時一亮，朝門口指了指，道：「你來得正好，幫我看看，那小煞星走了沒有？」

晏商枝說的煞星，謝翎也曾經見過，就是當初上元節時，纏著晏商枝的那個少女，是他的遠房表妹，名叫陳明雪。

謝翎聞言，便走出門去，果然見到一個身著紅色衣裳的少女正站在馬車旁邊，像是在等誰。在她的目光掃過來之前，謝翎便退了回去，回到門裡，對晏商枝道：「她還在外面站著。」

晏商枝頗有些苦惱地嘆了一口氣，敲了敲額角。「成，這回我又得從後門走了。」他說著，向謝翎道了一聲謝，轉身就要走。

謝翎突然開口叫住他。「晏兄留步。」

晏商枝聞聲回過頭來，夕陽落在他的面孔上，令他不由得微微瞇起眼睛，問道：「有事？」

謝翎想了想，還沒開口，便聽見外面傳來了輕微的腳步聲，且越來越近。

晏商枝顧不得什麼，立即拽了他一把，低聲道：「我們先走，等會兒再說。」

於是兩人便順著牆往後門方向去了，才轉過屋角，學塾的大門就被推開了，少女清脆的聲音傳進來。

「表哥！表哥你在嗎？」

於是晏商枝跑得更快了，彷彿身後有洪水猛獸追著他跑似的，頭也不回，一直等出了後門，他才停下來，喘了一口氣，對謝翎道：「你要說什麼事情？」

謝翎便把今天在藏書樓聽見的事情告訴了他。

晏商枝面上頓時露出了恍然大悟的神色，不由得好笑地道：「我還道那小子今日怎麼突然發難了，原來是因為有人指點呢！」晏商枝笑著解釋道：「其實是楊曄那小子不知為什麼被夫子罰了，本來便不關我的事情，想不到他今日倒衝過來找我的麻煩，真是個沒腦子的貨色。還要多謝你提醒，這份人情我記住了。」

謝翎搖了搖頭，輕輕勾了一下唇角，含蓄地道：「小事罷了，我也是湊巧聽到的。」說著話，兩人很快走到了路口，晏商枝向他道別，轉身離開了。

謝翎看著他的身影消失在小巷深處，這才轉頭走向另一條路，心裡慢慢地道：我不嫌麻煩，我只是想給人找點麻煩罷了。

今天謝翎沒有直接回城北，他轉而去了東市，等到了陳記包子鋪前時，只見陳福正坐在那裡捏小麵團玩，被他娘嫌棄得不行。

陳福他娘敷衍著趕他走開，嘴裡沒好氣地罵道：「敗家玩意兒，什麼東西都能玩的嗎？給我放下！」她一邊罵著，眼睛一瞟，瞥見了謝翎，連忙又喊道：「阿福，謝翎來了！」

陳福聞聲，拍了拍手上的麵粉，稀奇地笑道：「嘿！奇了，這是哪陣風吹來了謝大爺？快讓我瞅瞅！」

自從謝翎年前離開了義塾之後，兩人便有一陣子沒有見面了，謝翎的學塾在城南，路程雖不算遠，但陳福沒法子去找他玩，也就擱下了。雖說許久不見，但是少年人的情義還在，並不曾疏遠。

兩人寒暄幾句後，謝翎就道明了來意。「陳福，我有件小事想找你幫忙。」

陳福二話不說，答應下來，直接扯開嗓門向他娘喊了一聲，他娘百忙之中頭也不抬地朝他擺了擺手。

謝翎走了幾步，忽而又想起來什麼似的，開口對陳福道：「你家裡還有麻袋嗎？」

陳福低著頭大步走，嘴裡應了一聲，道：「我家別的沒有，裝麵粉的麻袋倒是不少！不過你要麻袋做甚？」

謝翎沒有回答，只是道：「煩勞你去拿一個來，要洗乾淨的。」

陳福答應下來，又問：「一個就夠嗎？」

「一個便成了。」

陳福回去了一趟，不多時便回轉，手裡拎了一個大麻袋，問道：「還要什麼？我一併給你準備齊全了。」

謝翎卻答道：「不用了，一個麻袋就成了。咱們走吧，免得誤了時間。」早點完事，他還得在天黑之前趕去懸壺堂，接上阿九，然後一起回家。

「好咧，聽謝大爺您的吩咐！」

謝翎笑了一聲，領著陳福往城西的方向走，等到了一座院子的外牆下，他便叮囑陳福道：「等會兒有一個人出來，你記得把這麻袋套他頭上。」

陳福聞言，頓時驚訝地瞪大了眼睛。「謝大爺，我可是良民，你怎麼能讓我幹這檔事？」質問完了，緊接著問了一句。「要套誰？」

謝翎笑笑，隨口道：「你不認識，等套住之後就知道了。」

陳福雖然疑惑，但還是答應下來。他在心裡感慨著，也不知道誰這麼倒楣，得罪了這位煞神。要知道，謝翎平日裡雖然看起來斯文有禮，實則一肚子壞水和陰招，下手還特別心狠手辣；不僅如此，謝翎還十分記仇，所以在義塾待著的那兩年，同窗的孩子們鬧得再厲害，胡天胡地，也沒人敢去得罪謝翎。

陳福在心裡憐憫了一會兒那個倒楣蛋後，便在那門旁邊站著了。這裡明顯是後門，門沒有關緊，只是虛掩著，門的縫隙裡別了一塊水紅色的布條，這一看，就不是什麼正經人家啊！

陳福心裡嘖了一下，他們站的地方是一個巷子，偏僻得很，幾乎無人經過，是以也沒有人發現他們。

謝翎看了看天色，低聲叮囑了幾句，陳福都一一點頭答應下來。

沒多久，門裡就響起了聲音，是女子嬌俏的笑聲，模模糊糊的，聽不太真切。過了一陣子，便有腳步聲傳來，緊接著，門有了動靜。

一隻手拉開了門，有人從裡面跨了出來，然後回身把門虛虛掩上，還沒等抬頭，一個麻袋從天而降，兜頭就把那人給罩了個嚴嚴實實。

那人立即掙扎起來，聲音在麻袋裡傳來，又悶、又模糊。

謝翎毫不客氣地一拳揮過去，發出了沈悶的鈍響，這一拳正砸在那人的肚子上，這裡皮肉軟，打起來特別疼，陳福都忍不住眼皮跳了跳，彷彿能感受到那一拳的痛楚。

那人挨了揍不由得慘叫起來，陳福攥緊了麻袋，伸手按住那倒楣蛋的腦袋，低聲威脅道：「老實點！」他壓低了的聲音顯得十分凶狠，那倒楣蛋果然不敢再嚷，顫抖著聲音，強自鎮定地求著。

「你們是誰？我給你們銀子，你們放了我。」

謝翎沒搭理，只是示意了陳福一下。

陳福二話不說，把那人挾在胳膊下面，跟拎小雞仔似的，跟著謝翎往巷子深處走。

那倒楣蛋開始掙扎起來，又被謝翎一拳壓制住了，得到教訓之後，他不敢再亂動，只是痛哼著。

陳福推了一把他的腦袋，壓低聲音道：「知道你得罪了誰嗎？別以為你那些見不得光的事沒人知道，我家少爺不傻！」

倒楣蛋被推得一個踉蹌，腦袋撞到牆上，疼得他眼睛直冒金星，聽了這話，心裡登時打了一個突，他試探著問道：「你、你家少爺是誰？」

陳福冷笑。「你不是和我家少爺關係很好？這都猜不到？」

倒楣蛋嚥了嚥口水，道：「楊、楊曄？」

陳福又是一推，砰的一下，倒楣蛋後腦勺再次撞上了圍牆。

倒楣蛋拚命甩了甩頭，試圖讓自己清醒，緊接著，他驚恐地發現，有一隻手牢牢地按住了他的頭部，令他無法掙扎。

謝翎的臉上沒有一絲表情，他盯著手下蒙著麻袋的人看了一眼，像是要隔著那厚厚的麻袋看清楚那個人的面孔。

他心裡一字一頓地唸著對方的名字——蘇、晗。

唸完之後，手下一用力，只聽砰的一下，那人的腦袋瓜子就被撞上了牆，這一下與陳福之前推的幾下完全不能相提並論，整面牆似乎都為之震動了，可見謝翎用了多大的力道。

謝翎卻毫無所覺，他抓著蘇晗，就像是幾年前的那個深秋雨夜，那個人抓著年僅九歲、手無縛雞之力的阿九，一下、一下地撞擊著堅硬的磚石牆一樣。

一、二、三，直到第四下過後，謝翎停住了手，蘇晗卻像是一條軟了的麵條似的，順著牆滑了下去，咚的一聲倒在地上。

一旁的陳福看得目瞪口呆，張了張嘴，想說點什麼，卻見謝翎轉過臉來看他，他的眼眶通紅，像是想起了什麼難過的事情一般。

陳福認識謝翎這麼久，從來沒有見過他這般模樣，謝翎從來不是無事生非的人，那麼，大概是這人曾經得罪過他，並且得罪得很深了。

陳福閉緊了嘴巴，瞟了瞟地上暈過去的人，低聲問道：「現在怎麼辦？」

謝翎想了想，道：「暫時就這樣吧！」

暫時，也就是說，還沒完。陳福縮了縮脖子，心中揣測，不知這人究竟做了什麼，才能令謝翎記恨至此，嘖嘖，真是可憐。

趁著天色未黑，兩人從容地離開了巷子，臨走前，陳福還不忘把他家的麻袋帶走，徒留昏迷的蘇晗倒在地上。

直到天色黑透，蘇晗才迷迷糊糊地醒轉過來，一動之下，只覺得噁心欲吐，天旋地轉，啪地又摔了回去。

他強忍著頭部的劇痛，想起之前在麻袋裡聽見的話，一時間又氣又恨，一字一頓，狠戾地道：「楊、曄！」

第八章

卻說懸壺堂中，施嫿終於送走了最後一名病人。

林家娘子從後面進來了，身後跟了垂著頭的林寒水，施嫿隨口叫了一聲，林寒水抬頭瞄了她一眼，然後飛快地溜走了，頭也不回，彷彿身後有什麼洪水猛獸在追著他似的。

林不泊連喊幾聲，他也沒搭理，背影很快消失在夜色中，不見蹤影了。林不泊納罕地問道：「他這是怎麼了？」

林家娘子笑起來，道：「你別管他，難得見他臊一回，可笑死我了。」

林不泊眼神疑惑。

林家娘子卻不解釋，只是過來幫忙施嫿收拾藥櫃，低聲道：「嫿兒今年也有十三歲了吧？」

施嫿愣了一下，才答道：「是，伯母，我年底就十三了。」

聞言，林家娘子面上便露出了笑意，向來和善的眼睛彎起，帶出了眼角的幾道紋路，看上去十分可親，她欣慰地道：「是大姑娘了。」

施嫿先是有些懵，很快便反應過來，聽出了她話裡的意思，不由得十分窘迫。

林家娘子見她紅了臉，不禁笑了笑，小姑娘臉嫩，遂又壓低了聲音，問道：「可有相中的？」

施嫿連忙搖頭，窘迫道：「還沒想起這個，伯母……」

於是林家娘子笑得越發高興了，嘴都合不攏，一邊安慰道：「慢慢來、慢慢來，咱們嫿兒要挑個好的！」

就在此時，從旁邊插進來一個聲音。

「挑個好的？挑什麼？」

施嫿嚇了一跳，卻見是謝翎不知何時來了，他站在一邊，面上露出幾分疑惑，顯然是對她們的話題有些興趣。

林家娘子笑咪咪地道：「你個小孩子家家的，以後就懂了！」她說著，頗是愉悅地哼著小調，往後堂忙去了。

幾日無事，這一日，晏商枝忽然找到了謝翎，道：「今日下學了你先別走，叫你看一場好戲。」

謝翎答應下來，想了想，道：「不能太晚了，我還有事。」

晏商枝知道他有什麼事。「成，絕不耽誤你去接你姊姊。」他說著，忽而想起了什麼，笑問：「真是你姊姊啊？」

謝翎頓時警戒起來，看著他道：「怎麼了？」

晏商枝摸著下巴打量他一番，嘖嘖搖頭，調侃道：「這麼殷勤，不知道的人，還以為那是你小媳婦呢！這一天天的，跟點卯似的。」

謝翎面不改色，從容地道：「阿九比我大，自然是姊姊了。」不過，小媳婦聽起來也不錯。

到了下學之後，晏商枝果然來找謝翎了，道：「等會兒行事，聽我安排就好。」

謝翎答應下來，兩人這才往城東去了。

晏商枝看起來雖然是大戶人家出來的，但是他一向獨來獨往，不像蘇晗、楊曄那兩個，有書僮陪著，進出連個筆墨、書包都要人拎，十足的大少爺做派。

少年人腳程快，沒一會兒就到了城東，晏商枝進了一座酒樓，熟練地點了一個雅間，對謝翎道：「你先在裡間等著，好戲馬上就要開鑼了。」

這個雅間裡面還有一個小間，大約是專門提供給客人休息的所在，謝翎依言行事，去了裡間，把小門合上了，聽到外面晏商枝從從容容地點了一桌子菜，沒一會兒，外面進來了一個人。

來人十分驚訝地道：「怎麼是你？」

聲音耳熟得緊，那人竟然是楊曄。

晏商枝笑道：「怎麼不能是我？」

楊曄呵了一聲，不客氣地罵道：「黃鼠狼給雞拜年，安的什麼心思？」

晏商枝卻不惱，只是道：「誰是黃鼠狼？誰是雞？」

楊曄自然不可能回答自己是雞了，憋了一會兒才氣道：「不是蘇晗給我遞的帖子嗎？怎麼是你在這裡？」

晏商枝慢悠悠地道：「這就說來話長了，你要聽嗎？」

楊曄哼了一聲。「我倒要看看，你這張嘴能吹出什麼花來！」

晏商枝笑了。「怎麼這兩日不見你和蘇晗一起了？」

說起這個，楊曄就氣不打一處來。「也不知他跌個跤，是不是把腦子給跌壞了，看見我就繞路走，問他什麼也不說，三棍子打不出一個屁來！誰知道他是不是在哪裡撞了邪？」

聞言，晏商枝卻故作驚訝地道：「咦？可是今日是他遞了帖子給我，邀我在此小聚，態度端的是情真意摯，我這才賞臉來一趟的。」

楊曄聲音狐疑地問：「此話當真？他邀你做什麼？你們不是一向不和嗎？」

晏商枝卻笑出聲來。「我哪裡與他不和？我們在董夫子這裡同窗一年多，連爭執都沒有起過一句，怎麼就不和了？」

楊曄頓時怔了一下，不由得細想，似乎確實如此，蘇晗從未正面與晏商枝爭吵過，最多也就是在他這裡抱怨，於是時間一長，便給了楊曄一種錯覺——蘇晗和晏商枝兩人不對盤。但是反過來細細一想，每次蘇晗抱怨之後，倒是自己與晏商枝都會吵上一架，想到這裡，楊曄的臉色不由得難看起來，正想說什麼，外面忽然傳來了人聲，聲音熟悉無比，正是蘇晗在與酒樓小二說話！

晏商枝提點道：「屏風後面或可躲藏一、二。」

楊曄想也不想，立即閃身躲到了屏風後面。

緊接著，便是蘇晗進了門來，與晏商枝寒暄作揖。「原來晏兄早就來了。」

晏商枝笑咪咪地道：「我下學一般都很準時，走得早，自然來得就早了。蘇兄請坐。」

蘇晗坐下來後，晏商枝替他斟酒，笑道：「不知蘇兄今日邀我來此，有何要事？」

蘇晗笑了一聲，道：「無甚要緊的大事，只是你我同窗這麼久，從不曾聚一聚，實在遺憾。」

聞言，晏商枝便笑道：「說來也是，我們同窗幾個，倒是鮮少有時間小聚，多是聽夫子講學、讀書了。」

蘇晗應道：「正是如此，日後也要時常聚一聚，免得彼此生了嫌隙。同窗之間本應相互提攜，若是因為某些齟齬疏遠了，反倒不好。」

這話不知他是不是和家裡大人學的，一股假惺惺的官腔，晏商枝不由得發笑，但面上還是附和他道：「蘇兄說得有理。」他說著，話鋒一轉，道：「不過某些事情，可不是這麼輕易就能輕輕揭過的，你我是沒有什麼矛盾，可是旁的人就不是這樣了，這一杯酒，吃不吃得下，還是個問題。」這話裡話外指的是誰，彼此都心知肚明。

蘇晗嘆了一口氣，裝模作樣地道：「實不相瞞，我也是看不過去了，今日才邀晏兄到此，有些話，真是不吐不快，也不願再看晏兄被人算計。」

晏商枝頓時一副好奇的模樣。「此話怎講？」

蘇晗心裡一喜，立即倒起苦水來。「楊曄此人，實在是愚鈍魯莽，上一回他在學塾與晏兄爭吵的事情，晏兄可還記得？」

晏商枝自然是記得了。「怎麼？實話說，我到如今也還不清楚，楊曄當時為何找我的麻煩。」

蘇晗一拍桌子，氣憤道：「你不知道，我可知道得清清楚楚！上月底一次小試，他去了一趟留墨齋，回來時形容鬼祟，找到我說，他知道了小試的考題。我當時大驚，考題乃是董夫子出的，他如何能得知？他卻道，他是無意間看到了。」

晏商枝「嗯」了一聲。「後來不知怎麼，考題被傳出去了，叫董夫子知道是楊曄洩漏的題不是嗎？怎麼，這事還與我有干係？」

蘇晗點頭道：「他說，那回從留墨齋看了考題出來後，在路上碰見了你，肯定是你向夫子告的狀！我好說歹說，他也不聽，非要尋你的麻煩，這才有了那一吵。」

晏商枝頓時恍然大悟。「我說怎麼平白無故來找我吵一架，卻是因為此事。說來也巧，他看考題那一日，我確實見到他了，只是我傷了手，沒時間搭理他，哪裡就開了天眼，知道他偷看了考題？」

蘇晗附和道：「正是如此，我說是他多心，他還不服氣，倒把我罵了一通，如今心裡還記恨著你。再過不久，夫子就要帶我們去長清書院講學了，他私下與我說，這回定要讓你去不成，我這才邀晏兄前來，特意告訴你一聲。楊曄此人陰險狡詐，晏兄切莫著了他的道。」

謝翎抱著手臂，靠在裡間的門後，聽得唇角勾起，雙眼發亮，只覺得十分有趣。

而在屏風後面藏著的另外一個人卻忍不住了，衝出去劈頭大罵道：「蘇晗你這個兩面三刀的奸詐小人！」

外間頓時一片混亂。

蘇晗上回被人拿麻袋蒙著揍過一次，傷口到現在還沒完全恢復，走路都是慢吞吞的，如今又被楊曄衝過來揪著打，如何有力氣躲過去，只得以手抱頭，連連躲避。

楊曄揍了蘇晗一頓後，指著他的鼻子，破口大罵道：「狼心狗肺的東西！往日是我瞎了眼！蘇晗，若不是你一再挑撥，我如何會尋晏商枝的麻煩？如今你倒好，反過來做好人，把我推出來！」

原本晏商枝只是裝模作樣地攔了楊曄幾把，壓根兒不想攔他，看熱鬧正看得起勁呢，這會兒慢吞吞地放下手來，故作不解地問道：「兩位師弟，你們這又是唱的哪一齣戲啊？」

楊曄只是冷笑，氣得眉毛倒豎，眼眶都紅了，瞪著蘇晗，向晏商枝道：「你怕是不知道吧？這黑心腸的狗東西，每日在背後與我說你的壞處，不只如此，他連夫子和錢師兄也不放過！上一回被董夫子責罰的那一次，我正是聽了他的挑撥，才誤以為是你向董夫子告狀的！

是我之前瞎了眼，中了他的設計，若不是今日這一齣，我恐怕還要被蒙在鼓裡呢！」末了他又狠狠吐了蘇晗一口。「下作的陰險小人！」

蘇晗被吐了一臉口水，面孔扭曲了一下，伸手抹了一把，這回恁他再蠢，也知道自己被晏商枝算計了。終日打雁，最後卻被雁啄瞎了眼，一朝陰溝裡翻船，真是晦氣極了！

蘇晗鐵青著一張臉，轉身就要往外走，楊曄卻仍舊覺得不解氣，待要衝過去繼續動手，被蘇晗奮力推開，撞到桌子上，他一雙眼睛閃現出怒火和譏嘲，厲聲罵道：「你以為你是什麼好東西？人前一張臉，人後又是一張臉！」

楊曄怒道：「我何時如此作為了？」

蘇晗指著自己腦門上的傷口，表情猙獰，冷冷地道：「這不是你做的？楊曄，平常是我忍著你，今日就攤開了說，你真是蠢得豬狗不如！」

這話一出來，楊曄便瞪圓了眼，氣得欲撲上去，蘇晗卻立即轉身離開，徒留他氣個半死。

鬧了這麼一齣，且晏商枝還站在旁邊，楊曄自然是十分尷尬。之前還口口聲聲說人家是卑鄙小人，沒想到最後真相竟是這樣，楊曄頗有些狼狽，招呼了一聲，便匆匆離開了。

謝翎在裡間聽了這齣好戲，直到外面恢復安靜，他才推門出來，卻見晏商枝拿著筷子已經吃起來了，還十分自然地招呼他。

「來，這一桌酒菜也要七、八兩銀子呢，別浪費了！」

謝翎搖搖頭。

晏商枝忽然一笑，放下筷子，看著他道：「想必這回滿意了？」

謝翎挑了挑眉。「晏兄此話怎講？」

晏商枝笑了一下，繼續拿起筷子。「還想瞞著我？我猜蘇晗頭上的傷口，八成是你打破的吧？」

聽了這話，謝翎絲毫沒有被拆穿的尷尬，從容鎮靜地看著晏商枝，表情一絲波動也沒有，彷彿聽見對方說了一句與他無關的事情似的，眼神都不曾閃爍一下。

晏商枝仔細打量他片刻，這回是真的笑起來了。「我倒真的佩服你了，小小年紀就有這份從容淡定的姿態，想來日後必成大器。」

謝翎斯斯文文地頷首。「多謝晏兄誇獎了。」

晏商枝挾了一筷子菜，笑道：「不想知道我如何猜到的嗎？」

謝翎微微側頭，露出一副願聞其詳的表情。

晏商枝伸出手指點了點他，道：「我也是偶然發現的，在學塾時，你每回見到蘇晗，眼中都會透露出一種輕蔑和譏諷，不太明顯。後來我便注意到了，無論在場有多少人，只要蘇晗在，你的第一眼必然是看向他，這一點或許連你自己都沒有發現。」晏商枝說著，對謝翎道：「原本我只以為你們兩人相識，但是看蘇晗的反應，又不像是認識你，人的眼睛是不會騙人的，所以我想，或許他曾經得罪過你，但是早已忘記了。後來你特意來找我，說蘇晗和楊曄在藏書樓籌劃的事情，你的眼中明明白白地寫著『看熱鬧』三個字，那時我便猜到了，你說不定要做點什麼。」他說到這裡，便笑了。「果不其然，第二天蘇晗便連請了幾天假，直到這兩日才來學塾。實話說，你當天是不是動手了？」

謝翎沒有回答，反而若有所思。「所以，你今日才特意找我，讓我看這一齣好戲？」

晏商枝笑道：「沒錯。怎麼樣？看得還盡興嗎？」

謝翎很乾脆地點點頭。「你說得不錯，我確實與蘇晗有仇。」

晏商枝好奇地問道：「什麼仇？」

謝翎沈默片刻，才道：「不可解的深仇。」

他不想說，晏商枝也識趣地不再追問。

謝翎看了看天色，朝他頷首，道：「不早了，我還得去城北，就先走了，多謝晏兄，我今日真是高興得很。」

晏商枝笑著擺了擺手，目送謝翎離開雅間，目光中露出幾分深色。直到最後，謝翎也沒有承認，蘇晗的傷是他做的；即便晏商枝猜中了，他也是一副泰山崩於前而面不改色的姿態，沈著冷靜得簡直不像是這個年紀的孩子，這樣的人物……

城北懸壺堂。

因今日施嫿跟著林不泊出診去了，很晚才回來，林家娘子便留謝翎用飯。

入座的時候，林家娘子忽然扯了林寒水一把，衝對面揚了揚下巴。「去那邊坐。」

林寒水又是無奈，又是好笑。「娘，坐哪兒不都一樣嗎？」

林家娘子推了他一把，嗔怪道：「讓你去你就去！」

謝翎看了看他，又看了看林家娘子，似乎明白了什麼。他們吃飯時，座位都是已經習慣了的，林老爺子坐上首，一左一右分別是林家娘子和林不泊，接下來才是林寒水、施嫿和謝翎三人，林寒水原本是跟林不泊緊挨著坐的，林家娘子這一趕，林寒水就被趕到了施嫿旁邊。

等他坐定了，林家娘子面上不由得露出欣慰的笑來，倒是林寒水的動作帶著幾分彆扭之意。

謝翎若有所思地觀察著，細細地咀嚼著每個人的細微動作，像是察覺到了什麼似的。

用完晚飯，謝翎和施嫿三人依舊幫忙收拾碗筷，這是他們一直以來的習慣，且分工明確，謝翎遞碗，施嫿洗好，林寒水幫忙過水。

正當他們忙活的時候，林家娘子忽然進後廚來，對謝翎笑道：「爺爺叫你去陪他下棋呢！」

謝翎的動作頓了一下，他看了看正在洗碗的施嫿，又看了一眼打水的林寒水，然後擦了手，起身離開後廚。

林家娘子探頭看了一眼，拍了下林寒水的肩，這才離開後廚。還沒出去，就見謝翎又回來了，不由得驚訝道：「怎麼了？不是要下棋嗎？」

謝翎笑著道：「今天太晚了，一盤棋得下小半個時辰，爺爺也睏了，索性明天再來陪他老人家下。」他說完，不等林家娘子說話，便一頭又鑽進了後廚。

林家娘子張了張口，心裡嘆了一口氣。這麼短的時間，她那傻兒子估計又沒跟嬸兒搭上幾句話吧？真是愁死她了。

眼看天色不早了，施嫿帶著謝翎向林家娘子告別，這才離開了醫館，往城西走去。照常是謝翎提著燈籠，兩人踏著清冷的月光，影子在地上拖得長長的，一高一矮，一個挺拔，一個纖細，肩並肩挨著走。

謝翎看著那兩道影子，原本心中的鬱結這才慢慢地散去。

又過了一些日子，天氣漸漸炎熱起來，學塾中蟬鳴聲聲躁動，有一個意想不到的人找上了謝翎，謝翎聽了來人的話，十分意外地道：「您要收我做學生？」

董夫子點點頭，道：「我看過你之前兩次小試做的文章，於你這個年紀的學生來說，雖說已是十分不錯了，但是某些地方還欠缺了點，這才起了念頭，不知你願不願意？」

董夫子是學塾裡最好的夫子，倒不是說其他夫子不如他，而是董夫子手裡教出來的學生，有不少都考中了功名，衝著這個緣由，不知有多少學生願意跟著董夫子，甚至有傳言，說是一旦做了董夫子的學生，就等於科舉成功了一小半。

謝翎雖然不大相信，但是既然對方親自找了過來，他自然是樂意的。

他拱了拱手，語氣中帶著幾分恰到好處的喜意，深深一揖道：「學生願意。」

董夫子捋著鬍鬚，滿意地點點頭。「既然如此，你來，我帶你去認一認你的幾個師兄。」他一邊走，一邊道：「不過我話說在前面，我教學與別的夫子不同，你來跟我學，像四書五經這些，我等閒是不講的，你要自己先看，實在不懂的，就去問你幾個師兄。」

謝翎點頭，應答道：「學生知道了。」

董夫子的書齋在後院，距離藏書樓不遠，是一座獨棟的兩層小院子，門廊上掛著青色的紗，門額上有一道牌匾，看上去年頭十分久遠了，上書「淵泉齋」三個大字，字跡古樸。

窗下有一張書案，伏著一個人，臉上蓋著書，遮擋住屋外明亮的天光，睡得正香。

董夫子見了，不由得咳嗽一聲，沈聲道：「商枝。」那人沒動靜，依舊睡得熟，董夫子不由得皺起眉來。

這時，從旁邊的書架後走出來一個人，是個中等身材的青年，看起來有些瘦弱，他見了董夫子，連忙推了推那熟睡的人，低聲喚道：「師弟，醒醒！」

那人直起身來，打了一個長長的呵欠，書本啪地一聲掉到桌上。

董夫子重重地哼了一聲。

晏商枝頓時一個激靈，拾起書轉過來，陪笑道：「見過夫子。」

董夫子沒好氣地道：「楊曄呢？」

晏商枝笑道：「我如何知道？我一來就在這兒睡著了呢！」

於是董夫子的臉色越發不好看了。

倒是之前那名青年開口解釋道：「楊師弟他上午說腹痛，回家去了，讓我與夫子告一聲假。」

董夫子這才點點頭，叫來謝翎，道：「這是我新收的學生，是你們的師弟，名叫謝翎，你們日後多照顧些。」他說著，又對謝翎道：「這兩個，一個是錢瑞，字敏行，你的大師兄；另一個叫晏商枝，是你二師兄；還有一個楊曄，回家去了，明日你便能看見他了；你三師兄蘇晗……」董夫子頓了一下，道：「罷了，他日後不來了，算不上是你師兄，就這樣吧！你若有哪裡不懂的，只管問這幾個師兄便是。」董夫子叮囑謝翎道：「多看看書，過幾日，我帶你們去長清書院講學，到時候要你上去給書院的學生們講東西的，你要講不出來，丟臉的可不是我。」

他說完這句，便甩手走了，徒留謝翎站在原地，默默無語。

等董夫子走後，晏商枝便笑了起來，拍了拍謝翎的肩，鼓勵道：「夫子對你寄予厚望啊，可萬萬不要辜負了他老人家的一番心意！謝師弟！」

自此以後，謝翎便開始跟著董夫子讀書，直到後來，他才知道董夫子的身分。董夫子名諱董緒，字仲成，他十六歲便考取了狀元，後出任江州知府、徐州巡撫，為官清正有為，曾為當今聖上講學，年紀大了之後，便乞骸骨（注）回到了蘇陽，在這家小小的學塾中教學。

這些都是現在的謝翎所不知道的，他正忙著看書，準備跟董夫子一同去長清書院。董夫子走時也沒說究竟要看哪些書，還是晏商枝和錢瑞指點了一番，謝翎這才有了方向，心中稍微安定下來。

儘管如此，謝翎下學還是很早，一到時間便走，只是走時帶了不少書，準備晚上挑燈奮戰。

錢瑞作為大師兄，是幾個學生中最為勤奮的，看書很仔細，也很專注，直到謝翎起身時，帶動了桌椅，他才回過神來，道：「要回去了？」

謝翎答應一聲。一旁的晏商枝笑咪咪地轉過頭來，調侃道：「他要接小媳婦去了，日日點卯，晚不得！」

謝翎看了他一眼。

倒是錢瑞愣了一下，而後憨厚地笑道：「那快去吧，莫誤了時辰。」

謝翎點點頭，向兩人道別，離開學塾。等到了門口，又見到一抹紅色的身影，正是晏商枝的表妹陳明雪，少女半靠坐在馬車上，手裡拎著馬鞭，嘟著嘴，馬鞭甩來甩去，無聊得很。謝翎想了想，決定坑他的二師兄一把，便走上前去，對陳明雪道：「陳姑娘。」

陳明雪轉過頭來，打量他一眼。「我認得你，你和我表哥關係似乎頗好，他也下學了

注：乞骸骨，意為乞求使骸骨歸葬故鄉，乃古代官吏因年老自請退職，回老家安度晚年的一種說法。

嗎？」

謝翎笑笑，提點道：「半炷香之後，晏師兄會從後門走。」

陳明雪雙眼頓時一亮，笑了起來，從馬車上下來。「多謝你了！」

謝翎含蓄地笑道：「不客氣。」

陳明雪不等他說完，拎著裙襬就往學塾後門的方向跑。

小廝「哎呀」一聲，趕緊撒腿追了上去，遠遠還能聽見他的叫聲。

「表小姐，您慢著些跑啊！」

謝翎到了懸壺堂時，施嫿不在，他也不著急，到了燈下，拿出書來一邊看，一邊等，這一看便是半個多時辰，直到門外傳來人聲，隱約是林寒水和林不泊說話的聲音，謝翎立即放下書本，站起身來。

沒一會兒，林不泊進來了，身後跟著林寒水，兩人在討論方才病人的病情。

謝翎探頭看了一眼，沒見到施嫿，忍不住問了一句。「阿九呢？」

林不泊正在放藥箱，聞言便道：「阿九不是先回來了嗎？」

謝翎輕輕皺了一下眉，道：「沒有，爺爺說阿九之前與你們一同出診去了。」

林不泊停下動作，與林寒水對視了一眼。

林寒水道：「治病的時候，缺了一盒金針，嫿兒說她回來取，我們便讓她先回來了，後來一直不見她來，我們還以為……」
一旁的林老爺子沈聲道：「嫿兒是回來過，但是她拿了金針就出門去了。」
幾人的面色立刻變得不好看。
謝翎的眉頭狠狠皺著，他心裡頓時出現了一種不好的預感，問林老爺子道：「爺爺，阿九是什麼時候出去的？」
林老爺子想了想，肯定地道：「在你來的前一刻鐘。」
現在都過去近一個時辰了！謝翎咬著牙問林寒水道：「你們是在哪戶人家出診？」
林寒水立即說：「是城南蘇府。」
謝翎頓時一震，整個人打了一個哆嗦，手裡的書都掉了下去。他二話不說，猛地拔腿朝門外奔去，把林家人都嚇了一跳。
林不泊反應過來，扯了一把林寒水。「走！」

夜已經黑透了，從遠處傳來蟲鳴之聲，一聲長，一聲短，顯得空氣靜謐。施嫿微微弓著身，從窗戶的縫隙往外看去，一片漆黑，什麼也看不清楚。
她現在被困在這個屋子裡，已經有小半個時辰了。說來也是施嫿倒楣，她原本隨著林不泊出診，聽到是來蘇府時還猶豫了一下，不過她離開蘇府已有三、四年了，恐怕蘇府的人都已記不得她，是以並不覺得有什麼。

這回病的是蘇府的老太爺，需要用到針灸之術，林不泊一翻找，才發現金針沒有帶過來，施嫿便提出回去拿。原本一切順利，等到了蘇府之後，她步伐匆忙，不防與一個人撞了滿懷。

那人一個踉蹌，跌坐在地，施嫿一驚，連忙過去扶他，才至近前，一股濃重的酒氣撲面而來，她覺得有些不對，立即後退。

但是此時已經晚了，一隻滾燙的大手捏住她的手臂，令她不得掙脫。

那人道：「抬起頭來，讓本少爺看看。」他說著，另一隻手握住了施嫿的手，不住地摩挲，嘴裡道：「這手倒是白嫩，是個美人胚子的樣兒。」

施嫿心中厭惡至極，她用力掙了一下，試圖掙脫那人的桎梏，口中冷靜地道：「這位公子，小女乃是應邀前來為貴府老太爺治病的，還請公子放開小女，莫誤了醫治的時機。」

那男子呵地一聲笑了。「老太爺？一把年紀了，死了倒好，治什麼治？來，低頭做什麼？讓本少爺看看妳的臉。」

施嫿心中一緊，迅速撇過頭去，但是那滾燙的手指已經摸上了她的臉，用力地抬起，迫使她露出了正臉，同時，施嫿也看清楚了那人的面孔。

那是個二十來歲的男子，膚色分外白皙，面孔上泛著不正常的紅，呼吸中盡是令人不適的酒氣，他穿著鬆鬆散散的衣袍，半袒著胸膛，捏著施嫿下頷的手指滾燙無比，像是烙鐵一般。施嫿撇開臉。

那男子笑道：「果然沒錯，是個小美人胚子！」他抓住施嫿站起身來，口中道：「來，本少爺疼妳，伺候得好了，回頭本少爺收妳做個通房。」

施嫿用力掙扎起來，壓抑著怒氣道：「公子自重！小女乃是醫者，並非府上的丫鬟、婢女！」

男子充耳不聞，拖著她便往旁邊的屋子走。施嫿如今只是一個十三歲的少女，如何能與一個成年人較量？

那人拖著她撞進了屋裡，他衣服原本就穿得鬆垮，隨手一扯，就脫了大半，露出赤裸的上身來。

施嫿警戒地盯著他，扣緊了腰間的金針，只待他撲上前來，便是拚了命，也要將這針扎進去！

正當那男子要撲上來的時候，門外忽然傳來一道呼喚聲。

「表少爺？表少爺可在？」

被攪了興致的男子十分不悅，他不耐煩地吼道：「做什麼？表少爺正忙著呢！」

門外那聲音似乎有些怕他，唯唯諾諾地小聲道：「可是、可是夫人讓小的請您過去。」

聞言，男子似乎想起什麼事情，勉強將面上的怒氣壓了下去，不甘心地看了施嫿一眼，將地上散落的衣袍撈起來，草草披上，走出門去。

施嫿心中微微一鬆，待要跟出去，卻聽那男子向僕從吩咐道——

「把這門鎖上，別讓裡面的人跑了！」

「是，小的知道了！」

那人腳步聲漸遠，施嫿心裡一急，立即去推門，哪知根本推不開，門口隱約有鎖釦的聲音傳來，外面有人正在上鎖！

施嫿放軟了聲音，向那人好聲好氣地道：「這位大哥，我不是你們府裡面的丫鬟，是來替你們老太爺治病的，你能否放了我？」

那人顯然也沒想到，裡面關著的竟然不是蘇府裡的丫鬟，他猶豫了一下，最後仍舊拒絕了。「不、不成，表少爺吩咐了，若是放了妳，到時候我就要挨一頓打了，不成、不成！」

施嫿急了。「你聽不懂嗎？我是來替你們老太爺治病的，若耽誤了病情，到時候你擔待得起嗎？」

那人警戒地道：「妳莫拿話哄我，我才從老太爺那邊的院子過來，已經有大夫在治病了；再說，妳一個女孩，怎麼是大夫了？」他說著，還反過來勸施嫿。「妳就老實待著吧，跟了咱們表少爺，定然不會吃虧。」

施嫿剛剛拍了一會兒門，也不見有人過來，只能強自冷靜，轉而觀察起這個屋子。這就是一間很普通的屋子，像是用來臨時休息的，當中放著一座大屏風，上面繡著精緻的山水圖，待繞過屏風，後面有一扇窗，窗下放著一張竹榻。

施嫿心中一動，忙上前撥開窗栓，一推，紋絲不動。這窗竟然在外面還上了一道栓，她頗有些失望。

在屋子裡轉悠了一圈，施嫿腳下似乎踩到了什麼東西，她退開一步，低頭看去，只見地上有一個小紙包，不大，摺成了三角的形狀，紙包表面描繪著精緻的紋路，一看就不是尋常人用的。

施嫿彎腰將那紙包拾起來，打開一看，裡面只有一撮深灰色的粉末，磨得很細，看上去十分普通，就好像是刮下來的牆灰。

但是，牆灰為什麼要用紙這麼妥貼地包起來？

施嫿心中略微泛起疑惑，忍不住湊上去，輕輕嗅了一下那粉末，之後便皺起眉來，待分辨出那是什麼東西，再一回想那「表少爺」方才的情狀，不由得恍然大悟。

若非施嫿在懸壺堂跟著學醫，此刻恐怕也認不出這紙包裡的粉末。古代有一種方子，名叫五石散，又名寒食散，這寒食散名頭很大，上輩子施嫿也有所耳聞，聽說食之能使人神明開朗，體力轉強，氣質風流，頗受京師的文人雅士們追捧。

方才那「表少爺」一番情狀作態，分明是剛剛食了寒食散的模樣。施嫿盯著紙上的粉末，沈思了半天，一個計劃慢慢地在腦中形成。

沒過多久，天色漸漸地黑了，夜色中傳來蟲子長一聲、短一聲的鳴叫，這屋子裡沒有點燈，漆黑一片。外面傳來一陣腳步聲，施嫿頓時精神一振，將紙包藏入衣袖內，在桌邊坐定。門口浮現出昏黃的燭光，同時傳來鎖匙開鎖的動靜，之前那個僕從的聲音傳來。

「表少爺，請。」

男子道：「人鬧了沒？」

僕從恭敬地答道：「鬧了一會兒，小的勸了幾句，她便作罷了，估計是想通了。」

表少爺似乎十分高興。「不錯，挺機靈的，回頭去找管事領賞！」

僕從語氣裡帶著喜色。「多謝表少爺！」

門打開了，一個男子手中持著燭臺，走了進來，他的目光落在施嫿身上，令人不適，彷彿一條黏膩的舌頭，讓施嫿心中幾欲作嘔，但是掐著手指，強行令自己冷靜下來。

她坐在桌邊，垂頭不語，一副認命的姿態。

表少爺很是滿意，合上門走過去，把燭臺放在施嫿身旁的桌上，一邊解開衣袍，一邊道：「想通了？」

施嫿抬起頭來，暖黃的燭光映在她的側臉上，透出幾分如羊脂玉的光澤，眉目清麗，帶著幾分豔色，那表少爺見了，不由得呼吸都停滯了一瞬。

片刻後，他才回過神來，笑道：「都說燈下看美人，越看越好看，果然不錯。」他說完，輕佻地摸了一把施嫿的臉，著迷地道：「是個小美人，本少爺今日走了大運！」

施嫿心中嫌惡無比，但面上卻半分不顯，反而眨了眨眼，露出幾分少女的羞澀來，彷彿十分嬌羞一般，垂下了頭。

這動作顯然取悅了那表少爺，他滿意極了。「看來是真的想通了！小美人，來，以後跟著爺，伺候好了，要什麼、有什麼，就是天上的星星，爺都能給妳摘來！」他說著，又摸了摸施嫿的臉。

施嫿紅著臉，看似羞澀地低著頭，實則心裡恨不得拿金針把那隻手給戳上十幾二十個洞！她略微撇開頭，嗅了一聲。「表少爺。」少女聲音嬌軟地道：「小女如今想通了，願意跟著表少爺，那，表少爺願不願意憐惜小女幾分？」

表少爺聽了這話，頓時一顆心都酥麻了，一迭連聲地道：「好、好，妳說什麼都好！」他說完，拉著施嫿就要往榻上去。

施嫿掙了一下，抿著唇笑了，語氣怯生生地道：「小女未經人事，有、有些害怕，聽說酒能助興，表少爺能拿些酒來嗎？」

表少爺眼睛一亮，滿口應好。「自然、自然！小美人稍等片刻！」他說著，揚聲吩咐門外的僕從。「去取一壺好酒來！」

那僕從應聲去了。

表少爺著急地拉著施嫿，又要往榻上滾去。

施嫿怎麼能從？她反過來拽住那表少爺，道：「酒還未到，小女先唱幾個曲兒給您聽聽？」

表少爺驚喜地道：「妳還會唱曲兒？看來本少爺可真是撿到寶貝了！」

施嬙心裡冷笑。你可不就是撿到寶貝了？等會兒這寶貝就給你點顏色看！

雖然如此想，但戲還是要演的。

施嬙唱了幾支小曲兒後，那僕從便拿了酒來，表少爺揮手讓他出去。

施嬙卻望向他，躊躇地道：「那人還守在外面嗎？我、我害怕。」

於是表少爺便讓那僕從麻溜地滾遠了，還吩咐道，無論聽到什麼聲音都不要過來。

施嬙一摸那酒壺，酒是溫的，她頓時心知肚明。食寒食散的人，行散之時，要吃冷食、飲熱酒，將體內的躁熱散去方可。

她表面上不動聲色，斟了兩杯酒放涼，藉著衣袖的遮擋，將之前拾到的小紙包扔在桌上，果然，那表少爺見了，笑著拿了起來。

「我還道丟了呢，原來是落在了這裡！」

施嬙故作好奇地問道：「這是什麼？」

表少爺露出一個神秘的笑容。「小美人，這可是好東西。」他說著，將紙包打開，露出深灰色的粉末，湊過去深深地吸了一口，然後將那粉末吃下去了。

施嬙在一旁冷眼看著，只見他原本蒼白的面孔，迅速浮起了一層緋紅。

這是寒食散起效用了。

寒食散有強烈的催情之效，大概這表少爺是想等會兒成好事的時候，大展一番雄風。

施嬙將手邊斟好的酒送過去，甜言軟語地道：「公子，喝些酒吧！」

表少爺被這一聲柔中帶媚的公子喊得，半邊身子都酥麻了，壓根兒分不清東南西北，接過那酒便一口飲下。

施嫿見了，索性又把剩下的那杯也遞過去，口中稱讚道：「公子好酒量，可還能飲？」

表少爺一張臉通紅，眼睛閃閃發亮，又一杯酒下去後，臉紅得嚇人，他扔了杯子，就要來抓施嫿，口中調笑道：「小美人，良宵苦短，喝兩杯就罷了，還是先做正事要緊！」

施嫿往後躲開他。「公子急什麼？小女如今已是公子的人了，難道還著急這一時半刻嗎？」

表少爺踉蹌起身，笑著來抓她。「妳不急，本少爺著急！小美人莫跑，來讓本少爺親一個！」

施嫿忽然道：「公子聽見了聲音沒？」

表少爺一個愣神兒。「什麼聲音？」

「外面有人在叫喊，公子且等一等，我去看看是怎麼回事。」她說完，飛快地退到屏風後面。

表少爺自然不依，急急忙忙地追過來，口中喊道：「小美人，妳莫跑！管他什麼聲音，無人敢過來打攪……」他話未說完，施嫿伸出一條腿，表少爺一時不防，冷不丁被絆倒在地。他才服了寒食散，又飲了冷酒，暈乎乎的，咚的一聲，便不省人事了。

施嫿再不逗留，開門走了出去，外面是一片漆黑的夜色，卻令她安心無比。

她長長地吐出一口氣來，恢復了鎮靜，沿著記憶中的路線往外走，只是天色太暗，蘇府又很大，裡面錯綜複雜，她轉了兩圈，也沒有找到出去的路，心裡不由得著急起來。

卻說謝翎離開了懸壺堂後，就直奔城南蘇府，等他到了蘇府大門前時，先壓抑住滿心的焦躁，冷靜下來，深深吸了一口氣，儘量使自己的表情如常，這才走上前去，敲了敲蘇府的大門。

不多時，門房過來開門了，依舊是隔著門縫。

門房往外面看了一眼，問道：「誰？」

謝翎斯文地拱了拱手，道：「這位大哥叨擾了，我是蘇少爺的同窗，找他有要事，煩勞您幫忙通報一聲。」

那門房聽了，上下打量他一番，見他年紀雖然不大，但是行為舉止斯文有禮，又是一副讀書人的打扮，不由得信了大半，打開門來。「既然如此，你先進來，我去替你通報。」

謝翎一揖。「有勞了。」

門房讓他進門之後，道：「你在這裡候著，我去通稟一聲，千萬不要亂跑。」

「我知道了，多謝。」

眼看那門房提著一盞燈籠，消失在拐角處，謝翎抬腳便走。他記性好，即便是隔了這麼多年，仍然記得蘇府中的建築布局，一路上竟然十分順利。

謝翎左右張望著，聽見前方傳來腳步聲，伴隨著昏黃的燈籠光亮慢慢照過來，他一個閃身立即躲入廊柱後，緊接著，一個小丫鬟提著燈籠走過來了。

謝翎箭步上前，趁其不注意，一把緊緊摀住對方的嘴，低聲道：「別動！」

那小丫鬟正欲尖聲驚叫，燈籠脫手掉落，啪的一聲，燭火滅了。

謝翎一個用力，手掌如同鐵鉗一般，牢牢地摀住她，與此同時，壓低聲音在她耳邊威脅道：「妳若是敢叫喊，我就殺了妳！」

那小丫鬟嚇了一跳，察覺到腰後有一個尖銳的東西頂著她，即便是隔著薄薄的衣裳，也能感覺其傳來的冰冷寒意。她的額上漸漸滲出汗來，一顆心怦怦直跳，整個人禁不住顫抖起來。

謝翎見她如此，輕聲道：「抱歉，我無意傷妳，只是想問點事情罷了，妳若不叫喊，我就將妳放開。」

小丫鬟連連點頭，嘴裡發出輕微的嗚嗚聲音。

謝翎放開手之前，還不忘低聲威脅道：「但妳要是叫一聲，人來的速度，可沒有我的刀快，明白了嗎？」

得到了肯定的答案之後，謝翎這才鬆開了那丫鬟，只是他左手的刀仍未收起，半張著手，寬大的袖子將匕首遮住了大半，若有不知情的人從正面看過來，還以為他正親密地摟著那小丫鬟的腰身一般，狀若情人。

謝翎輕聲問道：「今日是不是有大夫來府裡看診？」

小丫鬟的聲音有點哆嗦，她很是恐懼，小聲地回答道：「是、是請了大夫來，下午時候，老太爺的身子不太舒爽。」

謝翎繼續問：「有一個年紀不大的女孩，和妳差不多大，與大夫一起來的，妳可見過她？」

「沒有，沒見過。」小丫鬟吶吶地解釋道：「我不在老太爺那邊伺候。」

謝翎心裡一沈，很快便冷靜地問道：「去老太爺的院子，怎麼走？」

小丫鬟抖著聲音道：「我、我帶你去，你莫殺我。」

謝翎轉頭看她，清冷的月光透過廊下的枝葉，灑落在他眉間，大半的面孔隱在黑暗中，他的表情冰冷無比，眼珠亮得驚人，那神態，像極了一頭覓食的狼，冷酷且極度危險。

他冷冷地道：「妳若安分，我不殺妳。」

「好、好，我聽話。」

花園的小徑旁放著精緻的八角燈檯，散發出朦朧的光，彷彿罩了一層輕紗，只能照亮周圍一圈景物。

小徑上走過來兩人，一高一矮，是一個少年和一個十二、三歲的小丫鬟，他左手虛虛地張開，摟在小丫鬟的腰後，彷彿生怕她摔倒了一般。

若是走得極近，便能聽到他們壓低的交談聲。

小丫鬟聲音有些緊張地道：「前面再過去，就是後花園了，過了垂花門往右走，是老太爺住的地方。」

謝翎四下掃視一番，問道：「這裡還有岔路嗎？」

小丫鬟答道：「有、有一條通到書齋的路。」

「過去看看。」

小丫鬟應下，帶著謝翎往那岔路上走，就在此時，後面傳來人聲，謝翎一把扯住那小丫鬟，背對著蔥蘢的花木，靠邊站著。

幾個人很快地走過來了，有人見了他們，便問道：「珠兒，看到表少爺沒有？」

那名叫珠兒的丫鬟張了張口，還未說話，便感覺到腰間被尖銳物事不輕不重地碰了一下，她吞了吞口水，答道：「沒有，沒見到表少爺，可是在書齋？」

「我們幾個正要過去看呢！」

珠兒的聲音有點緊繃地道：「哦、哦，那、那你們去吧！」

等那幾人走後，謝翎才低聲道：「跟上去。」

珠兒連忙走了幾步，過了一會兒，她壯著膽子小聲地問道：「你、你在找人嗎？」

「嗯。」謝翎道：「我姊姊隨著大夫來你們府裡出診，卻遲遲未歸。」

珠兒吞了吞口水，道：「或許、或許她已經離開了呢！」

謝翎偏頭看了她一眼，表情近乎冷漠。「我姊姊行事向來縝密妥貼，若無意外，絕不可能無故晚歸。」

那一眼看過來，簡直就如開了刃的刀子一般，令人心驚肉跳，珠兒被嚇了一跳，害怕地看著少年清俊的面孔。在昏黃的燈籠光線下，那張臉顯得十分孤寂而冷漠，不知怎麼地，她心中突然有些憐憫起他來。

珠兒想，若是真的能找到他的姊姊就好了，這麼想著，她便低聲道：「你把刀子收起來吧，我不會跑的。書齋那邊人多，若是叫他們看見了，會抓住你的。」

謝翎聞言，驚詫地看了她一眼，猶豫一瞬後，真的把匕首收了起來。「多謝。」

很快地，書齋就到了。前方傳來一陣喧譁，彷彿有人聲在叫喊一般，嘈雜無比。

謝翎眼皮一跳，對珠兒道：「過去。」

兩人藉著夜色的掩映，靠了過去，只見前方有一座小院，燈火通明，萬頭攢動，鬧烘烘的。

有人喊叫道：「表少爺不好了！快請大夫來！」

「已經去請了！」

「快報老爺和夫人！」

謝翎看了一眼，輕推了珠兒一把。「煩勞妳去問問。」

珠兒整了整衣衫，瘦小的身影很快便鑽進了院子裡。沒多久，她便出來了，臉色有些蒼白，四下張望，對謝翎飛快地道：「我問了人，下午的時候，有一個年紀不大的女孩被表少爺帶來這裡了，聽那模樣、形容，確實像你姊姊。」

謝翎一驚。「她人呢？」

珠兒搖搖頭，神色有些慌亂。「沒見到她，除了跟著表少爺的那個小廝，沒人見過她，想來是跑了。」珠兒勸道：「表少爺行散時出了事，現在院子裡面一團亂，你快跑吧，等老爺和夫人過來，恐怕就走不了了。」

謝翎搖頭道：「我得找到阿九。」

「你姊姊或許已經離開了。」

謝翎不為所動，只是道：「沒找到阿九之前，我不會離開的。」

珠兒見他執意不走，無奈之下，問道：「你要去哪裡找？蘇府這麼大，她若是躲起來了，如何能找到？」

謝翎不答，只是沈吟著，片刻後才道：「從這裡往側門方向，怎麼去？」

珠兒聽他問起這個，以為他改變主意要走了，心裡鬆了一口氣，忙道：「你來，我帶你過去。」

「多謝。」

夜色越來越深，所幸天上的月色未被遮掩，施嫿照著之前的印象，往蘇府的側門走去，走了許久，腿都痠了。她沒有照明的東西，一路上黑燈瞎火地摸索著，跌倒好幾次，才總算是找到了。

側門有人守著，施孊看著那晦暗的燭光，有些猶豫。就在此時，後面傳來了腳步聲，一前一後快步走來，她連忙躲入了花木後，將身子遮掩起來。

緊接著，一個少女的聲音輕輕傳來。

「這就是側門了，我帶你出去，你記得別開口說話。」

空氣靜默了片刻，施孊清晰地聽見了一個耳熟至極的少年聲音響起。

「不了，不是這個側門，換一個。」

施孊心頭大震，是謝翎！

一聽謝翎不肯走，珠兒不由得有些急了，之前說得好好地，要找側門，怎麼到了這裡又不肯走了？哪個側門出去不是一樣嗎？

謝翎卻堅持地道：「阿九沒有來這個側門，換一個。」

聽了這話，珠兒這才明白，原來這人竟然還在找他的姊姊！

她張了張口，還沒來得及說話，便聽見身側的花木後傳來一個壓低的少女聲音，輕微，卻十分悅耳。

「謝翎！」

謝翎的耳朵聽到這個聲音，他猛地轉過身去。「阿九！」

珠兒聽出了他語氣中極力壓抑的激動和喜悅，與之前的冷靜、冷漠判若兩人。

緊接著，花木叢中有窸窸窣窣的輕微聲音響起，一道纖細的身影從花木之後走了出來，銀色的月光灑落，照在了她的身上，彷彿給她整個人打上了一層濛濛的薄光。

待看清楚那少女的面孔時，珠兒有些驚嘆，即便是現在光線不好，她也能看得出那少女生得極美，眉若遠山翠黛，眼波似桃花瀲灩，雙眼漆黑如墨，下頷尖尖的，別致精巧，月光將她的膚色照得通透，好似白玉一般，彷彿工匠傾盡畢生精力雕琢而成，極其漂亮。

緊接著，她便看見身邊的少年一步上前，將那名叫阿九的少女攬入懷中，緊緊擁住，力道大得他的手背都有青筋浮現出來。

他將下頷抵在少女如烏墨堆疊的青絲上，長長舒了一口氣，這一刻，他像是懷抱著失而復得的畢生珍寶。

少女先是微微一愣，然後才伸出蔥白的纖手，輕輕在他的肩背上拍了拍，一下一下，彷彿是在安撫因為離開了主人而顯得有些惶恐不安的小貓、小狗。

夜色寂靜無比，連蟲鳴聲都變得模糊遙遠，他們雖然沒有說話，但是兩人之間就像是有一種別樣的默契和氛圍，任何人都無法介入，甚至覺得出聲打擾都會是一種唐突。

珠兒略微退開了一步，望著那兩人，不知為何，她心頭浮現出幾許黯然，就像是有一日見到了一樣極其喜愛的東西，可是後來卻發現，那東西是鄰家的，與她沒有一絲一毫的關係。

施嫿安撫住謝翎之後，這才將目光轉向旁邊做小丫鬟打扮的少女，疑惑地問道：「她是誰？」

謝翎鬆開她，藏在鬢髮的耳根仍悄悄地紅著，無人發覺，指尖和臂彎還殘留著方才的軟香及溫熱，他略微咳嗽一聲，向施嬸解釋道：「阿九，這是珠兒，我能找到這裡來，還要多虧了她的幫忙。」

至於詳細的經過，謝翎並不打算多說，他怕阿九聽了擔心，他也不想告訴阿九，當時他是用了什麼辦法讓珠兒同意帶路的。

珠兒微微垂著頭，聽著那人的聲音，心裡卻不自主地想道：原來他記得我的名字，原來他說話時，並不總是那般地冷漠，帶著情緒的音色很好聽，有一種少年特有的清朗，讓人聽了便覺得心中舒暢。

珠兒在心裡唸了一遍那個名字，一字一句：謝、翎。

「珠兒，謝謝妳。」

回過神來，珠兒聽見那個叫阿九的少女叫了她的名字，少女看過來時，眼睛就像是暗夜中的黑色珍珠，盛滿了銀亮的月光，美極了，波光瀲灩。

珠兒搖搖頭，她頓了好一會兒，才想起自己應該要說什麼，囁嚅著小聲道：「你們現在……我、我先帶你們出去，等會兒你們不要說話，只管跟著我來。」

聽了這話，謝翎轉頭看著她，神態不復之前的冰冷，語氣誠懇地道：「多謝。」

他的聲音與之前的冷漠截然不同，很好聽。珠兒漫無邊際地想著，飛快地對他笑了一下，然後轉身率先往側門的方向走去。

謝翎和施嫿兩人一路跟在她身後，很快地，前面昏黃的光線越來越亮，一盞不大的燈籠掛在牆上，下面坐著一個中年男子，那是門房。

門房對珠兒道：「怎麼這麼晚了還出去？哪個院子的？」

珠兒連忙擺了擺手，道：「劉叔，我不出去，我是來送人出去的。」

那被叫做劉叔的中年男子疑惑地看了施嫿和謝翎一眼，皺起眉來，慢慢地道：「這兩人，看起來不是咱們府裡的啊？」

珠兒勉強維持住面上的表情不變，強自鎮定地笑了一下，解釋道：「確實不是。劉叔，他們是今兒下午來給老太爺看病的，這兩人是大夫的學徒，大夫走後，發現有東西落在這兒了，因此著他們來拿。」說到這裡，珠兒略微偏了偏頭示意。

施嫿見了，便拿出金針布包來，態度十分從容，攤開給那人看，布包上還繡著「懸壺堂」三個字。

那劉叔見了之後才相信，沒再細想，只是擺了擺手。「行了，你們走吧！」

珠兒轉頭衝他們點點頭，道：「兩位慢走，天黑了，路上小心。」

施嫿和謝翎兩人再次道謝，這才離開了側門。

第九章

清涼的夜風從遠處拂來，帶來了不知名的草木清新氣味，還有一絲絲花香，在這夏夜中慢慢地瀰漫。

施嫿走了幾步，忽然停住。

謝翎疑惑地道：「阿九？怎麼了？」

施嫿的手輕輕地顫抖起來，她的聲音中帶著幾許無措和輕顫，慢慢地道：「謝翎，我殺人了。」

「阿九?!」謝翎心裡一緊，立即伸手攬住她纖瘦的肩，四下看了一眼，見沒有旁人，這才低聲道：「怎麼了?阿九，妳別怕。」他就這麼半抱著施嫿，反反覆覆地叫她的名字，安撫她道：「妳別怕，阿九，我在這裡。」就如之前的施嫿，耐心地安撫他一般。

服了寒食散的人，身體會躁熱，需要吃冷食、飲溫酒、洗冷浴以及行路來發散藥性，謂之為「行散」。寒食散有劇毒，若是散發得當，毒性會與內熱一同散發出去，但是若散發不當，則五毒攻心，後果不堪設想，即使不死，也終將殘廢。

最為特別的一點，則是服散之後要飲溫酒，絕不能飲冷酒，一旦飲了冷酒，有很大的可能會因此送命。

這些都在醫書上面記載得清清楚楚，施嫿是反覆背誦過的，所以當溫酒送來的時候，她刻意將五石散的紙包放在桌上，為的就是引那位表少爺服散。

待他服散完畢，施嫿便把放涼的兩杯酒送給他喝下，色慾薰心的表少爺當下並未察覺到絲毫不對，他喝下了那兩杯冷酒，再加上當時沒有人在附近，若是不出意外，那表少爺大概是難逃一劫了。

當時做來，施嫿心中求生心切，尚能強行鎮定，如今一脫離困境，清涼的夜風吹過來，她驟然想起自己親手做下的事情，霎時心頭清明，後怕不已。

施嫿跟著林老大夫學醫數載，這雙手尚未救人，便已經殺了人。

她壓低聲音，喃喃地說著自己做下的事情，情緒低落而悲傷。

謝翎默默地聽著，忽然一把攥緊她的手，道：「阿九，妳看著我。」

施嫿聞聲抬頭，她那如星子的桃花眼中滿是迷惘和茫然，失去了平日的燦爛，彷彿蒙上了一層薄薄的霧氣，令人忍不住想伸手為她拂去。

謝翎的手指輕輕碰了碰她的眼角，認真地道：「阿九，若是今日妳不這般做的話，我還能再見到妳嗎？」

施嫿搖搖頭，嘴唇微微動了一下，沒有發出聲音。

謝翎仔細地盯著她的眼睛，聲音溫柔地道：「阿九，這不關妳的事情，是那表少爺命該如此。聖人都說了，以德報怨，何以報德？若不是他起了齷齪的心思，如何會有這般下場？

阿九，這不是妳的錯。」謝翎的語氣冷靜得近乎漠然，只是聲音依舊溫柔，彷彿生怕驚嚇到眼前的少女。「阿九，妳不必害怕，無論什麼時候，我都會陪著妳的，我絕不會與妳分開。」

少年說著這話，神色莊重堅定，好像是在起誓一般。

兩人回到懸壺堂時，正是月上中天。

林家娘子和林老爺子連忙趕過來，兩人一左一右地拉著施嫿仔細看了半天，見沒什麼大問題，這才鬆了一口氣，兩人一迭連聲地道：「回來就好、回來就好。」

林家娘子又問：「可是遇到了什麼事情？把我們幾個給擔心的，爺爺在這裡轉了一個時辰，坐都坐不住。」

施嫿猶豫了一下，將事情簡略地說了。

林家娘子與林老爺子聽罷，俱是十分憤怒，林家娘子更是氣得拍著大腿，破口罵道：「喪了良心的狗東西！下流胚子！早晚會有報應的！」

她氣得狠了，施嫿反倒過來安慰她幾句，然後乘機岔開話題，問道：「伯父和寒水哥呢？」

謝翎道：「我去蘇府的時候，讓他們在路上尋妳去了。」

林家娘子道：「去了還沒回來。嫿兒到現在還沒吃飯，餓了吧？來，趕緊先用些！」

施嫿搖搖頭。「還是等伯父與寒水哥回來再一同吃吧！」

幾人又坐了一會兒，過了小半個時辰，林寒水與林不泊才返回懸壺堂。

見到了施嫿，兩人這才長長地鬆了一口氣。

林不泊點點頭道：「回來就好。」

林寒水說：「我和爹沿著這裡往城南的路一路找過去，都沒有一點線索，急得不行。」

他說完，林家娘子又把施嫿的遭遇說了，林家父子兩個也是十分生氣。

菜飯擺上了，眾人這才開始吃晚飯。

飯吃到一半，林不泊忽然說道：「日後蘇府若是來請大夫，我們就不出診了。」他說著，看向林老爺子，語帶詢問。「爹，您看成嗎？」

林老爺子慢條斯理地挾了一筷子菜，又喝了一口酒，這才道：「問我做什麼？我一個半截身子入土了的糟老頭子，還能去給他們看診嗎？不去就不去，雖說醫者父母心，可是醫者難道就沒有自個兒的兒女嗎？」

施嫿看了看桌邊的林家一家子，心中倍感溫暖。她何德何能，今生能遇到這麼好的一家人！

等用完了飯，謝翎與施嫿兩人告辭，這才一同離開。

夏夜的涼風輕輕送來，夾雜著不知名的花香氣息，天上的星子們忽閃著眼，好奇地往下張望，看著在寂靜的長街上行走的兩人。

少年側過頭，沈靜的目光落在少女的面孔上，帶著無盡的溫柔，感情就像是暗夜裡靜靜盛放的花朵，只須少女輕輕抬頭，便能一眼望見少年的心底去。

若是這長街，永遠走不到頭就好了。

因為在蘇府遭遇的事情，林家一家人都讓施嫿好好休息一日，第二日不要來醫館幫忙，說是壓壓驚。

施嫿實在哭笑不得，她倒不是很害怕，反倒是林家幾個老老小小都受了大驚嚇。

總之，最後為了安大夥的心，施嫿索性聽了他們的話，今日不去醫館了。

天氣漸漸轉暖，不知不覺間，謝翎的身高又往上長高一大截，去年的衣裳都不能再穿了，她打算上街買些布料回來，準備給他新做幾件合適的衣服。

施嫿去了東市，請布莊夥計量好了布料，付了錢款，忽然聽見旁邊店鋪傳來一陣爭吵聲，引起了不少行人的注意。

一個蠻橫的少女聲音叫道——

「你們這是什麼破玉？做工這麼粗糙，質地又差，還敢要小姐我兩百兩銀子？你也不嫌這銀子拿著燙手？心虛不心虛啊？我還不如送給叫花子呢！退貨！」

這聲音聽著耳熟得很，施嫿總覺得在哪裡聽過。她出了布莊的門，好奇地往那聲音傳來的方向看了一眼，只見那店裡站著一道紅色的纖細身影。

施嫿忽然想了起來，這不正是上回廟會見到晏商枝時，他身邊跟著的那位表妹？那少女並不在意周圍人的目光，冷笑道：「買下來便不能退？你的玉配不上這價錢，你還有理了？」

那掌櫃開了這麼多年的玉器店，什麼大風浪沒見過，早就成老油條了！他左右就是不想退錢，進了口袋的銀子，哪裡還有再拿出來的道理？因此笑咪咪地道：「小姐息怒，咱們有話好說！小老兒不是不講理的人，您若是覺得這塊玉不滿意，咱們店裡還有別的玉，應有盡有，您儘管挑，挑到您滿意為止！您看怎麼樣？」

聽了這話，陳明雪這才滿意，隨即又有些猶豫起來。

掌櫃見她沒有答話，便知自己說動了她，連忙再接再厲地道：「小老兒這裡還有一塊好玉，乃是鎮店之寶，傳了好幾百年的，小姐要不要看一眼？」

陳明雪聽罷，將信將疑地問：「果真？那之前我來買時，你為什麼不拿出來？」

施嫿心裡頓時有點想扶額了。這傻姑娘，人家明顯想宰妳這頭肥羊呢！

掌櫃立即喜形於色，熱情地道：「小老兒在蘇陽城開了這麼多年的玉器店，玉這東西，乃是難得的靈物，最講究一個緣分，初時小老兒眼拙，覺得小姐與它緣分不深，所以才沒有拿出來，不想小姐忽而又回轉了，想來，這就是緣分到了，小老兒這才有此一說，還望小姐萬萬莫要怪罪。」

聽了這一番話，陳明雪彷彿是被他說服了，看上去對這番說辭已信了大半，便道：「既然如此，那你將那玉拿出來給我瞧瞧。」
掌櫃連忙道一聲「稍等」，轉身進裡間去了。
施嫿想了想，抬腳走進玉器店裡。
陳明雪轉過頭來，她大約是忘了施嫿，打量幾眼，又轉了回去，百無聊賴地敲了敲櫃檯。
不多時，掌櫃便從裡間出來了，手裡還捧著一個古樸的雕花小木盒，喜孜孜地對少女道：「小姐，這就是我們的鎮店之寶！」
陳明雪點點頭，伸手就要去掀。
掌櫃忙不迭地擋住。「使不得、使不得！」
陳明雪住了手，疑惑地看向他，問道：「怎麼？這玉還會害羞，我看不得它了？」
掌櫃笑道：「小姐說的哪裡話？小老兒原先便說過，玉是靈物，貿然揭開，恐怕會衝撞了它，反倒不美了。」
陳明雪到底是個十二、三歲的小姑娘，聞言越發起了好奇之心。「這種說法我還是第一次聽到，那你說說，不打開，我如何看它？」
掌櫃答道：「小姐莫急。」他說著，從旁邊拿來一根細細的銅籤，將那木盒上的鎖釦挑開，只聽啪的一聲，掌櫃這才伸手將那雕花木盒打開，露出裡面的玉來。他小心地將盒子推過去一些，笑容可掬地道：「小姐請看。」

陳明雪看著那塊玉，驚訝地睜大眼睛。

便是施嫿也有些詫異，那真是一塊極其漂亮的玉，通體翠綠，其色極正，尤其是在掌櫃把油燈拿過來之後，那綠色在暖黃的光芒下，彷彿要滴出水來似的。

便是施嫿上輩子在太子府見過諸多玉珮首飾，也鮮少看到這樣好的玉，她心裡不由得起了一絲疑心。這種玉器店裡，怎會有這麼漂亮的玉？於是，她越發仔細地瞧著這玉。

陳明雪極是喜歡這玉，忍不住伸手去拿，只是手指還未觸及那玉，就被旁邊伸出來的一隻纖細的手給握住了。她疑惑地抬頭，見拉住自己的是一個陌生少女，以為對方也是看中了這玉，準備來搶的，便挑起眉頭來，不客氣地道：「怎麼，妳也看中了這玉？」

施嫿笑著搖搖頭，勸道：「倒不是看中了，只是好心想勸小姐一句，看看就好，勿要拿它。」

這話一出，那掌櫃的臉色便沈了。

陳明雪不解地道：「為何？」

施嫿笑盈盈地轉過臉來，道：「這就要問一問掌櫃了。」

陳明雪也不由得看向掌櫃。

掌櫃的臉色立即不好看起來，但是客人還在，遂只能強自鎮定地道：「妳這話是什麼意思？小老兒不明白。」他說著，便要收起盒子，口中道：「不買便不買，何必浪費我的時間？」

施嫿眼疾手快，一把按在那盒子上，笑道：「心虛什麼？不如讓這位小姐仔細瞧瞧你的鎮店之寶？」

聞言，那掌櫃越發心虛，嚷道：「我不賣了！不賣了！」

他越是這般模樣，陳明雪面上的疑惑越深。「有什麼好遮掩的？鬆手，讓我看看！」

掌櫃還要垂死掙扎，想去把盒子收起來，嘴裡直嚷嚷著。「妳們要做什麼？想搶東西不成？」

施嫿不理他，只虛點了點那塊玉的一角，對陳明雪道：「小姐可以看看這個位置，往側邊看。」

陳明雪盯了半天，那玉還是玉，似乎沒什麼問題，於是照著她的意思，往側邊瞅了一眼，忽然看見那裡有一條極其細微的裂縫，如同蛛絲一般，若是不仔細看，絕不可能發現。

一旦有人拿起這玉，說不定另一半就會掉下來，到時候砸在手裡，說不定這掌櫃還會要她賠償。陳明雪想到這裡，不由得十分生氣，直起身來罵那掌櫃。「你這人好生卑鄙！破了的玉竟也敢拿來騙人！把銀子退給我！」

掌櫃哪裡肯，高聲道：「當初是一槌子的買賣，那玉也不是我拿刀逼著妳買的，如今想來退貨，天底下哪有這樣的道理？」

陳明雪氣急。「你！」

一旁的施嫿忽然道：「這樣吵也不是辦法，不如我們去一趟官府，立見分曉。」

陳明雪眼睛一亮，道：「對！就去官府！賣這樣的玉，以次充好，還敢要價兩百兩，我倒要叫你們知縣老爺看看，天底下有沒有這樣的道理。」

那掌櫃一聽說要去官府，態度頓時軟了下來，軟著聲音道：「小姐有話好說，萬事都可商量，何必鬧得這麼難看？小老兒也是靠這一行吃飯的人，以和為貴、以和為貴。」

端的是一位能屈能伸，吃硬不吃軟的人物，哪裡還有方才的半分硬氣？陳明雪都要給他氣笑了，她冷笑道：「既不肯去，就給我退錢！」

最後這場爭執，以玉器店掌櫃退錢告終。

出了店鋪，陳明雪向施嫿道謝。「方才多謝妳。」

施嫿一笑。「不必客氣。」

陳明雪有點好奇地問道：「不過，妳怎麼知道他那塊玉有問題？我竟然一點都沒有發現。」她說到這裡，語氣帶著幾分懊惱。「我果然很笨。」

施嫿卻道：「原本我是沒有看到的，只是我方才進去看了一眼，這玉器店有些小，他擺出來的玉也不見得有多好，大多是些做工粗糙、品質中下的玉，若真有這般好玉，他為何不一早拿出來？」

陳明雪傻乎乎地道：「那掌櫃不是說了，玉是靈物，要看緣分嗎？」

施嫿笑了一下，忍俊不禁地道：「他那是忽悠小孩子的，哪裡有這樣的說法？玉再好、再漂亮，也只是死物罷了。」

陳明雪不由得噘了噘嘴，小聲道：「好吧，就是騙我這樣的傻子的。」她說著又向施嫿道：「無論如何，今天都要謝謝妳，若不是妳攔著，恐怕我就中了那奸商的計。我叫陳明雪，妳叫什麼名字？」

施嫿一開始覺得這名字有些耳熟，有那麼一瞬間，她的腦子裡飛快地閃過什麼，但是仔細一想，卻無論如何也抓不住，遂只得作罷，答道：「我叫施嫿，我原是見過妳的，恐怕妳不記得了。」

聽了這話，陳明雪詫異地睜了一下眼睛，疑惑道：「我們在哪裡見過？」

施嫿笑了笑，提醒道：「不知姑娘可還記得，上元節在廟會時候的事情？」

經她一提醒，陳明雪便仔細回想，還真叫她想起來了，一拍手，驚訝道：「啊，妳就是當時站在表哥旁邊的那個女孩！」她想起自己當時的態度，一雙靈動的眼睛左右瞟了一下，試圖找話題緩解這份尷尬，隨口道：「妳這是……來買布的嗎？」

施嫿哪裡會和一個小女孩計較，她今日會提醒陳明雪，不過是因為那次上元節時晏商枝幫了她一次罷了，遂笑著答道：「是，買些布料來做衣服。」

陳明雪聽了，驚訝道：「妳還會做衣服？」在她看來，施嫿和她不過一般大的年紀，陳明雪長到如今，會繡個帕子已經是很了不得的事情了，這還是家裡嬤嬤勤勉督促的結果，而施嫿竟然已經會做衣服了！實在是厲害。

施嫿笑笑點頭。

陳明雪忽然想到了什麼，躊躇著問道：「我、我能跟妳學做衣服嗎？」

驟然聽到這個請求，施嫿有些感到驚訝，猶豫了一下，還是點頭道：「自然可以。」

陳明雪便十分高興，她的模樣不算多麼明豔漂亮，勉強稱得上清秀，只是笑起來時眉眼彎彎，如新月一般，給她的五官添上了幾分狡黠和靈氣，並不惹人討厭，也不似那日晚上表現出來的刁蠻任性了。

陳明雪是個說做就做的性子，當即拉著施嫿要去買布料。

進了布莊，大小姐手指一比。「這個、這個、這個，還有那個，一樣都先來十尺！」

這是做衣服還是扯長幡呢？施嫿連忙拉住她，勸了幾句。

陳明雪倒是很聽她的話，照著施嫿的提議，扯了些合心意的布後，抱得滿懷，跟著她走。

少女們走在一起，總是有話題可聊，更何況施嫿性子好，說話又溫柔，陳明雪雖然偶爾會表現出一些任性，但是她在外人跟前並不這樣，不論是談吐抑或是行為舉止都十分得體，叫人一看便知是富貴人家教出來的女兒。

兩人一路上說說笑笑，一路回了清水巷子。

正值上午，陽光照進院子，一片明朗。牆角的籬笆上，豆蔓肆無忌憚地攀爬著，囂張地抖擻著翠綠的葉子，開出細碎秀氣的小花，引來蜂飛蝶舞。

陳明雪還是第一次來這種小院子，她蹲在那豆蔓前看了半天，稀奇地問道：「這是什麼花兒？怎麼生得這麼不起眼？」她說著，還伸手摸了摸，好奇道：「能摘嗎？」

施嫿哭笑不得，解釋了一番，陳明雪這才「哦」了一聲，恍然大悟，又瞧了幾眼，道：「原來這就是豆角，真是醜得怪可愛的。」直到她好奇地把施嫿的小院子轉了個遍，才想起自己來這兒的目的，興致勃勃地在院子裡的案桌上把布料攤開來，招呼施嫿道：「我們來做衣服吧！」

施嫿拿來軟尺，一邊量，一邊問道：「妳是給自己做衣服嗎？」

陳明雪搖頭道：「不是。」

「那妳知道那人多高嗎？」

陳明雪想了想，說：「大約比我高兩個頭。」

「……」施嫿默然片刻，才繼續問：「那肩背的寬度、腰圍和手臂長度，妳知道嗎？」

陳明雪十分迷茫地搖頭。「不知道，做衣服還要知道這些嗎？」

施嫿沈默，最後乾脆地提議道：「不如我們還是做些別的吧？」

陳明雪猶豫道：「那、做點什麼好？」

兩人討論了片刻，陳明雪最後還是接受了將衣服改成香囊。

施嫿想著，謝翎的香囊用得有些舊了，正好也做一個，兩個人便忙了起來。

卻說謝翎在淵泉齋待了一上午，依舊不見董夫子的蹤影。晏商枝來點個卯，見夫子不在，腳底抹油，也不知去哪兒了，只有大師兄錢瑞依舊勤勤懇懇地看書。

書齋安靜無比，只能聽見外面的鳥鳴之聲。

謝翎坐在窗下的書案旁，仔細地盯著手中的書，右手飛快地在紙上抄記著，他的目光並不曾落在紙上，然而那筆尖卻彷彿長了眼睛似的，整整齊齊地寫下來，字跡俊逸清瘦，頗具風骨。他一口氣抄完了一整頁宣紙，很快又翻過一頁。

錢瑞偶然抬頭，見到謝翎的這番動作，不覺有些新奇，他讀書多年，從未見人是這樣抄書的，不由得起身走過去觀看。

謝翎十分專注，全部心神都投入了那書中，眼睛一眨也不眨，似乎根本沒有注意到錢瑞的存在，右手繼續不斷地抄寫著，連一絲停頓都沒有。

錢瑞驚奇不已，打量著他抄寫的筆跡，也不作聲，等謝翎抄完這一大段，才好奇地開口道：「師弟，你這是在抄什麼？」

謝翎放下書，抬頭笑笑，答道：「之前晏師兄給我說了夫子帶我們去講學時會說到的一些地方，我抄一遍，免得到時候忘記了。」

「只抄一遍嗎？」

謝翎笑道：「是，抄一遍便可以了。」

錢瑞想了想，道：「若有不懂的地方，儘管來問我，不要客氣。」

謝翎答應下來，道過謝，待錢瑞走後，他才繼續抄寫，依舊是眼不離書，手不離筆。實際上他這工夫已經練了一、兩年了，可謂是駕輕就熟，所有的文章，不管篇幅多麼繁雜晦澀，謝翎只須抄寫過一遍，那文章就會完完全全地留在他的腦海中，彷彿打上了烙印，不管經過多久，都不會忘記。

這大部分要歸功於謝翎給那書齋抄的兩年書，一本書的價格很是昂貴，謝翎沒有錢，他也不願意給阿九增加負擔，是以在給書齋抄書的時候，他便儘量讓自己把那些文字全部記住，哪怕是遇到了不認識的字，他也能牢牢記下來。

給書齋抄了多少書，他就記了多少文章，從未忘記過，時至如今，謝翎已經記下了數十本書，那些文字在腦海中依舊清晰無比。

謝翎偶爾會想，老天爺到底待他不薄，不僅把他送到阿九身邊，還給了他這一項難得的天賦，他一定會好好利用，將它發揮到極致，讓阿九過上最好的生活。

謝翎抄書的速度極快，過了一個時辰，錢瑞見他仍舊沒有停手的意思，忍不住出聲勸他。「師弟，貪多嚼不爛，還是緩一點好。」

聞言，謝翎看了看，抄完這一段也差不多了，索性停了手，道：「是，我明白了，多謝師兄提醒。」

錢瑞見他聽勸，心中不由得生出幾分好感，笑了笑，正欲說些什麼，卻聽見外面傳來腳步聲，有人進來了。

謝翎抬頭一看，卻見是楊曄。

楊曄的目光在書齋中掃了一圈後，彷彿鬆了一口氣似的，最後落在謝翎身上，疑惑地挑眉，問錢瑞道：「這是誰？」

錢瑞放下書，答道：「是夫子昨日收的學生，叫謝翎。」

楊曄「哦」了一聲，隨意與謝翎打了招呼，又問錢瑞。「夫子今日沒來？」

「沒來。」

楊曄又問：「我昨日告假，夫子可有說什麼？」

錢瑞搖搖頭。

楊曄的表情看上去不太像高興的樣子，他吞吞吐吐了片刻，彷彿憋著什麼，過了一會兒才又問出口。「那個、晏師兄今日來了嗎？」

錢瑞答道：「來了，不過他又走了，大概是有事。」

「他能有什麼事情?估計又是躲懶去了！」楊曄小聲地嘀咕，面上的表情卻同時放鬆下來。前幾日鬧了那麼一齣，他實在不知道如何面對晏商枝，如今在書齋不必碰面，也是一樁好事。

楊曄走到自己的書案前坐下，長吐一口氣，抽出一本書。他的書案與謝翎是正對著的，翻了一會兒後，又開始打量謝翎，開口問道：「你是夫子親自收下的？」

謝翎將目光移向他，微微頷首，十分有禮地答道：「是。」

聞言，楊曄不知道突然想到了什麼，笑了起來，撫掌欣然道：「太好了！」

至於為什麼太好了，他也不說，逕自翻起書，沒看幾眼，就打起瞌睡，一上午就這麼過去了。

謝翎突然發現，董夫子收的這幾個學生，只有錢瑞是正正經經地讀書，其餘幾個，要麼無事生非、勾心鬥角；要麼就是大剌剌、整天鬧事；最後一個則是懶骨頭成了精，讀書能賴就賴，索性連書齋都不來了。

於是，謝翎不免開始有點擔心起自己的未來。

到了下午時候，晏商枝還是不見人影。

楊曄又打了半下午的瞌睡，直到窗外日頭西斜，他大概終於想起自己來學塾是讀書的，於是挑挑揀揀又拿出了一本冊子，翻看起來，哪知他一看書，就打呵欠。

一刻鐘的時間，謝翎都看完一章了，這其間聽見對面的楊曄打了不下十個呵欠。最後連錢瑞都聽得有些犯睏了，他忍不住開口對楊曄提議道：「楊師弟，你若是實在睏了，不如去小憩片刻？」

楊曄打著呵欠拒絕了，面上睡意尚未完全褪去，表情卻十分堅毅地道：「不成，這一本是夫子要考的，我若是背不出來，我爹回頭會打斷我的腿。」

「……」錢瑞無奈極了，只得起身去沖了兩杯濃茶，好心地分給謝翎一杯，然後與謝翎兩人，在楊曄綿延不絕的呵欠聲中繼續看書。

一整個下午，安靜的書齋中只有聽見書頁翻動的窸窣動靜，及不間斷地夾雜著某人的呵欠聲音。

及至快到下學時候，門外進來一個人，彼時楊曄正頭腦發脹，呵欠不絕，等看清楚那人的面孔時，打到一半的呵欠聲戛然而止，化作一聲冷笑，整個人頓時變得精神抖擻，表情瞬間切換成譏嘲，十分自如。「呵，你來做什麼？還嫌那一日打得不夠嗎？」

謝翎聞聲回過頭去，只見門口站著的人竟然是蘇晗。陽光從他身後照進來，背著光，看不清楚他的面孔，卻讓人覺得他的表情是陰鷙的，在聽見楊曄那句話之後，臉都扭曲了一下。

蘇晗很快就恢復了平靜，他沒有理會楊曄的挑釁，目光在謝翎身上停了一瞬，轉向在場最好說話的錢瑞問道：「師兄，夫子今日可曾來過？」

錢瑞是個好脾氣的，聽了這話，便回道：「還不曾。」

楊曄與蘇晗鬧翻了，自然是看對方百般不順眼，十分刻薄地道：「夫子不是說，讓你以後不必來了嗎？你當日走得那般硬氣，怎麼才幾日不見，又跟條狗似地眼巴巴地跑回來了？」

蘇晗的臉上有怒容一閃而逝。「你——」

楊曄不等他說完話，便大笑著起身，走到謝翎身邊，拍了拍他的肩，對蘇晗道：「這是夫子剛剛收下的學生，我們的小師弟，叫……」他頓了一瞬，一下子想不起來謝翎的名字，但是這並不影響他想刺激蘇晗的心情，便笑著繼續道：「所以呢，你看看，夫子是鐵了心逐你出師門了，若是換了我，恐怕連學塾的大門都羞於踏足了，也就蘇公子有這份心，又厚顏地跑了回來，當真是忍常人所不能忍，勇氣可嘉，日後必成大器，前途不可限量啊！」這話連珠炮似的，說得十足尖酸刻薄。

蘇晗聽得整張臉都扭曲了起來，眼中燃起憤怒，張了張口。

楊曄搶先一步道：「怎麼？不服氣？你大可以去求夫子，看看夫子如何說。」

蘇晗鐵青著一張臉，冷冰冰地道：「楊曄，你別得意！風水輪流轉，總有一日，我會將你踩在腳下，叫你跪著求饒！」

楊曄譏嘲地笑他。「請便，我等著那一日，蘇公子可千萬要趁早啊！」

蘇晗哼了一聲，憤怒地離開了。

楊曄翻了一個白眼。「什麼東西！」

錢瑞猶豫再三後，還是勸道：「楊師弟，你方才說的，恐怕有點過了，畢竟我們同窗了這麼久。」

楊曄挑起眉頭，頗有些不能理解。「錢師兄，你知道那東西在背後說了你多少壞話嗎？說你迂腐、榆木腦袋、不思變通、讀書把腦子都給讀木了！不只是你，他連夫子都編排呢！只不過我平日裡與你無甚矛盾，也就沒放在心上，你怎麼倒替他說起話來了？」

錢瑞聞言顯然是有些意外，拿著書，默默不言語了。

謝翎觀賞完楊曄大戰蘇晗這一齣戲，看見蘇晗那如同死了親爹般難看的臉，心裡不覺分外愉悅，連收拾書本的動作都輕快了許多。狗咬狗，一嘴毛，嘖，咬得好！

到了下學時候，謝翎收拾好書，十分禮貌地向錢瑞兩人道別。「兩位師兄，我先走了。」

錢瑞忙放下書本回應。「師弟走好。」

楊曄摸了一把下巴，看著謝翎遠去的背影，想了想，這新來的小師弟還挺有禮貌的，比蘇晗那狗東西要好了不知多少倍，不錯、不錯！

下了學，謝翎回到家裡，正欲推門，卻聽見裡面傳來施嫿的聲音。

「不是這樣，錯了、錯了，妳要把它翻過來。」

阿九在跟誰說話？謝翎保持著推門的姿勢，屏氣凝神，生怕漏了一句話。沒多久，他便聽見裡面傳來一個嬌俏的少女聲音。

「哎呀，這麼麻煩？」

謝翎的一顆心立即放回原處，他推門進去，卻見院子裡滿地都是剪碎的布料，兩個少女擠在一起看著什麼，聽到聲音，一起回過頭來。

陳明雪一眼便認出了謝翎，驚訝道：「是你！」緊接著，她下一句話便是問：「我表哥下學了嗎？」

雖然謝翎不太明白為什麼陳明雪會在他家裡，但還是回答道：「晏師兄今日早早便走了。」

陳明雪有些失望，她把手裡未繡好的香囊一放，對施嫿道：「我先回去了，明日再來找妳。」

「我明日要去醫館。」

陳明雪十分驚詫地睜圓了眼睛，道：「妳還是大夫？」

施嫿淺淺一笑，解釋道：「不是，我只是學徒罷了。」

陳明雪點點頭，「哦」了一聲，又問了醫館的名字，最後才道：「那我明日再去找妳玩！」她說完便走了。

謝翎幫忙施嫿收拾東西，一面隨意問道：「阿九怎麼認識她的？」

施嫿便將今日上午在玉器店裡的事情告訴他。

謝翎評論道：「這種話也信，果然天真。」

施嫿看著他一本正經地說別人天真，不由得失笑，忽而想起一事，問他道：「看你這樣，似乎也認識她？」

「嗯，見過幾次。」謝翎答道：「她常常去學塾門口等晏師兄，一來二去，就認識了。」他說著，從那堆布料中拿起一個暗青色的香囊，上面繡著蒼蒼松枝，枝幹勁瘦，下面有白鶴蹁躚起舞，謝翎不由得心中一動，問施嫿。「阿九，這個是給誰做的？」謝翎雖然是在發問，但是他心中早已肯定，這是阿九給自己做的！他嘴角勾起，像是眼巴巴看著糖的孩童一般暗暗竊喜著，眉眼都透露出幾分笑意。

施嫿見他那表情，心裡不禁起了促狹心思，想逗弄他一番，遂平靜地答道：「是給寒水哥的。」

幾乎在話落的瞬間，謝翎挑起的嘴角就垂下來，笑意如同被寒風吹過一般，眨眼就沒了蹤影，甚至隱約泛起銳利之色。他嚴肅地打量著那個小小的香囊，翻來覆去地看了幾遍，生怕錯過任何一點不為人知的細節。

施嫿看了他這般動作，正覺得莫名，就見謝翎忽然把香囊一放，表情十分嚴肅地看著她。

「阿九，妳是大姑娘了。」

施嫿略微疑惑地回視他。「怎麼了？」

謝翎繼續嚴肅地道：「妳不可以隨隨便便送東西給別的男人，尤其是香囊這種配件。」

施嫿心裡好笑，故作不知地道：「為什麼？」

謝翎皺著眉，像是在煩惱該如何解釋一般，最後才道：「會讓他們誤會的。」

施嫿聽罷，覺得頗有道理，伸手要拿那個香囊，一邊說：「既然如此，我拿去扔了吧！」

謝翎一抬手，不叫她拿，面對施嫿疑惑的目光，他慢吞吞地道：「不過妳做了可以送給我。」

原來打的是這個主意！施嫿沒忍住，笑出聲來，見謝翎一臉莫名，遂笑著道：「罷了，不逗你了。」

謝翎眼睛頓時一亮。

施嫿說道：「本就是要做給你的，放心便是。」

聞言，謝翎心滿意足，拿著香囊就要往腰上掛。

施嫿阻止道：「條子還未做好，等明日做好了再拿給你。」

謝翎卻道：「不必了，這樣就很好看。」他說著，也不讓施嫿拿，眉目間帶著笑意，十分高興地替她收拾起雜物來。

就這樣一連過去好些日子，四月底，董夫子才終於在淵泉齋露面。

晏商枝彷彿提前得知了一般，一大早就過來了，和幾人打了招呼。

然後便是楊曄，來了之後規規矩矩地往書案前一坐，翻出書來，一個早上過去，竟然不見他打一個呵欠，叫謝翎頗為驚訝。

很快地，謝翎便知道原因了，董夫子來了。

董夫子背著手往書齋裡那張最大的書案旁一坐，伸出兩根手指，在桌面上敲了敲，錢瑞便站起身來，拿著書過去躬身行禮。董夫子「嗯」了一聲，老神在在地問：「易，變易也，變易以從道也。」

錢瑞恭敬對答。「如人之一動一靜，皆變易也，而動靜之合乎理者，即道也。」

董夫子又道：「在物為理，處物為義。」

錢瑞答曰：「如君之仁、臣之敬、父之慈、子之孝之類，皆在物之理也。於此處各得其宜，乃處物之義也。」

董夫子滿意地捋了一把鬍鬚，道：「可。」他說完，又講解起來，解釋詳盡。

便是謝翎在一旁聽著，也若有所思。董夫子教學確實與其他的夫子不一樣，他並不要求學生們死記硬背，背不出來沒有關係，那是你自己的事情，他要求的是，提問一句，學生必須要能在這一句提問上，有自己的理解；若是理解的方向正確，那自然好，若是不對，他也不生氣，一句一句地仔細講解，常常幾句問答下來，便令人醍醐灌頂，茅塞頓開。

給錢瑞講完後，董夫子又喚了晏商枝。

在這關頭，謝翎注意到，對面的楊曄開始緊張了，彷彿凳子上長了釘子一樣，完全坐不住，一會兒看晏商枝，一會兒又去翻書，嘴裡無聲念叨幾句，書翻得老大聲響。

董夫子沒問幾句，就把晏商枝放回來了，手指在桌面上又輕叩了兩聲。

楊曄站起身來，硬著頭皮過去行禮。

董夫子打量他幾眼，道：「怎麼？腿肚子轉不過來了？」

楊曄苦著臉告饒道：「夫子，方才走得太急，扭著筋了。」
董夫子挑眉道：「為師是洪水猛獸？」
楊曄立即答道：「師父道貌凜然，是學生膽小如鼠。」
「……」董夫子摸了一把鬍鬚，道：「你若於做文章、學問一事上，有這等敏捷的才思，恐怕早就中了狀元回來了。」
楊曄沈默，低頭不語。
接著，楊曄磕磕絆絆地答完董夫子的問題。
輪到謝翎時，已快正午了，謝翎拿著書走過去，恭敬行禮。
董夫子點點頭，問道：「這幾日看了什麼書？」
謝翎答道：「《大學章句》和《書經》。」
董夫子「嗯」了一聲，又問：「可看懂了？」
「學生愚鈍，只略通一、二。」
董夫子道：「短短些許時日，通一、二也行了。」他說著，捋著鬍鬚問道：「何謂民之父母？」
謝翎從容作答。「此句出自《詩經》，樂只君子，民之父母，民之所好好之，民之所惡惡之，此之謂民之父母。」
董夫子頷首。「嗯，不錯，我給你講一講這個……」他說著，開始替謝翎講解，就如之前替錢瑞講解一般，極其詳盡，只要謝翎有哪裡不解，董夫子必仔細作答，直到謝翎明白為止。

若說耐心，董夫子實在是一個極其有耐性的人。

直到他講完了，才道：「後日我就帶你們幾個去長清書院講學，不必緊張，如你今日這般就可以了。」

謝翎點頭應是。

董夫子起身向四人道：「今日一下午，我都在學塾內，若有不懂之處，可直接來問我。」待謝翎等人應答了，他便起身往書房去了。

謝翎回到自己的書案前坐下，一抬頭就對上了楊曄驚奇的視線，謝翎眉頭略挑。「楊師兄有事？」

楊曄上下打量他一番，衝他比了一個大拇指，嘖嘖道：「少年才俊！第一次考校，夫子竟然沒有為難你！」

晏商枝正好端著茶杯經過，調笑道：「是，哪裡比得上當初你那會兒？被夫子多問幾句，差點都急哭了。」

楊曄怒目看他。「我那是急得嗎？」

晏商枝噗地笑出聲來。「我忘了，是尿憋的，哈哈哈哈。」

楊曄聽了沒有發作，他忍了下來，負氣地抽出一本書，啪地放在桌上，憋著氣看起書來。

謝翎想了想，起身到晏商枝身邊，叫了一聲。「師兄。」

晏商枝驚訝地看他。「有事？」

謝翎問道：「往常你們隨夫子去書院講學，大概要多少日子？是怎麼個情況？」

晏商枝略一思索後，解釋道：「長清書院離蘇陽城有些路程，吃住都在書院，雖說是夫子帶我們一同去講學，實則夫子只講一場，書院的山長和幾位先生各講一場，其餘的都是讓學生們互講，時間有長有短，快則三、五日，慢則六、七日。」

謝翎點點頭，表示理解了，又向晏商枝道謝。

晏商枝笑道：「你是第一次去，年紀又小，到時候可講、可不講，不過認真聽下來，受益頗多，至少要比你自己琢磨著看書強。」

「是，我知道了，多謝師兄提醒。」謝翎面上露出一個笑，心裡想的卻不是這回事。從後天起，他便要離開阿九很長一段時間，謝翎並不是很高興。

謝翎這種不為人知的不高興一直持續到了傍晚，被施嫿一眼看了出來。

施嫿問道：「怎麼了？沈著一張臉，在哪裡受氣了嗎？」

謝翎搖搖頭，看了施嫿一眼，猶豫了一會兒，還是把要去書院的事情告訴她。「夫子要帶我們去長清書院講學，短則三、五日，長則六、七日。」

施嫿愣了一下，很快便高興起來。「這是好事啊！只是你為何因此鬱鬱？」

謝翎直言道：「阿九，我不想離開妳。」

乍聞這一句，施嫿怔住了，隨後反應過來，不由得失笑，安慰他道：「不過六、七日的時間罷了。」

她說這話時，謝翎仔細地端詳著她的臉，注意她面上的表情，最後，他露出一絲極其隱蔽的失望來，點點頭，像是接受了施嫿的安慰。

一晃兩日就過去了，施嫿在醫館裡沒什麼大事，只是輪流跟著林不泊出診，若是不出診的時候，就磨磨藥、替人抓藥，清閒的時候則看看醫書、聽林老爺子解說指點。

黃昏時候，醫館已沒有病人，施嫿就抱著醫書坐在窗邊，藉著透進來的斜陽餘暉，一字一句地讀著，等回過神時，已是夜幕低垂。

「嫿兒？嫿兒？」林家娘子的聲音從後堂傳來。「在這裡用飯吧？寒水他們也快回來了。」

施嫿有些恍神，她覺得彷彿少了點什麼，張口便要婉拒道：「我——」話還沒說完，林家娘子便掀簾從後堂進來了。

林家娘子熱情地道：「謝翎不是去書院了嗎？妳一個人回去冷鍋冷灶的，多不好，就在這裡吃吧，伯母都煮好了，就這麼說定了啊！」她說著，不等施嫿回答，就俐落地掀簾走了。

徒留施嫿坐在窗下，哭笑不得，之後便是久久的悵然若失。她想，是了，謝翎去書院聽講學了，今日也不會來接她。

總覺得心裡彷彿空了一塊似的，空落落的，令施嫿十分不習慣。

她有點想謝翎了。

林寒水他們回來時，天色已經黑透了，林家娘子招呼著用過飯之後，施嫿照例要來收拾碗筷，卻被她攔了下來，道：「天色不早了，妳就不用忙了。女孩子孤身一人不好走夜路，讓寒水先送妳回去吧！」她說著，叫來林寒水，吩咐道：「寒水，你送施嫿回家去。」

林寒水慢吞吞地應下。

林家娘子喜得眼角都冒出了一片笑紋，那模樣，彷彿好事近在眼前似的。

一旁正與林老爺子下棋的林不泊看得連連嘆氣，落了一子，不忘叮囑林寒水道：「帶上燈籠，早去早回。」

林寒水答應下來，提起燈籠，帶著施嫿走了。

林家娘子喜孜孜地擦著手，一路送到了大門邊，神色殷切，叮囑再三，直到施嫿和林寒水都尷尬起來了，這才住了嘴，目送他們遠去。

林家娘子哼著輕快的小調走回來，收拾著碗筷。

林不泊與林老爺子對視了一眼，互相示意。

林不泊：您點撥點撥她？

林老爺子：這是你媳婦，還是你來指點吧！

林不泊：……

林不泊咳了一聲，硬著頭皮叫道：「芬兒，妳來，我與妳說一樁事。」

林家娘子疑惑地轉過頭，放下手中的碗筷。「什麼事？」

施嫿和林寒水一路往城西去，兩人差不多是一起長大的，原本已是極熟悉了，但是出來時被林家娘子那麼一說，彼此之間便頗覺尷尬。

此時的城西熱鬧繁華，各個店鋪前面燈火通明，往來如織，林寒水提著羊角燈，與施嫿一同走著，兩人穿過街道，林寒水終於開口，打破了這尷尬的氣氛。

「那個、我娘她……」他的聲音頓住，像是不知道該如何說一般，摸了摸鼻子，才繼續道：「我娘她就是愛多想，嫿兒，妳不要放在心上。」

施嫿聽他猶豫了這麼半天，說的原來是這件事，不由得笑出聲。「我知道，伯母的心是好的，當初你們家收留我與謝翎，我們一直心中感激，不知如何報答，這幾年來，我與謝翎一直將你們當作親人般看待。」

聞言，林寒水窘迫得不行，越發覺得他娘多事，遂道：「我回去自會與我娘說清楚，叫她日後別再做這些事情了，免得尷尬。」

施嫿笑道：「寒水哥與伯母好好說，她必會理解。」

林寒水答應下來，長出了一口氣。

話一說開，之前那些莫名的尷尬便消失無蹤了，兩人又恢復了往常的熟絡，一路閒談，說一說出診的事情，討論病情和用藥，很快便到了施嫿的住處。

林寒水站在院門口，如同一個真正的兄長一般，細心叮囑她幾句。

施嫿都一一答應下來，直到林寒水提著燈回轉，她才把院門合上。

院子裡靜悄悄的，燈火俱滅，一片漆黑，唯有銀色的月光傾瀉而下，有些冷清。

施嫿忽然又想起謝翎，不知他在書院聽講學是否順利？

第十章

又過了兩日，及至中午時候，懸壺堂來了一個人，做小廝打扮，開口就說要請一位姓施的女大夫上門給他們家表小姐看診。

林不泊與林寒水皺了皺眉，自從上回去蘇府看診出了事後，他們帶著施嫿出診都十分謹慎，如今竟然有一個人找上門來，指名道姓要施嫿去出診，這不由得讓林家父子幾個提起了十二萬分的警戒。

林不泊咳了一聲，正欲開口，忽聞施嫿問道——

「敢問你們家表小姐貴姓？」

小廝答道：「我們乃是城南曹家，表小姐姓陳。你們這裡究竟有沒有一個姓施的女大夫？若是沒有，我就要往城東走一趟了，莫耽擱了我們表小姐的病情。」

施嫿心中了悟，她從藥櫃後起身，道：「我姓施，你們表小姐想找的就是我。」

林不泊見狀，叮囑林寒水道：「你去送一送嫿兒，等看了病，再接她回來。」

不必林不泊說，林寒水也是這樣打算的，他點點頭，道：「我知道了。」

兩人帶上藥箱，跟著那小廝出門，往城南的方向去了。

等到了曹府，林寒水十分警戒地跟著施嫿，片刻都不肯走開，他生怕出了什麼事情，就如上次在蘇府裡一樣，鬼知道這曹府裡面又有什麼不長眼的東西呢！

幸好曹府裡倒是沒出什麼事情，他們一路順利地到了一座小院前，這裡是小姐的院子，林寒水只能在外院站著，裡面便不能進去了。

他把藥箱交給施嫿，叮囑再三，道：「一切小心，若有什麼事情，只管大聲叫我。」

施嫿進了內院，一個小丫鬟便迎上來。

小丫鬟熱切地笑道：「這位便是施大夫了吧？我們表小姐等了您好久，總算把您請來了！」她說著又道：「您跟我來，表小姐的閨房在這邊呢！」

施嫿淺淺一笑，微一頷首，跟著那小丫鬟往主屋的方向走。

到了門前，小丫鬟抬手輕輕叩門。「表小姐？施大夫來了。」

不多時，門便呀的一聲打開了，裡面傳來急促的咳嗽之聲，一個模樣清秀的丫鬟探出頭來，飛快地打量施嫿一眼，道：「原來是施大夫，您請進。」

施嫿點點頭，提著藥箱進去。

那領路的小丫鬟也想進去，卻被應門的丫鬟不動聲色地擋住了。

「小姐等會兒想沐浴，煩勞妳去準備些熱水來。」

那小丫鬟只得答應下來，轉身去了。

門裡的咳嗽聲很是急促，施嫿皺起眉來，心道，這也病得太嚴重了吧？前幾日見她還好好的啊！

待她進了閨房，不由得默默無語。只見陳明雪坐在桌邊，桌子上擺了一盤瓜子、點心，她咳得眼淚都要流出來了，衝丫鬟催促道：「瓜子嗆著了！水！快！咳咳咳。」

那丫鬟連忙端了茶水給陳明雪飲下，撫著她的背順氣，一邊嗔怪道：「小姐您慢點兒！怎麼這麼不當心啊！」

陳明雪緩過來，喘了一口氣，道：「我這不是沒注意嗎？」她說著，笑嘻嘻地招呼施嫿。「總算是想辦法把妳盼來了！」

於是現在施嫿基本上可以肯定，這位大小姐壓根兒沒有生病。她把藥箱放下，問道：「妳這般大費周章地折騰，是特意叫我過來嗎？」

陳明雪點頭，湊過去小聲說道：「我有點小事，思來想去，也只有妳可以幫我了。」

施嫿有些好奇地問：「什麼事情？」

「我想去一趟長清書院。」陳明雪說著，略微鼓起腮幫子，抱怨道：「可是我外祖母和舅舅都不許我去，甚至還派了下人看著我。嫿兒，妳會幫我的吧？」陳明雪握著雙手，一雙靈動的眼睛閃閃發亮地看著她，眼神中帶著滿滿的希冀，令人不忍拒絕。

施嫿沒想到她會提出這種要求，想了想後，她決定先理一理思路。「妳為什麼忽然想要去長清書院？」

陳明雪的臉可疑地紅了那麼一瞬，她咳了一聲，道：「表哥不是去書院聽講學了嗎？我想去看看他，順便送點東西給他。」

原來是為了心上人，倒也情有可原，施嫿想著。

陳明雪又道：「謝翎不是與表哥同窗嗎？他也在書院聽講學，妳就不想去看看他嗎？」

施嫿不由得失笑，又覺得心裡有些動搖，她不禁猶豫了一瞬。

就這麼短短一瞬，讓陳明雪看到了希望，她笑容燦爛，央求道：「嫿兒，妳幫幫我，我們一道去吧？」

施嫿想了想，答應下來。「好吧！」

陳明雪一喜，樂得站起來，連忙從櫃子裡翻出一個包裹。

施嫿問道：「妳這就要走？怎麼走？」

陳明雪愣了一下，道：「我們躲開那些下人，悄悄離開就是了。找一匹快馬，等他們發現的時候，估計也追不上我們了。」

施嫿心裡無奈，問道：「妳會騎馬？」

陳明雪搖搖頭，思索著道：「馬車也行。」

「府裡的馬車妳用了不會被發現？」

陳明雪頓時傻眼，她這才後知後覺，發現事情似乎沒有自己想的那麼簡單。她若是用了曹府的馬車，必然會驚動舅舅和外祖母他們，但若是不用，她要如何去長清書院？她壓根兒沒去過呢！陳明雪使勁想了想後，道：「我們可以去車馬行，租一輛馬車來用。」

施嫿冷靜地道：「眼下已近傍晚，若我們租了馬車，到長清書院快則一個時辰，慢則兩個時辰，到時候天已黑了，如何餐宿？」

陳明雪張了張口，啞口無言，最後化作一聲氣餒的長嘆。她懨懨地趴在桌上，喃喃道：「怎麼這麼難？那妳說，我們要如何去？」

見她這般，施嫿不由得淺笑起來。「其實若是計劃得當，倒也沒有妳想的那麼難。」

聞言，陳明雪頓時眼睛一亮，直起身來。「妳有辦法？」

等施嫿從陳明雪的院子裡出來的時候，已是夕陽西斜了。

林寒水靠在院牆下，百無聊賴地數著草，見她出來，連忙站直了身子，接過藥箱，關切地問道：「嫿兒，沒什麼事吧？」

施嫿搖搖頭。「陳小姐只是染上風寒罷了，我已開了方子，服上一劑藥，明日來複診便可。」

聞言，林寒水面上浮現出莫名之色。

而一旁站著的兩個丫鬟倒是聽清楚了，皆是笑著稱讚施嫿妙手回春、醫術高明云云。

眼看離曹府十幾步遠了，林寒水這才低聲問道：「怎麼回事？既然是風寒，如何就只服一劑藥，明日便可來複診？」

風寒難以痊癒，須小心調理，服藥期間又有諸多忌諱，是以絕不可能出現這種今日服一劑藥，明日就大好的情況。

施嫿卻笑道：「等明日你便知道了。」

林寒水聽了，只得按捺住心中的好奇。

第二日一早，晨霧尚未完全散開，朝陽剛自屋簷灑落幾絲金色的光芒，便有一輛馬車緩緩駛來，在懸壺堂門口停下了。

陳明雪下了馬車，由丫鬟扶著進了懸壺堂，一進門，見到施嫿，她整個人頓時就精神了，一掃之前的虛弱模樣，興沖沖地奔過去，嘴裡叫道：「嫿兒、嫿兒！我來了！」

一旁的林家父子幾個看得面面相覷，他們還是第一次見到這麼奇怪的病人；不過，這小姑娘的面色紅潤、精神抖擻，看起來不像是生病的模樣。

林寒水更是若有所思，心道，這位怕就是昨日專程請施嫿去看病的陳小姐了，難怪，人家壓根兒就沒生病，哪裡用得著複診？他這才算是明白了施嫿昨日為何要那般說了。

施嫿與林家人告了一天的假，林家父子幾個自然沒有不同意的，施嫿便順利脫身，問陳明雪道：「衣裳帶來了嗎？」

陳明雪高高興興地答道：「帶了、帶了！我們現在去換上？」

施嫿點頭，一行三人回了城西院子。

陳明雪讓丫鬟拿出三套青色的棉布衣裳，抖開一看，卻是小廝的衣裳，她還解釋道：「這是我特意叫人從庫房拿的，沒人穿過。」

兩人換好了衣裳，又挽了頭髮，看上去就像兩個年紀不大的小廝。

一切收拾妥當後，三人便離開院子，朝車馬行走去。

一行三人坐上了馬車，片刻後，車伕便提著馬鞭過來，他吆喝一聲。「幾位坐好了，咱們這就走嘍！」

馬鞭一揮，馬兒嘶叫起來，拉著馬車轔轔駛過青石磚路，往城門口小跑而去。

陳明雪有些興奮地趴在車窗邊，撩起簾子往外看，店鋪、樓房都被一一拋在了後面，很快地，馬車駛出了蘇陽城，朝長清書院的方向而去。

「媗兒，妳看，那裡有好大的水車！」

陳明雪把車窗簾子掛起來，拉著施媗趴在窗邊往外看，此時正是清晨時候，田間農舍炊煙裊裊，槐花如雪，簇擁在一處，美不勝收。

河道間有一架極大的水車，將河水源源不斷地灌入農田，水車旁邊有小孩們追打，嬉笑聲遠遠傳開，好不熱鬧。

等到了山下時，陳明雪已經乏了，睜著睏倦的眼，迷迷糊糊地問道：「到了？」

施媗跳下馬車，抬頭看了看。

車伕笑道：「羅山到啦，長清書院就在山上，馬車上不去，要勞動幾位走一段路了。」

施媗說道：「老丈，我們上去一趟，煩勞您在這裡等一會兒了。」

車伕連連道：「這是自然、這是自然！你們去便是，老丈我牽著馬兒去吃草、餵些水，就在前面不遠，你們若是回來了，就在這裡等一會兒。」

一行三人便往山上走去，山間有青石磚鋪就的小道，走起路來倒也頗為輕鬆。

施嫿從前走路慣了，她從邱縣逃荒出來，走了幾個月，如今爬個山於她來說實在算不得什麼。倒是陳明雪主僕兩人沒怎麼出過遠門，沒多久就走得氣喘吁吁，不時還要問一句「嫿兒，到了沒？」

施嫿抬頭看了看，不由得默然，這山路大概才走了三分之一不到。

不過陳明雪雖然體力不濟，竟然沒有絲毫抱怨，硬咬著牙，一路自己走了上去，等看到「長清書院」那四個字時，恨不得直接坐在地上。

施嫿陪著主僕兩人在門口休息了片刻。

待喘勻了氣息，陳明雪一雙眼睛閃閃發亮地看著眼前的書院大門，道：「這就是長清書院？上一回我求著表哥，讓他帶我來，他非不願意，哼，我現在不是照樣來了！」

施嫿看她一副精神抖擻的模樣，不由得失笑。她抬頭端詳著書院的匾額，想到謝翎就在這裡面，不覺心情十分奇妙，至於怎麼個奇妙法，卻又說不上來；只是忽然之間，施嫿很想見一見謝翎，不知他認真讀書時是什麼模樣？

書院的大門開著，施嫿帶著陳明雪主僕兩人往裡面走，還未走近，便聽到一個聲音從旁邊傳來。「欸，你們哪兒來的？」

施嫿轉頭看去，就見一個年過半百的老丈自門後站起來，看著她們。

「此地為書院，幾位是做什麼的？」

陳明雪張口正欲答話，施嫿卻拉了她一把，衝那丫鬟用眼神示意。

小丫鬟名叫綠姝，是個十分機靈的小姑娘，見施嫿看來，連忙搶著笑答道：「我們是來給我家少爺送東西的，還請老丈通融一、二。」

那老丈聽了，打量他們一番，而後搖搖頭道：「今日不成，你們明日再來吧！」

陳明雪急了。

綠姝疑惑地問道：「為何今日不可？我們只送點東西，絕不多打擾。」

老丈解釋道：「書院的山長和學生們在講學，閒雜人等不可隨意出入，你們家的少爺也出不來，待明日講學結束了，你們再來吧！」

綠姝還要說，施嫿卻拉了她一把，一行三人又退了出去。

待看不見那老丈了，陳明雪才氣憤地跺腳道：「什麼破書院，講學有什麼了不起的！」她說著，轉向施嫿，道：「現在如何是好？我們總不能打道回府去吧？」

施嫿笑道：「山人自有妙計，等會兒聽我安排行事。」

三人如此這般討論一番。

過了片刻，綠姝又走向了書院大門，向那看門的老丈道：「這位大爺，既然不許進去，我們這便準備下山了，只是不知哪一條路近些，能煩勞您指點一下嗎？」

那老丈聽了，自然是無有不可，起身來替綠姝指路，兩人走遠了些，卻不知，身後有兩個青衣小廝打扮的人，一溜煙無聲無息地跑進了書院大門裡面，眨眼就沒了蹤影。

等進了書院，陳明雪一臉興奮地對施嫿道：「嫿兒，還是妳有辦法！咱們竟然真的進來了！」

彷彿是被她的喜悅感染了，施嫿有點高興，若是放在以前，她從未想過有一日自己也會做出這種不穩重的事情。把看門的人引開，悄悄混進書院裡面，無論怎麼想，都不是施嫿會做的。她帶著陳明雪往前走，一邊低聲叮囑道：「若遇見了人，能不開口，就儘量不要說話。」

聞言，陳明雪不由得疑惑地問：「為什麼？」

施嫿解釋著。「妳我聲音細軟，不似男子，若被人聽見了，肯定要察覺的。」

陳明雪這才明白她的意思，連忙點頭。「我聽妳的！嫿兒，我們往哪兒走？」

施嫿也沒來過書院，她想了想，道：「我們先去前面看看，見機行事。」

「好！」陳明雪一口答應下來。

卻說謝翎正與錢瑞三人一道在書院裡走著。

楊曄一邊走，一邊打著呵欠道：「要我說，趕緊講完了事，今日到誰了？」

錢瑞答道：「還有謝師弟沒有講。」

楊曄聽了，打量謝翎一回，嘀咕道：「就他這樣的，恐怕壓不住吧？書院裡的那些酸秀才，平日裡別的本事沒有，一肚子酸水往外冒，我都不耐煩聽他們說話了。」

晏商枝笑他。「既然不耐煩，你巴巴地來這一趟做什麼？難不成圖這書院裡的菜飯合胃口？」

楊曄憋了一會兒，才說出幾個字來。「我是來聽夫子講學的。」他說到這裡，頓了頓，勉強又道：「再有，他們的先生和山長講學也十分好。」

晏商枝又笑。「得楊師弟這個『好』字可不容易呢！」

楊曄正欲反諷回去時，謝翎忽然停下腳步。

錢瑞見狀便道：「謝師弟，怎麼了？」

謝翎往身後看了一眼，按捺住心中那種莫名的熟悉感覺，搖了搖頭。「沒事。」

楊曄卻道：「你可不要在這關頭出了什麼岔子。」

謝翎沒搭理他，只是心中暗暗笑自己，阿九此時應該在蘇陽城的懸壺堂中，怎麼可能出現在這裡？

幾日不見阿九，頗有些想念。

謝翎跟著晏商枝幾個走過青竹長廊，心道，這書院真是無趣，下次還是不要來了，浪費時間不說，還見不到阿九，沒意思。興致缺缺的謝翎跟著一行人走遠了。

青竹長廊之外，隔著一片茂盛的竹林，此時清風徐徐，竹影婆娑，陳明雪正在往外探頭探腦，被施嫿拉了進來，衝她比了一個噓的手勢。「噤聲。」

陳明雪連忙閉嘴。

不多時，便有隱約的腳步聲傳來，幾個書生打扮的青年一邊走，一邊說話，其中一人道：「今日的講書先生是哪位？還是易先生嗎？」

「齋長招呼過了，今日不講書，還得去洗心堂聽講學呢，你不知道嗎？」

「你不說我都忘了，不去不行嗎？」那人不情不願地道：「該講的都講完了，就那幾個毛頭小孩，還有一個才十一、二歲，能講出什麼花來？」

「嘖，我說也是，平白浪費了時間，那小孩不會是要講《三字經》、《百家姓》吧？」

幾人哄笑起來。

有人笑問：「你們到底去不去？」

另有人道：「去，怎麼不去？若叫齋長發現，到時候就麻煩了；再說，我倒真想聽聽那小孩要說點什麼，董先生的學生，總是有過人之處的吧？」

「劉兄說得是，我們不如前往洗心堂一聽。」

其餘幾人都連說「有理、有理」，簇擁著往前去了。

聽了這番話，施嫿能夠肯定，他們口中的小孩必然是謝翎無疑，只是對方語氣中的輕視，令她不由得輕輕皺眉，叫上陳明雪，她們兩人悄悄地跟在那群書生後面，往洗心堂的方向去了。

等施嫿兩人跟著那些書生找到洗心堂時，講學已經開始了，書院的書生們以及山長、講書、學長等人皆聚集於此。書院的人大多穿深色衣袍，而施嫿與陳明雪她們兩人也著了青衣布袍，混進去竟然不是十分顯眼，畢竟聽講學之人足有四、五十人之多，將洗心堂擠得滿滿當當的，施嫿又帶著陳明雪坐在最偏僻的角落，一時間也沒有人發現魚目混珠的兩人。

堂上正中央站著一個少年，身形清瘦，挺拔如青竹，聲音朗朗道：「道者，所繇適於治之路也，仁、義、禮、樂，皆其具也。」

那少年正是謝翎，他眼神清亮，說話時不疾不徐，態度謙遜，一旁的董夫子與書院山長等人聽得頻頻點頭，似乎非常滿意。

施嫿坐在下面看著，謝翎從容不迫的姿態，一舉一動，已隱約能窺見上輩子探花郎的風姿，完全不像是一個十二歲的孩子。

施嫿此時的心情非常欣慰，同時又帶著幾分感慨，她不覺地想到了初見謝翎的時候，那時的她只聽過謝翎的名頭，而之前他們唯一的交集，不過是施嫿從太子口中聽到的寥寥幾句話，卻不想今生，他們已有了如此深厚的牽絆。

正在施嫿頗覺奇妙之時，有一個聲音突兀地響起。

「這位同案，敢問你方才這一段講的是什麼？」

這聲音一出，滿堂俱靜。

施嫿抬頭看去，只見有一個青年書生站了起來，仔細一看，似乎是之前她和陳明雪在那竹林外遇見的那一群書生之一。

謝翎停頓了一下，衝那書生拱了拱手，從容地答道：「在下講的是《漢紀》之九。」

青年書生語帶挑釁地問道：「何不講《六經》，偏偏講這些雜覽？」

所謂《六經》是讀書人必讀之書，分別是《詩》、《書》、《禮》、《易》、《樂》以及《春秋》，因為前兩日董夫子和晏商枝幾人都講過了，是以今日謝翎才沒有繼續講，而是講了《漢紀》，沒想到竟然有人起來質問。

站在堂上的少年沒有立即回答，彷彿是被問住了一般。

堂下傳來竊竊私語，人群騷動，似乎想看謝翎如何作答。

那提問的書生則是露出幾分得意之色。講《漢紀》是沒問題，實際上，在洗心堂講學，想講什麼都可以，沒有限制，只要講得好、講得精彩，都會令眾人心服。

但是讀書人寒窗苦讀十數載，不過是為了科舉一途，而《四書》、《六經》則是科舉必考的科目，所以大多數人都會選擇講這些，偏偏這一位，講的是《漢紀》，並不在那《四書》、《六經》之內，就令這些吹毛求疵的書生們有得說道了。

正經的經義不說，偏去講那些雜覽，可不是閒的嗎？

施嫿看向堂上的謝翎，見他只略略停頓，在議論聲響起之前，便開口反問。

「以閣下之見，何謂《六經》？」

那青年書生沒想到他不答反問，下意識道：「《六經》之要在於禮儀，其本質在於仁義。」

謝翎又問：「什麼叫仁義？」

青年書生愍了一會兒，才答道：「心思中正而無邪，願物和樂而無怨，兼愛眾人而不偏，利萬民而無私，此乃仁義。」他一答完，才想到：不對，怎麼反倒是他問起我來了？書生張口欲言，卻聽謝翎繼續發問。

「所以閣下之見，心正無邪，兼愛無私，都是仁義？」

青年書生想了想，這話沒什麼問題，遂答道：「正是。」

謝翎拱了拱手，話鋒一轉，從容不迫地道：「《漢紀》乃是大家所著，流傳百世至今，必有其存在的道理，此中種種，俱是學問，值得吾輩學習揣摩，窮極一生尚且不夠，閣下方才批評某講《漢紀》，實乃雜覽之說，可是心思中正無邪、兼愛無私？還是閣下認為，天下藏書，不過爾爾，唯有《四書》、《六經》可以入眼？」

這話的意思是：你剛剛還說心正無邪、兼愛無私是仁義，可是自己卻看不起《漢紀》這些「雜覽」，難道又是仁義之舉嗎？還是認為前人大家寫下這麼多書都是無用之作，全部比不上《四書》、《六經》？

那青年書生被他這一番話問得目瞪口呆，平心而論，謝翎之前講得很不錯，他只是想小小地刁難一下對方而已，卻沒想到最後問題會上升到這種高度。

在場的幾位先生，包括山長在內，或多或少都有著書刊印，他若是敢承認對方說得是對的，天下之書，除《四書》、《六經》之外都不值一提，那他今日就可以收拾包袱滾回家去了！

「你、我、我不是這個意思。」那青年書生嘴巴張張合合，好半天才反應過來。道：「你這是詭辯！我說的是、是《四書》、《六經》有那麼多可說的，為何你偏偏要講《漢紀》？」情急之下說了這話，他忽然有預感要糟！

果然，謝翎從容地答道：「我第一次講學，不懂規矩，請教閣下一句，難道除了《四書》、《六經》以外，其他的書都不能講嗎？」

於是，青年書生額上頓時急出了汗，所有人的目光都落在他身上，令他背如針刺一般。刁難人不成，最後反倒自己被繞進去了！青年書生只覺得面如火燒，啞口無言，原本的高傲頓時兵敗如山倒。

過了片刻，山長沈穩的聲音響起。「這位學生說得十分不錯，且才思敏捷更甚於常人，董先生，你這弟子收得好啊！」

一旁的董夫子也從微怔中回過神來，一息之間便切換至老懷大慰的表情，捋著鬍鬚，謙虛不已。

一瞬間，滿堂凝滯的氣氛便消散了大半。

陳明雪悄悄靠近施嫿，小聲道：「妳弟弟很厲害嘛！」

施嫿心中也覺得如此，但她只是抿唇一笑，抬頭朝堂上看去，卻與少年對視個正著。

於是，原本從容鎮靜的謝翎，突然間不淡定了。謝翎的表情只怔了短短一瞬，很快便收起了驚訝。但是一旁坐著的晏商枝卻敏銳地察覺，他立即順著謝翎之前看過的方向望去，目光落在了施嫿和陳明雪身上。

施嫿忽然心道不好，她正準備伸手去拉陳明雪，哪知還是晚了！

陳明雪一對上晏商枝的目光，整個人就興奮了，一個激動，沒坐住，跳了起來，還高高興興地喊了一嗓子。「表哥！」

少女嬌俏的聲音在安靜的洗心堂中傳開，霎時引得眾人紛紛回頭朝這邊看過來，目光無一例外，皆是驚訝。這裡怎麼有女子的聲音？

於是乎，施嫿和陳明雪這個角落瞬間成為了焦點。

陳明雪待看清晏商枝黑成鍋底的臉色，又看見其他人的反應後，立馬一把摀住了嘴，眼睛慌張地左看右看，轉個不停，心知自己闖了禍。

施嫿心裡想扶額，她千算萬算卻沒算到，陳明雪到底還是個十二、三歲的小姑娘，見到了心上人會激動得難以抑制自己的心情，一嗓子便把她們給暴露得乾乾淨淨了。

山長疑惑地道：「這兩位，看起來不像是咱們書院的學生？」

陳明雪強自鎮定地咳了一聲，張了張口，似乎要說話。就在所有人靜待的時候，她驀然伸手，一把拉起施嫿，兩人拔腿就往門口奔去！

她們原本距離門口就近，所以等所有人都反應過來的時候，陳明雪已經牽著施嫿奔出老遠了，逃之夭夭。

洗心堂內頓時一陣譁然，書生們小聲議論起來，直到上面的山長叫了一聲「安靜」，於是眾人紛紛噤口，安靜下來。

山長輕咳一聲，道：「講學就到今日結束了，這幾日下來，想來諸位也頗有所得……」

陳明雪拉著施嫿往前跑，穿過青竹長廊，她一邊跑，一邊突然笑出聲來，笑聲悅耳，如鈴聲灑落。

施嫿聽著，覺得她們今日這般實在是滑稽，不由得也跟著笑出來。

等出了書院大門，兩人才氣喘吁吁地停了下來，相視而笑，都覺得自己方才的舉動實在傻氣到家了。

笑到臉都瘆了，施嫿揉了揉臉頰。

陳明雪這才想起什麼，驚叫一聲。「哎呀，我忘記把東西送給表哥了！」

施嫿揉著臉，笑著問道：「什麼東西？」

陳明雪從腰間掏出一樣物事。

施嫿一眼便看出來，那是一個香囊，上面繡著並蒂纏枝蓮，角落還有一個小小的「雪」字，算不上精緻，但是看得出十分用心。這小小的香囊，承載著一份綿綿的少女心思。

陳明雪有些氣餒，她鼓起腮幫子，遺憾道：「罷了，今日原是表哥生辰，特意想挑在今日送的，沒想到最後被我搞砸了，看來只能再等幾日。」
不想施嫿卻握住她的手，笑道：「我既然幫了妳，自然是要幫到底的。」
聞言，陳明雪的雙眼頓時一亮，驚喜道：「嫿兒，妳有辦法？」
施嫿笑盈盈地道：「當然了，妳隨我來。」
她帶著陳明雪，走到了書院大門的側邊便停下了。
陳明雪小聲地道：「我們就在這裡等嗎？」
施嫿點點頭。
陳明雪有些猶疑。「可是表哥他不會出來的。」她話音才落，便看見一道青竹般的身影出現在大門口。少年左右張望，一眼便看向施嫿她們所在的位置，緊走幾步，一向冷靜的眼睛裡此時滿是欣悅。
「阿九！」謝翎笑起來，眼神發亮，像是看見了什麼巨大的驚喜一般，問道：「妳怎麼來了？」
從頭到尾，他的眼中彷彿就只看見了施嫿一人，被忽略在一旁的陳明雪默默地觀察著謝翎，不知為何，總覺得心裡有幾分怪怪的感覺，但是怎麼個怪法，以她這個腦袋瓜子卻又想不出來。總之，此時的謝翎看上去實在是有些奇怪。
謝翎與施嫿說了好半天，這才注意到旁邊的陳明雪，他略微頷首。「陳姑娘也來了。」
陳明雪默默無語。我這麼大個人，跟木樁似地杵在這兒好半天了，你現在才看見？

這也怪不得謝翎，他幾日不見阿九，此時滿心滿眼只有阿九一個人，能想得起問陳明雪一句，已是十分難得了。

施嫿將陳明雪的來意向謝翎說了，謝翎沈吟片刻，道：「我方才向夫子說了一聲，出來時，看見晏師兄往宿舍的方向去了，妳們想再進去，恐怕不容易。」

陳明雪急道：「那能麻煩你請我表哥出來一趟嗎？」

謝翎微偏了下頭，忽然道：「恐怕不必我去請了。」

陳明雪一怔。

施嫿轉過頭去，果然見書院大門裡走出來兩個人，走在左邊的是一個她沒見過的少年，個子瘦高，眉目間帶著幾分不耐煩，看起來不是很好相處；右邊那個，便是晏商枝了。

陳明雪也看見了，眼睛亮了起來，連忙衝他招手。「表哥！」

晏商枝手裡拿著摺扇，慢吞吞地走過來，沒等陳明雪開口，劈頭就是一句。「妳來這裡做什麼？想讀書了？」

陳明雪噘了噘嘴，不服氣地道：「我就是想來！怎麼，來不得了？」

晏商枝張口欲言，卻聽楊曄笑嘻嘻地開口。

「晏師兄，這就是你的表妹啊？」聲音拖長了調子，帶著幾分意味深長，討人嫌得很。

晏商枝懶得理他，對陳明雪道：「妳瞞著舅舅出來，回頭少不得要被訓一頓，妳說妳圖什麼？」

陳明雪氣鼓鼓地道：「不必你操心，我到時自會向舅舅負荊請罪！」

「哦？」晏商枝稀奇地道：「妳還知道負荊請罪啊？」

陳明雪咬唇不語了。

晏商枝的摺扇一敲手心，忽然改了口氣，一反前態，道：「行，來便來了吧，有什麼事情？」

陳明雪馬上就不氣了，她看了看其他幾人，有些扭捏地道：「你隨我到這邊來。」

「哦——」楊曄這一聲哦得千迴百轉，意味深長，飽含看好戲的意思。也難怪他如此，平常只有晏商枝嘲諷他的分，如今風水輪流轉，楊曄難得撿了一次熱鬧看，不由得十分激動。

晏商枝瞪了他一眼，又回頭看陳明雪，心裡無奈地嘆了一口氣，嘴上語氣也幾不可察地軟了半分。「過來。」

陳明雪立即喜孜孜地笑起來，跟得了什麼大好處似的，巴巴地跟著晏商枝過去了。

楊曄也想湊過去看，卻被晏商枝回頭警告地看了一眼，其中的意思不必多說，楊曄只得悻悻然地停下腳步，摸了摸鼻子，目光轉而落在施嫿身上。他上下打量了施嫿一番，忽然伸手撞了撞謝翎，小聲道：「啊，這就是錢師兄和晏師兄說的，你的小媳——」話未說完，楊曄忽覺肚腹處傳來一陣劇痛，疼得他差點咬住了舌頭。他慢慢地彎下腰去，整個人弓成了一隻蝦子，痛苦咬牙地道：「你……」

謝翎斯文地收回了胳膊的一瞬間，反應極快地一把托住了楊曄，關切地問道：「楊師兄？楊師兄你沒事吧？」

施嫿原本便沒太注意楊曄，乍見他這般模樣，不由得驚了一下。「他怎麼了？」

謝翎搖搖頭，裝得非常茫然。「我也不知道。」

施嫿皺眉道：「先讓他坐下來。」

楊曄一動，正想說自己沒事，要站起來時，卻覺得肩背一沈，那力道竟然令他一下子站不起來。他一抬頭，就對上了謝翎凜冽的視線，目光中帶著幾分警告和威脅，後腰處還抵著一隻手。

「……」楊曄只能止住話頭，被迫坐在了地上，心中悲憤莫名。怎麼師兄、師弟都一個樣？他到底是造了什麼孽？

施嫿替他把了半天的脈，疑惑地道：「好像沒什麼事情。」

楊曄擠出一個艱難的笑容來。「大概是中午吃多了，無甚大事。」

晏商枝帶著陳明雪走了十來步便停住了，道：「妳跑到這兒來有什麼事情？說吧！」

陳明雪見他離自己一臂之遠，心中不由得有些不高興，但還是道：「今日不是你的生辰嗎？我給你做了一個香囊，送你了。」她說著，拿出那個深藍色的香囊，不大好意思地伸著手，遞給晏商枝，示意他接下。

晏商枝沒動，他眼中閃過驚詫，怔了一下之後，才低頭看向那個香囊，目光滑過那些精緻的繡花，最後落在角落那個小小的「雪」字上，一瞬間，他的眼底閃過幾分複雜的情緒，像是無奈，又像是不知所措；只是，那情緒在一眨眼之後便收斂了，快得少女完全沒有發覺。晏商枝勾了勾唇角，道：「妳大概記錯了，我的生辰不是今日。」

陳明雪愣了愣，急道：「不會啊，我問過外祖母了，就是在今日啊！」

晏商枝挑眉。「祖母記錯了。」

陳明雪想了一會兒，才不管不顧地道：「罷了，錯了就錯了！總之是給你的，你拿著便是了。」

晏商枝還是不接，他抱著手臂道：「真是送給我的？那上面為什麼繡著妳的名字？這莫不是妳隨手拿了自己的香囊湊數的吧？」

陳明雪瞪大眼睛，臉上的羞紅漸漸淡了下去，化作一片慘白。這時候，即便她再如何遲鈍，也察覺出晏商枝的意思，聲音帶著幾分顫抖地說：「你不想要就不想要，何必、何必說這種話。」

且說施嫿正在跟謝翎與楊曄說話，驀然，卻聞那邊傳來「啪」的一聲，響亮的耳光聲驚動了三人。

楊曄頓時精神抖擻地看過去，興奮得如同一隻鴨子，好奇地伸長了脖子張望。

只見陳明雪摀著臉匆匆跑了，只剩下晏商枝站在原地，臉朝向另一邊，過了一會兒，他才慢慢地回過頭來，摸了摸被打的臉。

晏商枝倒抽了一口氣，這丫頭，還真是下手不留情。

楊曄幸災樂禍地走過去，圍著他左看右看，嘖嘖稱奇，搖頭不已，語氣奚落道：「師兄，三十年河東，三十年河西，你也有今日啊？蒼天總算是開了眼了！」

晏商枝懶得搭理他。

施嫿見陳明雪悶頭往山下走，擔心會出事，便叮囑謝翎道：「我先去看看她。」說著就要走，卻被謝翎一把拉住。

「我跟妳一起去。」

謝翎向楊曄和晏商枝打了一聲招呼，跟著施嫿下山了。沒多久，他們就在下山的半途中追上了陳明雪，她正坐在山道的岩石邊，哭得一把鼻涕、一把淚，嗚嗚咽咽。

謝翎停下腳步，看了施嫿一眼。

施嫿道：「我去看看。」待走近了陳明雪，聽她一邊哭，一邊抹眼淚，梨花帶雨的，好不可憐，施嫿也不說話，就這麼坐在她旁邊。

哭了小半刻鐘，陳明雪才漸漸抽噎著停下來，兩袖一抹，擦乾淨臉上的淚痕，跟施嫿訴苦。「他是存心不肯收我的香囊，他就是故意的！」

施嫿「嗯」了一聲，表示附和。

片刻後，陳明雪又小聲嘀咕著。「可我還是喜歡他。我是中邪了嗎？」她忽然抬頭問道：「嫿兒，妳有沒有喜歡的人？」

乍聞這一句，施嫿愣了一下，她搖搖頭道：「沒有。」

陳明雪喪氣地「哦」了一聲，語氣頗有些老成地道：「那妳恐怕不懂我的心情。」

施嫿想了想，猶豫地問：「妳為什麼會喜歡他？」

陳明雪使勁琢磨了一下，最後才頹然低頭，道：「我也不知道，我從第一眼看見他起，就喜歡他了，大概就是書上說的一見鍾情吧！可是、可是他一直不喜歡我，我若總纏著他，他還會躲我。」

施嫿確實沒喜歡過別人，她也不知陳明雪是何種心情，只是道：「就這麼喜歡他？」

「就這麼喜歡！」陳明雪點點頭，認真地道：「看見他便覺得心中歡喜，只想一直看著他，喜歡得不得了！」

喜歡得不得了。施嫿是第一次聽旁人說起這種感覺。

此時的她無法感同身受，尚在懵懵懂懂之中，並沒有多想，因為上輩子的施嫿從未被人真心說過喜歡，她雖然知道自己向來薄有顏色，但是身處那種境地，並不敢奢望有人真的珍愛她。便是太子時常說喜歡她，也不過是像小貓、小狗那般喜歡，而小貓、小狗，太子府裡還有大把，不單單只有她施嫿一個。

所以，施嫿見陳明雪因為此事而難過無比，也不知該如何安慰她，只得默不作聲地陪在一旁。

過了一會兒，陳明雪的心情似乎好了一些，她打起精神，拍了拍自己哭得慘兮兮的臉，故作輕鬆地道：「罷了，他這般待我也不是第一次了，若因為這點小事就哭哭啼啼，恐怕我早就哭瞎了去！」她說著，深深吸了一口氣，像是很快就恢復了往日的精神勁。陳明雪猶豫了一下，轉過頭來，望著施嫿的眼睛，問她道：「嫿兒，妳會不會覺得我這樣一個女孩，成天追在男子後面走，很不顧廉恥？」

她剛剛才哭過，眼睛還很濕潤，像是盈滿了清透的水，眼眶泛著紅，看上去有幾分可憐，為她原本清秀的容貌添了些許楚楚之姿。施嫿看著她清澈如秋水一般的眼睛，搖搖頭道：「不會。」

福至心靈，她像是忽然明悟了什麼一般，認真地補充道：「喜歡一個人是自己的事，怎麼會是不顧廉恥？」

聞言，陳明雪頓時笑了，眉眼霎時生動起來，像是夏季綻放的忍冬花，漂亮極了。她的臉上浮現出些許薄紅，看著施嫿，道：「嫿兒，以後妳若是喜歡上一個人，那個人一定也會喜歡妳的。」

施嫿迷惑地問：「為什麼？」

陳明雪笑著看她。「因為呀，妳太溫柔了啊！」

兩個女孩就坐在岩石上，湊在一起笑成一團，嘀嘀咕咕地說著話。山風吹拂而過，偶爾帶來幾個不曾壓低聲音的字眼，還有銀鈴似的笑聲，飄得漫山遍野都是。

不遠處的謝翎就站在山道上，目光灼灼地看著他的阿九，她笑靨如花，清塵絕豔，彷彿於剎那就奪去了他的全部呼吸。

回到蘇陽城之後，陳明雪便帶著她的小丫鬟綠姝別過了施嫿兩人，回曹府去了。眼看天色不早了，施嫿沒再回醫館，而是帶著謝翎往城西走。

兩人路上說著話，施嫿問起書院講學的事情，謝翎都一一回答了。

施嫿忽而笑道：「我今日聽見你講學了。」

謝翎沒說話，只是略微低著頭，看著腳下的路，過了一會兒，才抬起頭，問道：「阿九覺得怎麼樣？我說得好嗎？」

施嫿想了想，她沒聽過別人講學，但是看著謝翎站在上面，氣度從容不迫，說話不疾不徐，頗有一種吾家少年初長成之感，遂笑著頷首道：「說得很好。」

謝翎淺淺一笑，看似十分淡定，實則從方才起，他背在身後的手便握緊了，直到現在才慢慢地鬆開來，心裡一點點地舒了一口氣。

夫子和幾位師兄，甚至山長和書院的講書先生都誇讚過他，說他講得不錯，少年有才云云，只是謝翎聽過就算了，一句都沒有放在心上。

直到施嫿剛剛說出那句「很好」，他才像是被肯定了，心裡生出密密的喜悅和歡欣。

喜歡一個人，就連她淺淺淡淡的一個字眼，落在自己心裡，都彷彿有重若千鈞之力。她一笑，心便若擂鼓一般；她一蹙眉，他也覺得心中跟著難過起來。

傾慕的人被妥貼地安放在心底最重要的地方，將她當作神祇一般膜拜，一喜一怒，一哀一樂，皆由她掌握。

儘管謝翎如今尚是少年，卻已嚐到了情之一字的萬般滋味。他像是守著一朵花，默默地等它綻放的那一日，滿懷著少年執拗的意氣，將一腔孤勇都傾注其中，心甘情願，且甘之如飴。

生活仍舊有條不紊地繼續，若說有什麼變化，就是施嫿的醫術日漸精進，她幾乎可以獨自一人給病人看診了，當然，僅限於一些不大的病情，比如風寒、咳嗽一類的，但是在林家父子看來，已經很不錯了。

而在謝翎身上，倒是沒有什麼太明顯的變化，自從上一次去長清書院講學之後，錢瑞幾個師兄都對他大為改觀，刮目相看，並不將他看作一個十二、三歲的孩子，而是真正當作了自己的師弟，便是董夫子，也對於能收到謝翎這個學生覺得是意外之喜。

若說有不尋常的事情，便是快到年底的時候，陳明雪來城西找了施嫿一趟，彼時天色已近暮時，正值十月分，氣候轉涼，後院的那棵棗樹開始簌簌地落下葉子。

陳明雪與施嫿站在簷下，一臉的悶悶不樂。「嫿兒，我明日要回家了。」

「回家？」施嫿愣了一下，這才想起來，陳明雪似乎一直是住在她舅舅的家裡。

「嗯。」陳明雪慢慢地摳著廊柱上的木刺，解釋道：「上回去書院的事情，妳還記得嗎？」

施嫿點點頭，她自然記得。

陳明雪又道：「那一次的事情最後還是被舅舅知道了，寫信給了我爹。我原本是被送來給外祖母養的，現在我爹知道了這事，說我不服管教，給舅舅添麻煩，便讓我收拾東西回家去。」她說到這裡，語氣沮喪。「我……妳知道的，我不想回去。」

施嫿當然知道她為什麼不肯回去，張了張口，卻不知該如何開口安慰。父母有命，做兒女的不能不從，胳膊肘如何擰得過大腿？恁是陳明雪再如何有主意，也不能當真死皮賴臉地待在舅舅家。

陳明雪抬起臉來，靈動的眼中盈滿了淚水，彷彿下一刻就要滾落下來。她噘著嘴，像極了一個討不著糖吃的小女孩，委屈地道：「他還沒有喜歡我，我怎麼能走？」

聽了這話，施嫿心中不禁喟然。情之一字，究竟是如何？若說甜蜜，她確實看見過陳明雪提起晏商枝的名字時，面上不自覺浮現出的盈盈笑意；若說苦澀，她已不是第一次見到陳明雪哭了。

陳明雪擦了擦眼淚，負氣道：「我不會放棄的！我爹說，等年後就讓我娘給我相看人家，我絕不會聽從他！我陳明雪喜歡誰，就要跟誰過一輩子，即便、即便是不可能，我也不會輕易放棄！」

少女神色堅定，眼角還帶著未乾的淚痕，卻彷彿宣誓一般，訴說著她的執著，令施嫿心中微震。

然而她們並不知道，過了數年之後，再想起如今的一番情景，卻又完完全全是另一種心境了。少女的聲音猶在耳邊，唯餘一聲嘆息，付與捉弄人心的命運與波瀾不定的歲月。

陳明雪又與施嫿說了一陣子話後，忽然想起了什麼，道：「我有個東西要送給妳。」她說著，從袖袋裡拿出一樣物事，拉起施嫿的手，放在她的手心上。

施嫿低頭一看，是一枚小小的銀鎖，樣式古樸可愛，上面刻著精緻繁複的花紋，看上去有些年頭了，大抵是因為被人時常摩挲的緣故，邊緣磨損得厲害，但銀色的小鎖看上去亮晶晶的，非常漂亮。

陳明雪道：「這是長命鎖，我生下來時，我娘請銀匠專門打造的，只是我年紀大了，不好再戴。我很喜歡它，小時候常常握著它，不許別人碰呢！」她說到這裡，皺起鼻子來不好意思地笑了笑。「我想送妳一個信物，思來想去，覺得把它送給妳最好了，日後妳若有機會來京師，就拿著它來陳國公府找我。」

陳國公。施嫿腦中有什麼東西一閃而逝，還沒等她抓住，卻又瞬間消失無蹤了，她愣了好一下，使勁地想，卻怎麼也想不起來。

陳明雪喚她。「嫿兒？嫿兒？」

施嫿回過神來，目光落在那枚小小的銀鎖上，慢慢地收攏手指，收下銀鎖，對陳明雪點點頭，道：「若有機會，我一定去找妳。」她說著，思索片刻，伸手從髮間取下一枚髮篦，雖然是木質的，但是十分精緻。這是謝翎親手雕的，上面刻著燕銜桃花圖，很是漂亮。

陳明雪的目光一下子就被那髮篦吸引了。

施嫿笑了笑，將髮篦遞給她，道：「這個給妳。」

陳明雪很是欣喜，接過髮篦，對施嫿道：「大約半個月，我就會回到京師，到時候我會寫信給妳的，妳要回我。」

施嫿頷首答應下來。「好，路上珍重。」

陳明雪這才依依不捨地離開。

施嫿將她送到巷口，眼看著小丫鬟綠姝奔過來，跟陳明雪說了幾句，主僕兩人便朝街上走去，少女緋紅的衣裳漸漸融入了人群之中，再也看不見了。

施嫿握著銀鎖，慢慢地走回院子，把門關上的一瞬間，她腦中霎時靈光乍現，之前一直覺得模模糊糊的事情驟然清晰，那層朦朧的紗就像被一隻大手撕扯開了。

陳國公，不正是當年擁護三皇子一黨的最大助力嗎？

施嫿的呼吸驟然一窒，她想起來了，為何當時第一次聽見陳明雪自報姓名的時候，總覺得萬分熟悉，但是卻又想不起來。

陳明雪，前世引起半個京師轟動的一個奇女子。

她嫁給了三皇子恭親王為妃。恭親王的正妃因病去世，妃位空缺多年，後來不知怎麼地，看上了陳國公的嫡次女，也就是陳明雪，便請人說媒。陳國公正好覺得不錯，好歹是個王妃，還是正妃，遂兩方一拍即合，這事就成了。

若只是如此，不過尋常嫁娶，常事而已，充其量也就摻和進一個國公和一個皇室，不足為奇。

但是，要嫁過去的人卻不樂意了。

陳明雪並不想要這樁婚事，於是她做了一個震驚世人的決定，她在成親當日逃婚了！

大紅花轎從國公府一路抬到了恭親王府，轎簾掀開時，在場迎親的所有人都傻眼了，新娘子不見了！

雖說後來不知怎麼地，陳國公府在京師掘地三尺，找回了陳明雪，但是這一樁奇事依舊讓京師的眾人議論了好幾天，成了所有人茶餘飯後的談資，大多都是在猜測恭親王妃為何逃婚，是與人私奔，還是單純不願意嫁給一個閒散王爺，又或者如何、如何。

總之，流言蜚語甚多，便是施嫿也聽了一耳朵，大多是不堪入耳的。無一例外，都是在說此女不知廉恥、不守婦道，說不定那恭親王腦袋上早已經頂了好大一頂綠帽子了。

施嫿恍惚又想起來，在長清書院的山道上，少女坐在岩石上，一邊哭得滿臉花，一邊眼神澄澈地問她：嫿兒，妳會不會覺得我這樣一個女孩，成天追在男子後面走，很不顧廉恥？

施嫿猛然握緊手中的銀鎖，轉身往院門口奔去！恰逢謝翎從裡屋出來，她連他的呼喚聲都不顧，伸手就去拉院門，她得去叫住陳明雪，告訴她……

「阿九？」

謝翎的聲音突然喚得施嫿回過神來，她恍然心驚。叫住陳明雪，告訴她什麼？

讓她不要回京師？可京師那裡是她的家，有她的親生父母和兄妹。

讓她數年之後，不要聽從父母之命，嫁給恭親王？可當初的陳明雪確實沒有答應嫁，後來即便是鬧了一場，最後也沒能改變自己的命運。

那勸她早些嫁人，不要等到恭親王上門提親？可是……我陳明雪喜歡誰，就要跟誰過一輩子，即便、即便是不可能，我也不會輕易放棄！

少女之言猶在耳邊，慷慨激昂，帶著一股寧折不屈的韌性，施嫿的動作頓時僵住了。她忽然發現，即便自己多活了一世，似乎也沒有多大的用處，她幫不了陳明雪，只能眼睜睜地看著她走向歷史原本寫好的軌跡。

那她自己的命運呢？

施嫿不免細思恐極，她彷彿又感覺到了那一場熊熊大火，燒得她皮肉都灼痛起來，針刺一般，痛苦深入骨髓，好似下一刻就要將她燒成一副骨架，燒成一把灰燼。

——未完，待續，請看文創風774《阿九》2

文創風 773

阿九 1

國家圖書館出版品預行編目資料

阿九 / 青君著. --
初版. -- 臺北市 : 狗屋, 2019.08
冊 ; 公分. --（文創風）
ISBN 978-986-509-030-2（第1冊：平裝）. --

857.7　　　　108010825

著作者　青君
編輯　黃淑珍
校對　沈毓萍　周貝桂
發行所　狗屋出版社有限公司
地址　台北市104中山區龍江路71巷15號1樓
電話　02-2776-5889～0
發行字號　局版台業字845號
法律顧問　蕭雄淋律師
總經銷　知遠文化事業有限公司
電話　02-2664-8800
初版　2019年8月
國際書碼　ISBN-13　978-986-509-030-2

定價250元
狗屋劃撥帳號：19001626
網址：love.doghouse.com.tw　E-mail：love@doghouse.com.tw